打工吧！魔王大人

21

Satoshi Wagahara
Illustration Oniku

和ケ原聡司
插畫 029

Kadokawa Fantastic Novels

序章　魔王，出門上班

從「門」降落地面後，艾美拉達・愛德華笑著口出惡言。

「該怎麼說才好～～真是個讓人想吐的地方呢～～」

「既然不曉得該怎麼說，至少講得委婉一點。」

漆原不悅地回答，但艾美拉達絲毫沒放在心上。

這也沒辦法，畢竟這裡是魔王城，還是在魔界，對於艾美拉達來說就等同敵人的大本營。

「妳這個大忙人來這裡幹什麼，我們這邊也很忙啊。」

其實漆原他們也是幾小時前才回到睽違數年的魔界。

除了必須替滅神之戰做準備的真奧等人以外，魔王城底下還擠滿了許多魔界居民，大家都很高興看到魔王城回來，漆原和艾美拉達正置身於這些人潮當中。

「沒錯～～我非常忙～～不曉得哪個魔王害我這三年幾乎沒時間睡覺～～」

艾美拉達聳了聳肩，表示她也很清楚目前的狀況。

她從高峰會開始前就對惡魔們異常嚴厲，現在也表現得毫不留情。

「比、比起這個，艾美拉達·愛德華大人，發生了什麼事情嗎？魔王城才剛回到魔界，應該不會這麼快前往天界。」

卡米歐介入艾美拉達和漆原之間調解，艾美拉達收起充滿敵意的笑容，一臉正經地回答：

「惡魔大尚書卡米歐大人。不好意思，雖然是人類世界的問題，但我有急事要和艾米莉亞商量。可以跟你借一個方便談話的房間嗎？」

「嗯，那麼就帶妳去艾米莉亞的房間吧。雖然那裡的空間有點小，但有尺寸適合人類使用的桌椅。」

「非常感謝。」

不曉得是因為沒有私人恩怨還是單純尊敬長者，艾美拉達彬彬有禮地向卡米歐行了一禮，此時已經收起破邪之衣和聖劍的惠美正好沿著魔王城的走廊跑了過來。

「抱歉，艾美！我稍微流了一點汗，所以先去換衣服。沒想到妳這麼早就來了。是遇到什麼麻煩了嗎？」

惠美剛才用足以擺脫行星重力的速度追上從安特·伊蘇拉中央大陸起飛的魔王城，然後從外面進城。

而她的感想居然只有稍微流了一點汗，這讓艾美拉達一時不曉得該稱讚還是畏懼惠美的力量，默默從懷裡掏出事先折好的文件。

「現在是全世界最混亂的時期～～所以我想早點把文件處理好～～畢竟現在還可以輕鬆竄改帳簿～～」

艾美拉達露出奸詐的笑容。

惠美隨手收下文件並稍微瀏覽後，輕輕倒抽了一口氣。

「艾美，這是……」

「現在是最好的時機～～對了～～路西菲爾～～天禰小姐好像也快到嘍～～？」

「什麼？她平常很少親自來這裡呢。」

「是貝爾小姐跟我說的～～她好像要從千穗小姐那裡帶人過來～～」

「從佐佐木千穗那裡？為什麼？」

「誰知道～～？我只是輾轉從貝爾小姐那裡聽說而已～～該不會是第三個質點之子現身了吧～～？」

「啊？這話是什麼意思……？」

艾美拉達無視漆原的詢問。

「卡米歐尚書～～可以請你幫忙帶路嗎～～？然後艾米莉亞也不用想太多～～直接簽名就好～～」

「咦、咦咦……？」

「嗯，那麼這邊請。」

艾美拉達像個惡質騙子般推著惠美，讓卡米歐帶路。

「這是怎樣……為什麼不把話說清楚？她到底是要帶誰過來啊。如果是地球的質點就麻煩了。」

漆原嘟囔完後過了一個小時，大黑天禰抵達魔王城。

天禰帶了兩個人過來。

一個是臉色和身體狀況看起來都很差的真奧貞夫。

至於另一個人……

「你、你是誰啊？」

漆原一看見那個人，就忍不住如此問道。

笑著站在漆原面前的人，擁有和他一模一樣的長相。

「話先說在前頭～就算艾米莉亞拒絕～我還是會這麼做喔～」

「但會不會太多了？」

「才沒這回事～光從聖・埃雷能以非公開的形式參加滅神之戰的高峰會這點來看～就

已經算太少了～～」

「……總覺得有點奇怪。」

「一點都不奇怪～～這是妳本來就該獲得的正當報酬……」

「我不是這個意思。」

惠美瀏覽攤在桌上的文件，然後直視眼前這位身材嬌小但比自己年長的重要好友的眼睛。

「我是指我們在這裡談這種事很怪。」

艾美拉達立刻察覺惠美的意思。

「……只是因為之前的敵人剛好是惡魔和魔王軍而已～～」

「是這樣嗎？如果敵人是其他安特．伊蘇拉的國家，我們有辦法成為朋友嗎？」

惠美和艾美拉達再次互望彼此，不帶笑容地嘆了口氣。

如果帶著笑容，就等於是侮辱了在「惠美等人的戰鬥中」殞命的人們。

惠美重新看向文件，皺著眉頭嘟囔：

「但收下那麼多錢……也不曉得能拿來做什麼。」

「這全都是艾米莉亞的自由～～」

「我的自由啊。」

惠美再次看著文件陷入沉思。

她在心裡迷惘著是不是該強硬地拒絕。

「艾美。」

「什麼事～～？」

「事情果然很難盡如人意呢。畢竟如果『我們當時』戰鬥的對象不是魔王軍，我應該無法獲得『這筆錢』。」

「話是這麼說沒錯～～但艾米莉亞也沒預料到後來會與魔王和解吧～～」

「可是這樣下去，我會覺得好像是在自導自演。如果這件事被高峰會的成員知道，不曉得會不會有人無法接受。」

艾美拉達立刻明白惠美的話中之意，露出苦澀的表情。

「……感覺賽凡提斯大人和北方的老太婆～～都會把這當成把柄利用～～」

「別叫人家老太婆啦。不過迪恩・德姆・烏魯斯大人透過馬勒布朗契得知的可能性並非為零，或者她會巧妙地從千穗口中套出這件事。所以艾美……」

惠美重新將文件放回桌上，開口說道：

「或許……這能當成『武器』。」

「武器……嗎～～？」

「沒錯，武器。那傢伙曾經當著我的面說過，這對惡魔們來說，是『全新的力量』。」

惠美笑著說道。
那是個有點僵硬，但充滿確信的笑容。
「看著吧，艾美。即使世界改變……或是我將在滅神後失去聖法氣、法術與聖劍。」
惠美開口宣告：
「我仍是勇者。無論世界如何變化，只有這項事實不會改變。」

※

由各國高層一同舉辦的會議——高峰會。
真奧等人希望魔界的惡魔能在滅神之戰後融入安特．伊蘇拉的人類社會，然而最後透過高峰會讓這件事得以實現的人既不是安特．伊蘇拉人，也不是惡魔，更不是天使，而是一個來自異世界日本的高中女生。
無論對象是安特．伊蘇拉人、惡魔、天使，還是魔王與勇者，佐佐木千穗都能夠平等又公平地愛著他們，即使找遍全世界，也只有她能不被任何責任拘束，貫徹客觀第三人的立場俯瞰一切。
千穗深愛來自安特．伊蘇拉的人們，雖然這種想法可以說是一種任性，但她因為不想與那些人分離而聚集了幾個地區的領導者，整合了安特・伊蘇拉這個世界面臨的狀況。

安特・伊蘇拉的人民接受了這點。

異世界的少女只是率直地希望所有人都能和睦相處。

而安特・伊蘇拉接受了她的願望。

即使這是正確的願望，實現起來仍必須伴隨龐大的困難與犧牲，所以這個世界之前才會裹足不前，但如今眾人形式上還是接受了這個結果。

僅憑一己之力就能與國家為敵的魔王和勇者也有參與這點，當然也有很大的影響。

兩人曾經賭上物種與世界的存亡互相戰鬥，之後卻在異世界有了孩子，不管怎樣，這件事都推動了世界各地的領導者們協助滅神之戰。

高峰會的成員和魔王軍共同演出了一場欺騙全世界的鬧劇，對外發表了三項事實。

一、魔王城這個魔王軍留下的負面遺產，已經消失在天空的另一端。

二、曾經拯救世界的勇者艾米莉亞・尤斯提納，已經為了將邪惡斬草除根回到天上。

三、大法神教會發起的聖征，已經在聖十字大陸的勇士們的支持下大獲成功。

這些並不是所有的真相，但無疑是個足以激勵全世界團結一致的好消息。

以此為契機，佐佐木千穗持有的「基礎」碎片誕生出新的「生命」。

而這個讓地球的質點一族傾全族之力將其送到安特・伊蘇拉的新生命，不知為何和墮天使

路西菲爾——亦即漆原半藏長得一模一樣。

在六月的某個開始變熱的夜晚，一切正逐漸朝結局邁進。

◇◇◇

早上電視的天氣預報表示日本今天從北到南都會是晴天，新聞主播以爽朗的笑容宣告接下來將會很熱。

逕自從窗戶照進來的陽光，透露出笹塚的街道今天也會悶熱無比。

「這陽光真讓人受不了，就算待在家裡還是覺得好刺眼。」

即使七月底已經是盛夏，這陽光還是強得太誇張了，但就算抱怨天氣也沒用。

今年夏天特別炎熱，新聞也每天都在報導有許多人因為中暑送醫。

真奧貞夫吃完早餐後緩緩起身，皺著眉頭將餐具放進流理臺。

「天氣一直這麼熱，果然會影響食慾。」

真奧今天的早餐是一片土司配昨天喝剩後拿去冰的味噌湯。

考慮到這幾天的天氣，只要是冷藏的隔夜料理都很危險，所以真奧喝之前有先小心確認過味道。

「……對了，聽說昨天冰咖啡賣得很好。」

真奧嘆了口氣，從口袋裡掏出手機。

待機畫面的愛女照片讓真奧稍微放鬆臉上的表情，但他一打開某個應用程式就變得面色凝重，叫出通話記錄撥打位於最上方的號碼。

「喂，不好意思這麼早就來打擾。可以請你幫忙帶些一公升的外帶瓶過來嗎？嗯，沒想到昨天那麼多客人外帶，可能等不到定期補貨。嗯，謝謝。我會再報數量給你。嗯，那就先這樣了。」

真奧掛斷電話後，抬頭看了一眼牆上的時鐘。

現在是早上六點。

「不知不覺已經這麼晚啦。看來早餐吃得太悠閒了。」

真奧加快準備的速度。

他從洗好的衣服裡挑出能夠防曬的七分袖薄上衣，穿上材質柔軟的機能牛仔褲，並確實地將前幾天才從洗衣店拿回來的襯衫、領帶和工作用長褲放進背包。

接著，他拿起放在房間中央被爐上的遙控器。

「之後還有空回來換衣服，時間就先設六小時後好了。」

他熟練地使用冷氣的預約開機功能，然後關掉電源。

房間內的冷氣一停止，真奧的臉上就開始滲出令人厭煩的汗水，但上班時間正無情地逼近。

「看來還會熱一段時間。」

真奧揹起背包，戴上放在玄關鞋櫃上的露臉式安全帽，拉下透明面罩。

穿上咖啡色的皮鞋走出玄關鎖門後，他還不忘轉動門把確定門有鎖好。

最後，真奧抬起頭走到隔壁房間輕輕敲了一下門。

「喂，我今天可能會晚點回來，有事打電話給我。」

門內沒有人回答，但真奧像是知道有人聽見般聳肩，然後用足以戰勝炎熱天氣的氣勢衝下公共樓梯。

他將手放在一個停在腳踏車停車場、已經被太陽曬熱的銀色物體上。

取下銀色的車罩後，底下是一臺深黃色的機車。

真奧仔細收好車罩，跨上機車。

「可惡……屁股好燙。」

早晨的陽光已經足以曬熱椅墊，真奧皺著眉頭將機車移到馬路上，用左手按著剎車來發動引擎。

「鮪鳩號，今天也一起出門工作吧。」

序章
魔王，出門上班

聽著輕快的引擎聲，真奧以缺乏氣勢的聲音如此宣告，迎著熱風騎在笹塚的街道上。

這是發生在滅神之戰結束三年後，某個夏天早上的事情。

墮天使，接收遺產

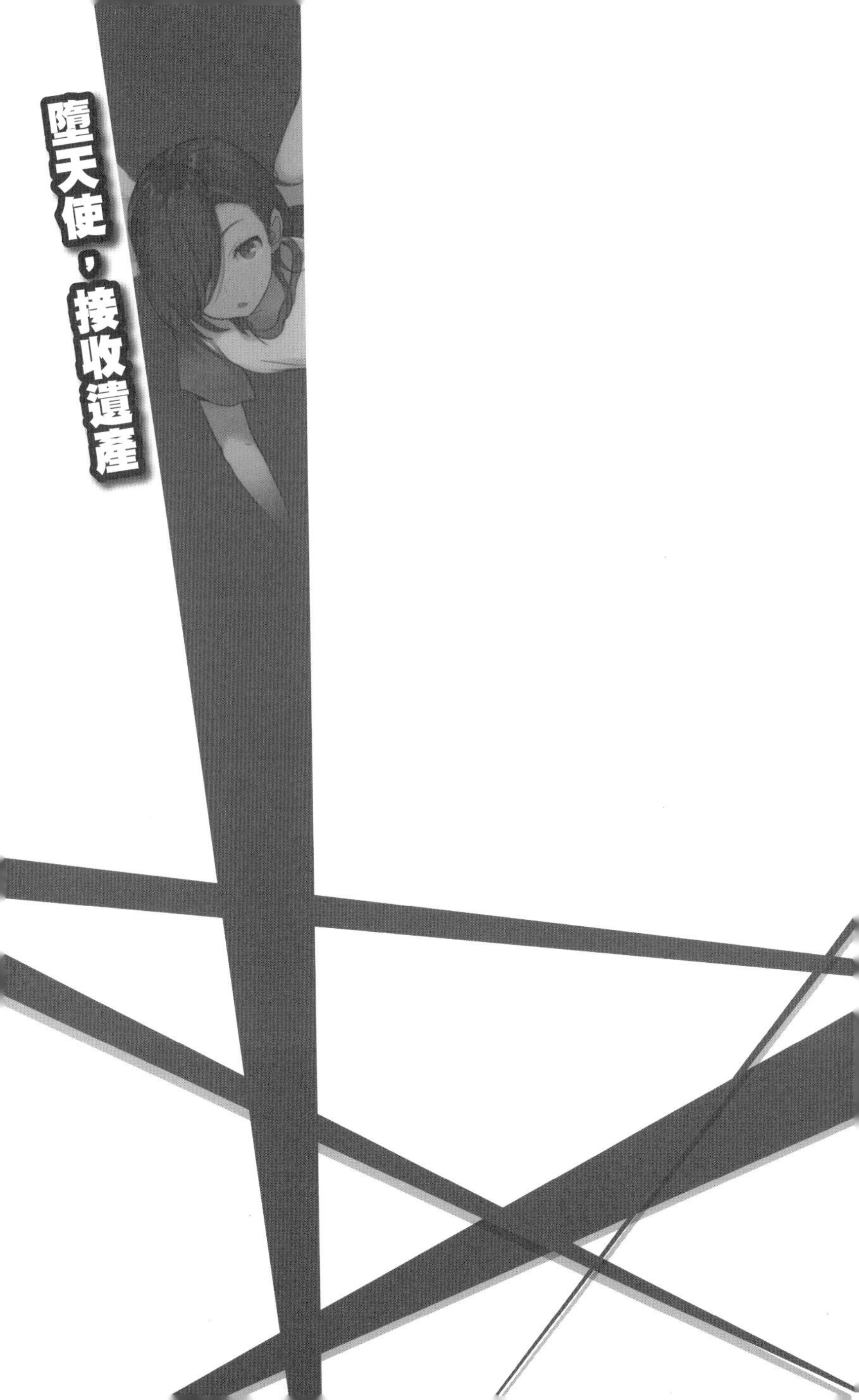

在魔王城回到魔界，準備前往天界的這個時期，天禰帶著一位男性出現在Villa・Rosa笹塚二〇一號室。

真奧當時正因為高峰會結束後發生的某件事身體虛弱。

他趁惠美人在安特・伊蘇拉，從永福町搬回了Villa・Rosa笹塚休養。

因此真奧看見站在二〇一號室玄關的那個男人時，還以為自己的身體狀況終於差到出現幻覺了。

「喔，真難得看你這樣，是感冒了嗎？」

真奧無視天禰的問題，拚命撐起沉重的身體問道：

「漆原……你怎麼會在這裡……你不是應該在安特・伊蘇拉的魔王城……」

「為了避免麻煩我就單刀直入地說了，我不是路西菲爾，而是從那個替安特・伊蘇拉人決定未來方向的人身邊誕生的質點之子。」

「……啊？你說什麼？」

「我長這樣是有原因的，當然這個身體也和路西菲爾有許多共通之處。」

「等、等等，我有點跟不上狀況。你不是漆原？是質點之子？所以你是原本之後才會誕生的那個……」

「原來你知道啊，這樣說明起來就簡單了。沒錯，我是安特·伊蘇拉的『知識』。」

真奧曾聽說在構成世界的寶珠當中，只有第十一個質點「知識」會比其他兄弟姊妹還晚出現。

但真奧更在意另一件事。

「你剛才說是從替安特·伊蘇拉人決定未來方向的人身邊誕生……」

擁有漆原外表的「知識」所說的話，讓虛弱的真奧衝動地想要起身。

「當然就是佐佐木千穗。多虧了她召開的高峰會，安特·伊蘇拉的人類終於團結一致……咦？」

「你……別想對小千……！」

「我也不想給她添麻煩，但最後無論是惡魔之王，還是人類世界的皇帝、國王、將軍、聖職者和勇者，都無法讓安特·伊蘇拉的人類在真正意義上成為『安特·伊蘇拉人』。只有來自異世界的高中女生辦到了這點。」

「……唔、呃……」

「而一開始將她牽連進來的人，就是你吧。」

無法反駁的真奧頓時失去了起身的力氣。

「真奧老弟，你怎麼了！惡魔也會感冒嗎？跟你同居的太太都沒照顧你嗎？」

真奧的狀況看起來實在太嚴重，所以即使天禰一如往常地開口調侃，還是一臉嚴肅地將手伸向他。

「唔哇，你燒得好厲害。再回去躺一下吧。遊佐妹妹和蘆屋老弟知道你這樣嗎？」

「不好意思……蘆屋不知道我的狀況。惠美和阿拉斯．拉瑪斯也因為魔王城起飛的事情待在安特．伊蘇拉……我不方便用她家的東西，所以就回來了。」

真奧在天禰的攙扶下重新躺平，但視線一直沒離開「知識」。

「住遊佐妹妹家比較方便吧，真不曉得你是頑固還是不知變通……從冰箱來看，你似乎有好好吃飯。啊，畢竟利比科古老弟也住這裡，話雖如此……」

天禰確認冰箱內容，向真奧問道。

「你的身體是人類吧。應該不是得流感吧？有去看醫生嗎？」

「不，這問題應該找醫生也沒用。而且我才剛從安特．伊蘇拉回來，不可能是流感……」

天禰當然不至於被真奧頭暈時想出來的理由說服。

她看穿真奧有所隱瞞，露出銳利的眼神。

「異世界的疾病才更嚴重吧。看來要請遊佐妹妹或鎌月妹妹幫你診治一下。要是把未知的病菌帶來地球，我可不會放過你喔？」

「不對，不是那樣，這不是因為生病。」

「你怎麼這麼肯定。」

「呃，我知道變成這樣的原因，也知道吃藥沒用，應該只要多休息就會恢復。」

「所以我才問你怎麼這麼肯定。」

「呃，這是因為……」

天爾平常不太會干涉真奧他們的事情，今天卻莫名地不斷追問，想必是和擁有路西菲爾外表的「知識」有關。

真奧基於這樣的想法看向「知識」，對方用漆原的臉露出看不出是同情還是嘲弄的笑容。

這讓真奧心裡產生莫名的確信。

眼前這個從千穗擁有的「基礎」碎片誕生的男人，知道真奧身體不適的原因。

「你們這些惡魔的生態真的很奇妙呢。究竟是因為對方是人類，還是因為對象是她呢？」

「你這傢伙……！」

「你們從剛才開始就在說什麼啊。話說這下麻煩了，沒想到真奧老弟會變得這麼虛弱又窩囊，之後該怎麼辦才好。」

天爾如果知道真奧身體不適的原因，一定會嘲笑他一輩子，但當天有太多事情讓她心煩，所以沒聽清楚兩人的對話。

「……我才想問天爾小姐帶這傢伙來我家幹什麼。」

「就像我平常說的那樣，我們這邊基本上不想管其他世界質點的麻煩事，所以希望能盡快把這個人送去安特．伊蘇拉。不過真奧老弟現在是這個樣子，看來只能去拜託千穗妹妹或梨香妹妹了……」

「等、等一下。總而言之，就是想把這個假漆原送到安特．伊蘇拉吧。可是安特．伊蘇拉現在……」

「隨著魔王城起飛和聖征行動正式展開，已經沒剩下多少安全的地方了吧。我才不管這麼多，只想快點把這個人送走。」

「為什麼要這麼焦急？阿拉斯．拉瑪斯她們那時候明明沒有……」

「『知識』不一樣。而且對照我們目前手邊的資訊，這個人的外表和漆原老弟一模一樣這件事，怎麼想都非常不妙。」

天爾話說得輕鬆，態度卻十分認真。

「……我明白了，我會帶他過去，反正我原本就打算請幾天假。」

「咦？你真的沒問題嗎？」

「把這個莫名其妙的傢伙交給其他人處理才更讓我不安。而且我現在也必須去魔界補充魔力，才能恢復原本的狀態。」

「唉，我也這麼覺得。」

「吵死了。」

看見「知識」一臉得意地同意，讓真奧感到十分不悅。

「你有名字嗎？」

「目前沒有，你要幫我取嗎？」

「你是在要我嗎？」

真奧有猜到對方沒有名字，但沒想到會要自己幫忙取名。

「反應不用這麼大。雖然我自己取也行，但如果要讓人幫忙取名，第一人選會是佐佐木千穗，再來就是你或艾米莉亞．尤斯提納吧。」

真奧刻意不問這個順序是基於什麼根據。

「……虛原。」

「真奧老弟，怎麼取這種名字。」

天禰對這個隨便的名字提出抗議。

「虛原……虛原啊。這名字不錯。我喜歡。」

但當事人似乎不討厭這個名字。

「我先叫你虛原，後面的名字之後再說。還有這個拿去。」

「為什麼要給我髮蠟？」
虛原困惑地看著真奧隨手丟過來的髮蠟，真奧懶散地指著自己的額頭。
「你長得太像漆原，很容易讓人搞混，所以至少改一下前髮的造型。」
真奧奮力從棉被裡起身，留了張便條給利比科古。
之後他去房東家找艾契斯，傳了封簡訊向千穗說明虛原的事與之後的預定，再帶著天禰和虛原前往魔界。
對無法使用天使羽毛筆的真奧來說，在身體不適的情況下開「門」是個很大的負擔，實際上他過程中也好幾次差點吐出來。
但一回到魔界看見屹立在紅色天地之間的魔王城，大氣中的魔力就像溫泉一樣滲入真奧的體內，讓他覺得身體的不適瞬間消散。
「心情很複雜嗎？」
「你該不會能讀心吧。」
「多多少少。」
虛原毫不愧疚地說道。
「我並不想侵害別人的隱私，之後會慢慢練習讓自己不要聽見多餘的心聲。」
「你的嘴臉和講話方式真不像個剛出生的人。」

這讓真奧忍不住懷疑他其實是漆原的雙胞胎兄弟。

然後——

「魔王？你不是身體不舒服……喂，那是誰？」

「魔王大人！您要是提早通知，我就會去迎接您……請問您後面那位是誰？」

「……等一下，咦，你是誰啊？」

真奧等人一抵達魔界，惠美、蘆屋和漆原就前來迎接，並在看見真奧背後的虛原後各自露出狐疑的表情。

※

天禰與真奧帶著虛原抵達魔界的隔天。

真奧等人為了替滅神之戰的最後階段做準備，來到位於魔界地底的神祕地下設施。

在大地的裂縫當中，橫躺著無數機械士兵。

那些機械士兵的前方，有一座不曉得是由誰建造的神祕機械遺跡。

魔王撒旦過去曾找出古代大魔王的都城撒塔奈斯亞克，當成魔界惡魔們的根據地，眼前這個設施與那裡十分相似，但真奧和惠美對這裡都沒什麼好印象。

再次造訪這裡的路上，無論是穿越機械士兵的墓地，還是經過之前曾經吸收真奧和卡米歐魔力的入口時，惠美都一直保持最大程度的警戒。

「唉……我實在不覺得這時候會有人來襲，妳不用那麼緊張啦。」

「之前那次也是這樣吧。阿拉斯．拉瑪斯的狀況原本就不穩定，艾契斯的力量也不一定每次都管用。」

真奧放棄勸導正在警戒周圍的惠美，但他當然也沒有掉以輕心。

他們上次來這裡時，只有真奧、惠美和卡米歐算是戰鬥人員，結果真奧和卡米歐卻意外失去了魔力，實質上只能仰賴惠美、艾契斯和基納納的援助。

不過這次的成員和上次相比還多了漆原、加百列、大黑天禰和另一個人，可以說是做好了萬全的準備。

「可惡，這感覺真的很差。」

漆原本人皺起眉頭摸著自己的頭髮。

在通過之前的入口時，漆原也被奪走了魔力，讓他頭髮和眼睛的顏色變得和天使一樣。

但漆原是墮天使，所以還是能發揮和天使同等的力量。

順帶一提，身為純種惡魔的真奧和卡米歐這次分別變成了人類型態和公雞型態。

「明明我都變成這樣了，為什麼萊拉的外表不會變色？」

萊拉最近的狀況和漆原恰好相反，原本的銀髮和紅眼都變成了紫色。

這是她之前在日本讓真奧療傷時造成的影響，但考慮到這個設施的入口具備吸收魔力的機能，這樣的結果實在是讓人不解。

「大概是因為我和你不同……不需要靠魔力維持生命吧。」

萊拉未做多想直接回答。

「妳可能是這樣沒錯……但那傢伙又是如何？」

漆原繼續不滿地將矛頭指向天禰旁邊的另一個人。

那個人一臉從容地用和漆原一模一樣的外表回應：

「哎呀，因為我不像你是後天變成那樣，而是從一開始就是現在這個樣子。對吧，天禰小姐。」

「別把話題丟給我。我不是質點之子，所以不太清楚。」

天禰難得表現得很不乾脆，迴避虛原的話題。

天禰平常很少像這樣顯露出感情，但既然虛原是從「基礎」碎片中所誕生的，應該不是敵人才對。

「唉，沒什麼關係吧？也是會有這種事情。」

「和路西菲爾一模一樣，好怪喔。」

因為另外兩個「基礎」之子對虛原毫無戒心，所以即使心裡仍有防備，魔王城的成員們還是接受了他。

「我的事情不重要，還是先處理正事吧。」

「真是的，明明我的工作在魔王城抵達魔界時就大致結束了，為什麼還要做這種事……我現在的感覺可是比你們想像的還要糟糕啊。」

看見長相和自己一模一樣的男子露出爽朗的笑容，漆原不悅地開口抱怨。

「可惡……若你只是信口開河，我絕對會讓你後悔。」

「就是因為大家相信我這個長相和你一樣的存在，我們現在才會在這裡吧？」

從「基礎」碎片誕生的「知識」——虛原，會出現在這個曾讓真奧和惠美有不好回憶的地方，是有原因的。

他表示只要運用這座設施，就能更快完成真奧等人的計畫，讓他們得以進攻天界。

而且除了當初讓魔王城發揮太空船功能的四個大魔王撒旦遺產以外，還要有漆原在才能利用這座設施。

「虛原，你真的知道怎麼利用這裡嗎？」

「當然。路西菲爾，你應該也知道吧？」

「我也很討厭虛原這個名字！光是被你叫名字感覺就很差。我的聲音真的是這樣嗎？」

雖然漆原因為完全不相干的理由鬧脾氣，但並沒有否定對方的說詞。

「我已經說過很多次，我早就把與自己的人生無關和覺得不重要的記憶都忘得差不多了。我現在只記得……只想得起來一件事。」

漆原指向五個被安置在一堆機械設備當中，大小不一的艙體。

真奧他們之前造訪這裡時，曾經讓諾統和基納納進入其中兩個艙體。

「那就是這些全都是我的東西。」

虛原聞言，就用和漆原一樣的臉露出若有深意的笑容。

「沒錯，包含隱藏在這裡的『真正遺產』在內，這裡的一切都屬於你。」

所謂的「遺產」，應該是指大魔王撒旦的遺產吧。

真奧等人原本就是為了讓魔王城從安特．伊蘇拉起飛才會收集那些遺產，所以原本也只期待這些物品能夠作為替代零件，拿來修復當初進攻安特．伊蘇拉時破損的部分。

實際上在虛原提議啟動這座設施前，他們的計畫都是讓魔王城從魔界起飛，再沿著衛星軌道前往天界。

雖然這種作法非常危險，他們在讓魔王城起飛前也討論過很多次，但還是想不出其他方法。

然而，虛原卻說只要讓路西菲爾帶著所有遺產來到這裡，問題就能迎刃而解。

和遺產有關的漆原，以及半信半疑的真奧等人決定姑且按照盧原的指示，將所有遺產運來這裡。

「天禰大姊～好了嗎？這把槍很重啊。可以先搬進去放吧。」

加百列搬著遺產中最大的亞多拉瑪雷基努斯魔槍進入地下設施後──

「（哎呀……要開始打磨啦……）」

胸口的寶珠閃閃發光的基納納將魔劍諾統扛在肩膀上，蹣跚地走了進來。

「等等，基納納！現在還沒準備好嗶？」

「小鳥鳥，不可以坐在重要的機器上。」

「姊姊，不能抓雞的尾巴啦，要抓脖子。」

「咕嗶？」

「妳們兩個快住手！要說幾次妳們才會知道卡米歐先生不是雞啊！」

阿拉斯．拉瑪斯和艾契斯．阿拉追著腳邊的雞──卡米歐到處跑，萊拉拚命想阻止她們。

「明明有很多事要擔心，為什麼會這麼缺乏緊張感……」

看見大家都在任性妄為，惠美突然產生一股難以言喻的不安。

「好了，大家讓一下，有個大東西要過。小孩子們請退後。啊，前端碰到底了！這樣尾端放得進去嗎？」

「你是搬家業者啊。」
加百列無視真奧的吐槽，不斷調整角度將巨大的魔槍放進最大的密閉艙。
不只是魔槍，所有遺產都像插入鎖孔的鑰匙般剛好符合艙體的尺寸，最後只剩下中央的艙體還空著。
「好大喔。那就是千穗贏來的長槍吧。」
「艾契斯，妳這樣講不太正確，那時候的事情應該沒這麼容易忘記吧……話說妳為什麼在吃魷魚絲啊？」
惠美發現艾契斯嘴巴裡似乎在咀嚼什麼東西，露出困惑的表情。
雖然艾契斯現在仍會暴飲暴食，但只要待在安特·伊蘇拉症狀就會減輕，如今光是手上拿的那袋印有魷魚絲圖案的點心就能讓她滿足。
「因為耐咬的食物好像比較能讓我滿足。」
「啊，原來如此……」
「順帶一提，這是口味和外形都像魷魚絲的軟糖。妳要一起吃嗎？」
惠美凝視這個無論銷售者還是生產場所都令人十分好奇的商品一會兒後——
「還是算了。」
婉拒了艾契斯隨手遞給她的軟糖。

就在這段期間，一切的準備都已經完成了。

「這樣就都按照你們的吩咐準備好了。接下來要做什麼？」

「（總算要開始進行真正的打磨了。）」

基納納回答加百列的疑問後，像之前那樣靈巧地操作與艙體連接的操縱臺。

接著房間內的所有機械都發出運轉的聲音，基納納見狀——

「（我等了好久。真的等了好久。）」

就興奮地搖著尾巴，自己進入其中一個空著的艙體。

「……然後呢？」

先不管劍、長槍和魔道的事情，這下應該可以斷定基納納脖子上的寶玉就是阿斯特拉爾之石了。

但即使湊齊了所有大魔王遺產，還是沒發生什麼事。

在場的所有人都困惑地看向虛原，但結果是漆原變得意氣消沉。

「……果然非做不可嗎？」

「是啊。」

「你到底知道多少？」

「我是獲得你外貌的質點，所以你的記憶我大概都有，關於質點的記憶當然也比你多。」

「那你應該明白我的記憶相當模糊，對接下來要做的事情也不是很確定。只是久違地從加百列那裡聽說遺產的事情時……」

「嗯，那天很熱呢。」

「我是真心不想管什麼遺產。這個想法已經深深刻在我的心裡——如果收下遺產，一定會被捲入許多麻煩。」

漆原說完後，垂頭喪氣地往前走。

接著他仿效基納納，自己進入剩下那個位於房間中央的艙體。

「真奧，幫我從外面關起來。然後……喂，你知道怎麼操作吧。」

「我希望你能稱呼我為虛原。這是他幫我取的名字。」

「我死也不會叫。快點另外取個比較像質點的名字啦。」

「是、是這樣操作嗎？我要關嘍。」

真奧按照指示關上艙體後，漆原的聲音就中斷了。

與此同時，虛原只用食指按了一下操縱臺。

下一個瞬間——

「喔？」

「咦？」

「嗶？」

真奧等人感受到一股強烈的震動與光芒，並察覺整座地下設施正在下降。

「整座設施都變成了電梯嗎？」

「這樣之後還有辦法回到上面嗎？」

「不用擔心，再怎麼說都還有天使羽毛筆能用。」

「那我、卡米歐和基納納怎麼辦？」

「媽媽！」

阿拉斯．拉瑪斯的吶喊在轟鳴聲中鮮明響起。

「這裡有其他生命。」

「那是……什麼……」

這句話讓所有人一齊警戒周圍，但他們看見眼前的東西後都疑惑地皺起眉頭。

房間下降後，漆原正面的牆壁出現一個大洞，所有人都緊盯著洞裡面的東西。

那是個彷彿將漆原他們進入的艙體直接放大好幾十倍的巨大裝置。

甚至還比最大的魔槍用艙體大上五倍。

但最奇妙的還是內容物。

「……我好像看過類似的東西，只是尺寸沒有這麼大。」

惠美沒有放鬆警戒，盯著「那個」開始回想。

在這個比魔界的神祕地下設施還要深的巨大空間裡，放了一個瓶子。

瓶子裡有一半是裝土，土壤表面有個形狀扭曲的乾枯樹樁。

在柔和的燈光照耀下，還能看見樹樁周圍的土長了一些苔蘚。

「對了，是生態瓶。」

「生菜……咦？那是什麼？」

生態瓶是一種在玻璃容器內打造小型自然環境的園藝飾品，但眼前的瓶子大得誇張。

「是生態瓶啦。這種園藝飾品通常是在適合陳列於窗邊的小瓶子裡放些石子、漂流木或苔蘚，再更精緻一點的甚至完全不需要照顧，就能在瓶內達成自然循環。」

「這應該遠遠超出園藝的範疇吧。」

「所以只是有點類似而已，不過……」

眾人仰望著那個被封印在地下遺跡深處，必須有大魔王撒旦的遺產以及漆原當鑰匙啟動後才能發現的物體。

「既然是必須找到大魔王撒旦的遺產和遺孤才能拜見的物品，應該不可能只是作為興趣的園藝或盆栽吧。例如稍微加工就會變成武器之類的……嗯？」

就在所有人都忙著推測眼前物體的真面目時——

「艾契斯，那是我們。」

「嗯，沒錯。原來是在這裡啊。」

阿拉斯．拉瑪斯和艾契斯似乎知道瓶子裡的東西是什麼。

艾契斯甚至還弄掉了手裡的零食。

「阿拉斯．拉瑪斯？這是什麼意思？難道……那裡面也有『基礎』碎片？」

「不對，那是我們。」

「惠美，要不要用聖劍的碎片確認一下。這樣就能知道有沒有碎片了吧。」

「說、說得也是……呃，阿拉斯．拉瑪斯，可以幫忙一下嗎？」

「好啊。」

惠美直到被真奧提醒才想起要叫出聖劍，原本陪在她身邊的阿拉斯．拉瑪斯瞬間消失。

「喂，不會有事吧？我可不知道這個地方，我留在魔界的碎片，應該就只有託付給撒旦的阿拉斯．拉瑪斯……」

「只要沒有出現引導的光芒，就表示這裡沒有碎片反應。既然都來到這裡了，當然要把能試的都試過一遍。」

「是、是這樣沒錯啦。」

惠美安撫不安的萊拉，比照之前的作法將聖法氣注入聖劍，解放「基礎」碎片的力量。

碎片之間互相吸引時，會出現指引對方所在的紫色光芒。

如果瓶子裡沒有碎片，聖劍應該就只會對距離最近的艾契斯產生反應。

「……剛才是不是晃了一下？」

「嗯，而且感覺不像地震……」

眾人感覺到從腳底傳來細微的震動。

「是那個引起的。」

艾契斯指向巨大生態瓶內的樹椿。

「剛才有那個東西嗎？」

真奧瞇起眼睛。

他記得一開始只有看見乾枯的樹椿。

但如今從樹椿延伸出來的一根樹枝，居然發出了一片嫩葉。

「因為艾米和姊姊剛才一起呼喚它回去。」

「回去……？哇？」

下一個瞬間，整個空間出現比剛才還要強烈的震動。

「喂，加百列……」

「嗯，大概就是那樣吧。哎呀，我也沒預料到會變得這麼大，這讓我有點驚訝呢。與此同時，我也很驚訝居然只要這樣的大小就能動起來……」

「萊拉！加百列！你們要是知道什麼，就快說明這震動是怎麼回事！那個瓶子裡裝的到底是什麼！」

身體狀況才剛恢復就又失去魔力的真奧，忍不住針對一連串的異常狀況逼問兩位大天使，而兩位大天使也難得露出摻雜著困惑與些許興奮的表情回答：

「我想就算走出這裡，也無法立刻得知發生了什麼事……」

「但我們知道眼前這個是什麼……」

萊拉在說話的同時，緩緩走到艾契斯身邊。

她溫柔地摸著艾契斯的背，少女既沒有撿起腳邊的軟糖，也沒有吃其他食物，只是緊盯著樹樁上長出的新枝葉。

「明明什麼都還沒結束……但真的太漫長了……」

「是啊。對不起，真的讓你們久等了。」

「……意思是這東西也和質點有關嗎？」

「何止有關，這是名副其實的根本。」

「呵呵。」

萊拉說完後，加百列不知為何發出輕笑。

那是個彷彿被某人不經意講出的冷笑話逗笑般，沒什麼特別意義的笑容。

「這東西以前的尺寸沒這麼大，大概只能讓一個成年人環抱而已，但考慮到中間經過的漫長歲月，這樣還算小了。」

萊拉抱著艾契斯的肩膀，看向惠美的聖劍。

「你們應該也曾納悶過，為何在十個質點當中只有『基礎』有碎片吧。」

自從誕生自「嚴峻」的伊洛恩現身後，Villa・Rosa笹塚二〇一號室的人們心裡就經常閃過這個疑問。

惠美甚至曾經問過萊拉這個問題。

為什麼會有碎片，又是誰製造出這些碎片？

「這就是答案。撒旦葉從生命之樹切下了這個，考慮到生命之樹的性質，如果其他部位也被切斷，或許還會出現不同的質點碎片。」

這可能是真奧和惠美第一次聽見萊拉「嚴肅」的聲音。

「這是支撐生命之樹的根。生命之樹總共有十一個根，並各自對應不同的質點，這是其中第九個。」

惠美聽著母親的說明，像是要擁抱某個女孩般握緊手中的聖劍。

「亦即『基礎』質點的根。」

◇◇◇

「咦？」

真奧在店前面的遮陽棚底下發現一個撐著陽傘的女子。

女子似乎也從引擎聲注意到真奧，抬起頭向他輕輕招手。

「不好意思，等很久了嗎？」

「早安，對了，店長今天是下午才會來吧。」

「嗯，我只會幫忙支援上午時段。外面很熱吧，我馬上開門。」

「真是的，明明是早上，但光站著就覺得好熱。」

女子煩躁地說道。

「老闆，快給我鑰匙！我先進去開冷氣。」

「好好好。」

真奧從口袋裡掏出鑰匙包，親暱稱呼真奧為「老闆」的女子接過來，熟練地打開入口的門，衝進店內。

裝在門上的復古門鈴發出清脆的聲響。

真奧停好機車後，先稍微打量了一下店外的狀況。
他對著昨晚被人丟在路上的菸蒂皺起眉頭，但除此之外沒有任何異狀。
直到確定招牌沒髒後，真奧才開門走進店內。
「親子咖啡廳．基楚」永福町總店今天也將準備開店。
店內陰暗又涼爽，讓真奧稍微放鬆了一點。
此時剛才的女子從店後方走了出來。
「昨天有很多人外帶瓶裝咖啡，不曉得瓶子會不會不夠？啊，鑰匙先還你。」
「嗯，我出門前先安排好了。之後會有人送來。」
真奧收下鑰匙包，指向店外。
「對了，東海林，不好意思要先麻煩妳到外面……」
「收拾菸蒂對吧！亂丟的人真是差勁透頂！那些人難道不懂就是這種行為害他們無法自由抽菸嗎？」
穿著白色襯衫搭配褲腳不收邊牛仔褲的簡單打扮，外罩一件時髦黑色短圍裙的女子——「親子咖啡廳．基楚」的打工人員東海林佳織，憤怒地晃動著綁起來的黑髮，從收銀台底下拿出垃圾袋走到外面。
「對了，真奧先生！不對，老闆！」

但她立刻再次跑回來。

「排班表上面寫店長今天下午會來，老闆在那之後就要離開嗎？」

「嗯，我跟人約了見面。」

「是約會嗎？」

「啊？」

這個毫不客氣又唐突的質問讓真奧驚訝地睜大眼睛，但他稍微想了一下就點頭肯定。

「唉……勉強算是吧？」

「老闆，你該行動的時候還是會行動呢！」

佳織不知為何表情一亮，她每次誇獎真奧時，通常都會接著開啟麻煩的話題。

「別戲弄大人了，什麼叫做該行動的時候。」

「哎呀，我聽店長說老闆最近一直都很忙，所以本來覺得已經沒希望了。」

「說話小心一點，我可是妳的雇主啊。」

「但你今天還是有好好安排行程，讓我對你刮目相看了。既然在中午前離開，表示午餐會在外面吃吧？是要在機場吃嗎？」

「嗯，我午餐會在外面吃……嗯？機場？」

這個突然蹦出的詞彙，讓真奧露出困惑的表情。

接著換佳織對真奧的反應感到疑惑。

「你不是要去羽田機場嗎？還是你們要在濱松町之類的地方會合？」

「為什麼會提到羽田和濱松町？我又沒要去機場。」

雖然有一部分是因為逆光，但佳織的表情瞬間變得像惡鬼一樣。

「原來不是那樣啊，果然不出我所料，真是的。」

「喂？喂喂？東海林，這是跟老闆說話的態度嗎？」

「所以我才討厭工作狂。」

真奧看著很衝地丟下這句話的佳織再次出門打掃後，稍微陷入沉思。

「機場……雖然我什麼都沒聽說，但該不會……」

就在真奧愈想愈不妙時——

「外面我打掃好了，接下來換店裡。」

佳織開始冷漠地打掃店內的座位區。

真奧見狀，確信自己一定搞砸了什麼。

「我什麼都不知道啊。」

說完這句怎麼聽都像是藉口的話後，真奧也跟著開始工作。

無論有什麼樣的理由，無論世界變得怎樣，都還是必須開店。

由真奧開的「真奧組股份有限公司」經營的餐飲事業「親子咖啡廳・基楚」永福町總店，將在一個半小時後營業。

魔王軍，移動月亮

大法神教會的大本營——聖．因古諾雷德的天文總監在那一天送來一份奇妙的報告。

天文總監的工作是觀測天體運行，並以此為基準預測天氣、制定曆法和占卜吉凶，所以視提出的建議與情報而定，有時他的發言權甚至凌駕六大神官。

天文總監向位居領導地位的大神官賽凡提斯．雷伯力茲，以及各個教區主教和樞機主教提出的報告內容十分異常，讓所有人都懷疑起自己的眼睛。

但天文總監本人應該也知道大家會懷疑這份報告。

所以他還特地加了一條備註。

內容是——

『這個觀測結果絕對正確。無論是觀測用的機器還是觀測員的精神狀態都十分正常。』

※

「唔，好想吐。」

漆原踏著不穩的腳步走出密閉艙時，原本緊盯著「基礎」質點樹根的所有人都嚇一跳似的轉頭看向他。

「唉……我原本就容易暈車，該不會是有幽閉恐懼症吧。」

「你平常明明都窩在狹窄的壁櫥裡……話說你別嚇人啦。」

「幽閉恐懼症包含了害怕暗處、害怕狹窄的地方，以及害怕被拘束三種面向。我只要待在無法自由進出的地方就會不舒服，所以大概是害怕被拘束。」

漆原說著煞有其事的理論，開始活動關節舒展身體。

「你……原本就知道『基礎』的根是在這裡嗎？」

漆原因為惠美的質問皺起眉頭。

「別讓我重複那麼多次。我根本連這個地方的存在都忘了。只依稀記得好像有遺產，應該說記得『父母有留東西給我』。」

漆原抬頭看向在眾人的注視下，正逐漸長出嬌小嫩芽的「基礎之根」。

「不對，這樣講也不太正確。根本就沒人告訴我如何獲得遺產。電視劇不也常有這種劇情嗎？如果沒有遺囑就無法合法獲得遺產之類的。」

「路西菲爾，我是在認真問你……」

「別講得好像我總是很不認真似的。我可是認真的。正因為沒有遺書，應該說沒人告訴我正確的資訊，我才會一直都覺得這個地方和遺產不重要。」

漆原直截了當地反駁惠美。

「古代大魔王撒旦的真面目是分割了天界的天使撒旦葉・諾伊。撒旦葉為了與研究不老不死的伊古諾拉對抗，選擇支持魔界的居民。但從現在的狀況來看，最後是撒旦葉輸了，畢竟在真奧把撒塔奈斯亞克當成根據地之前，根本就沒人能夠統率魔界。」

雖然加百列和萊拉都沒有明確指出這點，但從種種情報來看情況確實是如此。

「散落在周邊的那些壞掉的機器人，都是天界派來的侵略兵器。很久以前被我們和馬勒布朗契族稱作『銀腕族』的存在也是一樣的東西。不過在合併馬勒布朗契族時害我們吃了不少苦頭的銀腕族，應該是撒旦葉的手下。」

「原來如此。如果真的是這樣，那大魔王撒旦以前應該曾經在魔界跟人大戰過一場，不過按照加百列的說法，他當時應該沒這個餘裕。真要說起來，天使之間為何要內戰。抵達安特・伊蘇拉的月亮後，就不需要擔心原本星球的風土病了吧？」

「……真奧偶爾會遲鈍到讓人驚訝呢。卡米歐也經常勸你要多體察別人的心情。」

「你、你幹嘛突然說這個。」

「你忘了凱耶爾和舍姬娜之前為伊古諾拉等人帶來多大的恐懼嗎？不只是專門負責戰鬥的加百列，撒旦葉和沙利葉在一對一的情況下也完全不是他們的對手。雖然你們好像忘了，但如果沒有阿拉斯・拉瑪斯和艾契斯的力量，艾米莉亞和真奧根本打不贏加百列和沙利葉。天使母星的質點之子可是強到能把那兩人打得落花流水。真奧，我問你。」

漆原一臉苦澀地指向正在仰望「基礎」之根的天禰。

「如果沒有阿拉斯．拉瑪斯或艾契斯幫忙，你贏得了天禰小姐或房東太太嗎？」

「不可能吧。」

真奧立刻如此回應。

「雖然身為年輕女性實在不太想被拿來當成戰力的基準，但我確實是不會輸。」

漆原無視天禰莫名其妙的回應，繼續說道：

「撒旦葉認為繼續研究不老不死只會激怒安特．伊蘇拉的質點，所以偷走了根，讓生命之樹陷入難以預測的異常狀態，對此感到害怕的天使們也因此判斷撒旦葉是危害質點的敵人。畢竟如果再出事，他們這次就無處可逃了。只有在社會和治安都獲得確保的情況下，『生命倫理』的觀念才有意義，所以曾經面臨過生命危險的天使們更在意自己的安全。」

「那是怎樣……該說是沒骨氣，還是讓人看不下去呢。」

「你有辦法對佐佐木千穗說出一樣的話嗎？」

「啊？」

漆原對只知道天使「現況」的真奧所說的話不以為然。

「你有辦法對佐佐木千穗說『雖然想危害你們全家和笹塚的敵人會不斷出現，但請妳接受

這個狀況』嗎？」

真奧一臉苦澀，惠美也倒抽了一口氣。

他們都不明白漆原為何要說這些話。

如今兩人都覺得自己無法，也絕對不會對千穗說出那樣的話。

「雖然我沒資格這麼說，但一般都會設法解決這種危機吧。」

真奧和惠美再次體認到自己曾讓還不像現在這麼堅強的千穗，獨自面臨如此危險的狀況。

真奧當時確實有管好漆原。

但光是收拾掉奧爾巴這個背叛者，根本就無法確保千穗的安全。

實際上就是因為辦不到，才會馬上又遭到沙利葉襲擊。

直到沙利葉現身前，真奧和惠美都決定靜觀其變，根本沒為千穗做什麼。

「普通人是會害怕的。不過這些事只對佐佐木千穗一個人造成困擾，並沒有對周圍的人造成任何影響。如果這些事發生在一個集團身上，就會變成『輿論』。因為所有人都不想再經歷那種恐怖，所以不允許集團選擇其他道路。只是因為這些都發生在遙遠的世界又事不關己，才可以隨意評論。」

漆原繼續說道：

「伊古諾拉和撒旦葉都害怕凱耶爾和舍姬娜會再次出現，卻因為完全相反的理由急著分出勝負。魔界的惡魔們獲得了撒旦葉與支持撒旦葉的天使們的支援，但最後還是落敗。『遺書』就是在確定落敗時遺失。」

漆原轉身環視周圍的艙體。

剛才只有基納納和漆原一樣自己從艙體裡出來，但不曉得牠是醒著還是睡著了，一直閉著眼睛動也不動地趴著。

「喂，艾米莉亞，妳覺得大魔王撒旦為何要留遺產給我？」

「咦？」

「留下遺產的理由啊。這麼大的魔槍也拿不動，諾統也不是什麼絕世好劍。就算修練偽金的魔道，在魔界也派不上用場，基納納脖子上的那個更是讓人覺得摸不著頭緒。」

「……嗯，是啊……雖然不曉得你們這些魔界的惡魔是如何看待財產，但為什麼要問我這種事？」

「妳應該是這群人當中最能理解的人。」

漆原指向阿拉斯．拉瑪斯。

「如果真奧現在說要帶走阿拉斯．拉瑪斯獨自撫養，妳會怎麼做？」

「啊？這不可能吧。」

「妳回答得也太乾脆了。」

惠美老實的回答讓真奧露出受傷的表情，但他同時想起了扶養費的事情，所以也無法強硬反駁。

「假設真奧很有錢，阿拉斯・拉瑪斯也說想自己和真奧一起生活呢？」

「這種事情不可能發生。」

「只是假設而已，不要這樣一直否定啦。」

「就算只是假設也讓人很不愉快。不管再怎麼想，魔王都不可能有辦法獨力撫養阿拉斯・拉瑪斯。他既無法和阿拉斯・拉瑪斯融合，也無法好好照顧她，我當初得知魔王無法替她買棉被時……」

「伊古諾拉的想法應該也一樣。真奧，先不管艾米莉亞的想法，假如你獨自照顧阿拉斯・拉瑪斯，然後不幸遭遇意外，這時候你會怎麼做？」

真奧依序看向漆原、阿拉斯・拉瑪斯和惠美。

最後他抬頭看向裝著「基礎」之根的生態瓶說道：

「如果我獨自照顧阿拉斯・拉瑪斯，然後出了什麼意外……那當然只剩下一個選項。」

真奧自然地將手放在惠美肩膀上。

惠美也沒有推開他的手。

「當然是讓她去找媽媽。」

「簡單來講，事情就是這樣。」

三人絕對沒有事先講好。

但無論是真奧、惠美還是漆原，都覺得這句話就是一切的契機。

「劍、槍、魔道和寶石，都只是用來讓人找到『根』的遺書。撒旦葉考慮到自己落敗的狀況，將這些『鑰匙』託付給四個信任的惡魔，好讓我在被引導來這裡後能夠回到『母親身邊』，但我在收到遺書前就離開了撒塔奈斯亞克。受撒旦葉之託保管遺產鑰匙的惡魔們後來也沒找到我，如今只剩下基納納還活著。卡米歐，你的父親也是其中一人。」

「嗶……在下的父親……」

此時，地面的晃動變得愈來愈激烈。

「……話說這陣晃動是怎麼回事？別跟我說這裡也會像撒塔奈斯亞克那樣浮起來，變成太空船喔。」

「比那樣更直接，我想應該馬上就會平息。」

雖然聲音相同。

但這次回答的人並非漆原，而是虛原。

「為了把被大魔王撒旦分成兩半的東西恢復原狀，根開始移動了。」

「把分成兩半的東西恢復原狀……喂！」

真奧看向加百列。

這個動作是在確認。

根據加百列之前在練馬揭露的過去，曾經被分成兩半的東西只有一個。

那就是安特·伊蘇拉的「月亮」。

「雖然父母的罪孽與孩子無關，但一切都太遲了。他們也不想想自己到底已經將我放任不管多久了。」

因為神和大魔王的「夫妻吵架」而被分割的月亮，如今再次互相接近。

「將整個月亮……？」

「……真奧老弟，我覺得你還是盡快聯絡鎌月妹妹或艾美拉達妹妹比較好。我記得她們是在叫中央大陸的地方吧？」

「啊，說得也是。如果不告訴她們發生了什麼事，之後應該會很恐怖。」

真奧連忙掏出手機，開始思索要如何說明。

「雖然事情突然變得大有進展，但這樣要做的事情就一口氣增加了。呃，首先要叫他們做什麼呢？先聯絡人在艾夫薩汗的蘆屋，請他幫忙聯絡其他高峰會的成員……」

「喂，等等，魔王。」

惠美突然制止忙著思考今後計畫的真奧。

「這表示接下來到最終決戰為止的藍圖都已經大致確定了吧。既然如此，我們應該還有一件必須先處理的事情吧。」

惠美嚴肅的語氣，讓真奧不禁放下握著電話的手。

「聽完路西菲爾剛才說的話後，我才想起我們還有一件必須好好完成的事情，畢竟……」

惠美欲言又止地說道：

「等這場戰鬥結束後，我們不一定所有人都能活下來。這樣就再也沒機會做那件事了。」

真奧也察覺惠美的話中之意，轉頭看向漆原。

「妳說的沒錯。這樣除了漆原以外，也要叫蘆屋和鈴乃抽出時間呢。」

突然被點名的漆原困惑地回望真奧。

「你們在說什麼啊？」

「是你剛才自己說的吧。」

「咦？」

「但現在還是要先平息魔界的動搖。回魔王城確認魔界和天界的狀況吧。發生這麼大的事情，難保天界不會派人打過來。等確認完各方狀況後，再來決定其他事情。」

「嗯，我知道了。」

惠美坦率答應後，真奧暫時先將手機收進口袋。

「漆原，卡米歐，回魔王城了。」

真奧下了一個重大決心說道：

「之後我、惠美和漆原，必須在最終決戰前替另一件事做個了斷。也要立刻聯絡蘆屋和鈴乃。」

※

「這上面寫著『這個觀測結果絕對正確。無論是觀測用的機器還是觀測員的精神狀態都十分正常』……啊。」

在中央大陸的舊伊蘇拉・聖特洛的廢墟內有一座營帳，鎌月鈴乃在裡面收到教會總部派的教會騎士團成員捎來的消息後，露出苦笑。

「怎麼了嗎～～？」

「沒什麼，只是覺得看那些平常趾高氣揚的傢伙們慌張的樣子很暢快而已。」

鈴乃在營帳內得意地說完後，重新看了幾眼傳令送來的羊皮紙。

「這個封蠟只會用在教會的最高機密。因為有用法術封印，所以只有教區主教以上的階級才能打開。」

「我第一次聽說有這種法術～～」

「因為外觀看起來像普通的封蠟，這種蠟的製造過程包含了一些祕密步驟。只有大神官和一部分樞機主教，以及送來這則傳令的天文總監知道製造方法。」

「這是天文總監送來的～～？」

「嗯。與其說很快……不如說總算送到了。既然天文總監已經觀測到，那麼過不久世界各地的天文觀測所也會發現相同的事實。」

鈴乃從辦公椅起身，邀艾美拉達一起走出營帳。

魔王城前幾天才剛升空，中央大陸最近都是晴朗無雲的藍天。

明明才沒過幾天，勇者艾米莉亞、聖征軍和五大陸聯合騎士團驅除魔王軍的事蹟，就已經被誇張地描述為神明的祝福與恩寵，在聚集到中央大陸的眾多騎士之間流傳。

鈴乃每次聽見這個說法都要拚命忍笑。

她抬頭看向才剛過中午的天空。

即使是白天的天空，依然能隱約看見紅色的月亮和藍色的月亮。

「一開始還以為只能讓魔王城再次從魔界起飛，沒想到後來居然找到這種方法。妳要看嗎？」

說著說著，鈴乃將傳令送來的羊皮紙遞給艾美拉達。

艾美拉達稍微皺起眉頭看向那份文件。

「咦？」

然後用力眨了好幾次眼睛。

「呃……咦？這怎麼回事？」

艾美拉達交互看向天空與鈴乃，然後忍不住用力拍了一下文件。

她知道上面寫著超乎想像的事情。

但艾美拉達並非天文學的專家，無法立刻推論出這件事會造成什麼樣的影響，所以只好詢問鈴乃。

伊蘇拉．聖特洛的天文總監派人送來的文件裡寫著：

『天上的紅月正在追逐藍月，而且速度非比尋常，雙方很可能過不久就會接觸。』

「……意思是魔王他們～～讓整個魔界動起來了～～？」

「似乎是這樣沒錯。」

「這樣一定會造成什麼影響吧～～……？」

艾美拉達難得以缺乏自信的語氣問道。

鈴乃也跟著露出苦笑。

「哎呀，其實我也不是這方面的專家，但應該會在世界各地掀起一陣不安吧。再來就是……以下是我透過日本的書籍和電視學到的一些皮毛知識，所以不需要太認真……搞不好這個世界的海岸線會改變也不一定。」

「咦？海岸線……啊。」

艾美拉達驚訝地看向天上的月亮。

鈴乃流著冷汗，不敢面對艾美拉達。

「等一下！妳是指潮汐力也會跟著變化……」

「嗯，大概會變成那樣……」

「事情才沒有這麼簡單！那麼巨大的質量在短期間內大幅移動，不可能只改變潮汐而已吧？」

「呃，可是原本是同一個月亮。」

「……貝爾小姐……妳以為我在練馬聽加百列說完世界的真相後，只是無所事事地在日本遊蕩嗎？」

「不，妳不是很熱衷於到處吃東西嗎？」

「哼！」

「好痛？」

鈴乃直接就印象說出艾美拉達去年冬天的生活，沒想到艾美拉達居然用力賞了她的腦袋一

記手刀。

「沒、沒必要動手吧！」

「看招！看招！」

「痛、好痛！喂！妳、妳來真的啊！」

「我好像看到一個明明也常疏忽大意，卻對別人的飲食生活挑毛病的壞孩子呢～」

在那之後，鈴乃又拚命抵抗艾美拉達的攻擊好一段時間。

「呼！呼！」

「吁……吁……」

在兩個人界最強等級的戰士持續進行無益爭鬥的期間，騎士團和教會的相關人士都不曉得發生了什麼事，也搞不懂自己被捲入了什麼狀況，所有人都只能默默地遠遠觀望兩人的戰鬥。

連續亂砍了整整三分鐘的手刀後，艾美拉達整理被汗黏在額頭上的前髮，向同樣氣喘吁吁的鈴乃問道：

「呼、呼，貝爾小姐……知道洛希極限這個詞嗎～～？」

「那、那是……日本的名詞嗎？洛……洛希極限？」

「與其說是日本，不如說是地球的名詞～～簡單來講～～就是主星和衛星之間的距離如果太接近～～較小的衛星就會因為受到潮汐力的影響而解體分散～～而那個極限距離就叫洛希極限～～」

「那、那又怎樣？」

「所以就算原本是同一個天體～～也不代表不會出事～～既然現在實際上有兩個天體，如果靠得太近或許會被彼此的引力粉碎也不一定～～就算依靠某種力量讓它們合而為一～～若月亮和安特・伊蘇拉之間的距離在洛希極限之內依然會立刻崩壞～～之後安特・伊蘇拉的自然環境也會遭到毀滅性的打擊～～」

「是、是這樣嗎？艾美拉達小姐，妳什麼時候獲得了這些學術知識……」

「在到處吃東西的期間～～」

「……是我錯了。」

鈴乃坦率為之前的話道歉。

「但現在只能相信就算連洛希極限的事情一起列入考量也不會有事了。畢竟從這裡根本做不了什麼。」

「是這樣沒錯～～不過貝爾小姐～～我們～～不對～～艾米莉亞他們真的有辦法擊敗神明嗎～～」

「為什麼突然說這個？」

「畢竟對手可是早在人類出現在安特・伊蘇拉之前～～就能自由分割和復原天體的

傢伙～～無論阿拉斯．拉瑪斯妹妹的力量再怎麼強～～我還是不認為她能夠贏得了那種怪物～～」

「難得看見妳示弱呢。」

「因為我這次無法在最前線戰鬥～～我的個性不適合等待～～」

「嗯，我大概能理解妳的心情。我也是從以前就一直在第一線活動，結果最近卻一直在做不適合自己的辦公室工作，真讓人受不了。」

「……不過～～妳看起來不怎麼擔心呢～～」

「因為我相信自己的同伴。呵呵。」

說完這句不符合自己風格的臺詞後，鈴乃忍不住笑了出來。

「別鬧了～～我都要起雞皮疙瘩了～～」

艾美拉達認真板起臉。

「抱歉抱歉，不過我確實也只能這樣說。再來就是，其實我覺得即使真的發生戰鬥，或許我們也能意外輕鬆地獲得勝利。」

「妳還真有自信～～可以問一下理由嗎～～？」

鈴乃指向艾美拉達手裡的文件。

「那就是我的第一個依據。正常來想，敵人應該會在事情變成這樣之前發動攻擊吧。」

「……的確～～」

艾美拉達立刻明白鈴乃想說什麼。

「我們在高峰會前後確實都行動得非常謹慎，但如今就連整個魔界飛向天界都沒遭到攻擊，這未免也太奇怪了。」

「說得也是～～」

「而且紅月明明已經移動了好幾天，但無論是這裡還是魔界，目前都沒有收到被襲擊的消息。因此我推測天界已經沒有能夠實際行動的人手。」

「這樣想有點太樂觀了吧～～？」

「難道妳認為這是因為他們有信心靠迎擊就能擊敗我們？」

「……嗯～～的確～～不可能是這樣～～」

這道理很簡單，即使世界上有各式各樣的戰術和戰略，但讓敵人進入自己的地盤決戰無疑是最為愚蠢的行為。

只有被逼到絕境的一方才會在自己的陣地垂死掙扎。

有利的一方不需要刻意引誘敵人進入自己的地盤，他們不會讓自己的領土受到損害，這麼做本身也毫無意義。

如果有辦法取勝，那當然是在不會危害到自己的地方戰鬥比較好。

這次的情況也一樣，既然天界勢力在紅月開始移動後完全沒發動攻擊，就表示他們已經沒有遠距離的攻擊手段，或是喪失了繼續戰鬥的能力。

「他們應該……也沒有超遠距離的攻擊手段吧～要是有這種能力……」

「沒錯。要是有這種能力，就不需要殺害羅貝迪歐大人，也不用讓大神官們作什麼聖夢了。畢竟這樣就沒必要迂迴地引發奇蹟和發動聖征。既然沒有直接發動『天譴』，就表示天界沒有超遠距離的攻擊手段。」

此外加百列曾多次提到，天界實際能夠運用的人手並不多。

實際上在卡邁爾之後，鈴乃等人就再也沒看過新的天使。

「不過如果是這樣。」

艾美拉達將文件還給鈴乃後，依然皺著眉頭一臉不安地仰望白天依然可見的藍色月亮。

「在演變成這種狀況前～住在那裡的人們都過著什麼樣的生活呢～～」

「……」

鈴乃至今見過許多天使，無論他們擁有多不尋常的力量，或是性格再怎麼偏差，在人格、性格和行動原理方面依然沒有超出「人類」的範疇。

就算卡邁爾會對撒旦這個名字表現出異常的攻擊性，也還是像個人類。

所以正常來想，鈴乃等人目前應該完全沒有輸給天界的要素。

真奧和艾契斯曾在融合狀態下輕易擊敗三名天使。

就連之前那個神祕太空人，也只能趁真奧和卡米歐喪失魔力只剩惠美能戰鬥時展開突襲，最後還是被艾契斯一個人壓制。

如今即使所有使用魔力的人都無法戰鬥，也還有與阿拉斯．拉瑪斯融合的惠美、艾契斯、萊拉和漆原能夠充當戰力。

再加上大黑天禰目前也在魔界。

即使地球的質點一直貫徹不介入安特．伊蘇拉人事務的方針，但過去的經驗顯示只有和阿拉斯．拉瑪斯與艾契斯有關的事情是例外。

根據鈴乃等人的觀察，敵人目前的戰力應該只剩下伊古諾拉、卡邁爾和拉貴爾三名天使，以及從人類當中徵召組成的天兵大隊。

萊拉曾覺得神祕太空人的真面目「就是伊古諾拉」，比起認為那是沒見過的新敵人，伊古諾拉被迫親自出馬的說法確實較為可信。

而且就算曾被趁虛而入，眾人後來還是擊退了那個太空人。

「應該……沒有任何不安的要素。」

鈴乃努力不去思考某個可能。

天使們也是人類。

所以如果伊古諾拉到現在還沒有抵抗或投降的徵兆，那就只剩下兩條路可以走。

「不……就算是這樣，也早就應該行動了。」

鈴乃拚命想甩掉這個想法。

伊古諾拉也是人類。

而且她有無論如何都要達成的目的。

雖然那是不容於安特．伊蘇拉和地球的倫理觀，以及違反生命之樹眷屬們意願的事情，但應該不是無法靠溝通解決的問題。

畢竟安特．伊蘇拉與他們故鄉遭遇的災害毫無關係。

所以鈴乃——

「妳的表情很僵硬喔～～？」

「只是因為最近都吃不到烏龍麵，出現一些戒斷症狀而已。」

拚命想甩掉天界在自暴自棄後，或許會決定玉石俱焚的可能性。

「唔喔？」

就在鈴乃設法驅散內心的不安時，調成靜音模式的手機突然在大神官法衣底下震動，讓她驚訝地輕喊出聲。

鈴乃連忙跑回營帳蹲在角落確認手機，然後發現來電者是真奧。

因此稍微恢復笑容的她，按下通話鍵。

『喂，不好意思突然打來。現在方便說話嗎？』

真奧的聲音意外低沉，讓鈴乃的表情瞬間從微笑轉為嚴肅。

「沒問題。怎麼了，發生了什麼事？難不成是天界打過來了？」

鈴乃先說出自己預想的最壞狀況。

『不，不是那樣。不過……現在有個對我們來說和那一樣重大的問題必須解決。』

「這樣啊……」

鈴乃在得知位於魔界的成員都平安無事後鬆了口氣，但既然發生和天界來襲一樣嚴重的事情，還是讓人無法放心。

『我聽說惠美有透過簡訊通知妳這邊的狀況。』

「嗯。安特．伊蘇拉也開始有人觀測到紅月逼近藍月。另外在親眼看見前還是很難相信，真的出現了一個和路西菲爾長得一模一樣的質點嗎？」

『嗯，真的長得一模一樣，但他不像阿拉斯．拉瑪斯他們那樣擁有自己的名字，所以我幫他取名為虛原。』

「……呃……嗯，這樣啊。」

鈴乃不曉得該笑還是該吐槽，只能含糊地回應。

『那麼，妳知道他最早是出現在千穗家嗎？』
「簡訊裡有提到他是從碎片中誕生。」
『我剛才說的問題就是和小千，應該說和小千家有關。』
「什麼……難、難不成千穗小姐，或是佐佐木家發生了什麼事嗎？」
對真奧等人來說，千穗或佐佐木家遭遇危險確實是比天界來襲還要嚴重的事件。
「現在有誰可以去保護佐佐木家和笹塚……對了，天禰小姐目前在你們那裡……那只能聯絡沙利葉大人……可惡！」
為什麼都沒有想到這個可能性呢？
「沒想到敵人攻擊的目標居然不是安特・伊蘇拉，而是位於地球的笹塚？志波小姐他們也無法應付嗎？現在不是悠閒說話的時候了。我和艾美拉達小姐立刻過去……！」
『妳誤會了。事情不是那樣……』
相較於慌張的鈴乃，真奧顯得十分冷靜。
甚至可以說是沉著。
他現在心裡只有悔悟。
『某種意義上來說，現在做什麼都太晚了。』
「你說……什麼？」

『我們現在能做的就只有……而已。』

「魔王、魔王？振作點。我聽不清楚。你說要做什麼？我願意盡全力幫你！所以別放棄！只要我能幫得上忙……」

『……抱歉。』

「為什麼……現在才說這種話……」

發生了足以讓真奧如此消沉的事情。

光是這樣就讓鈴乃感到心驚膽寒。

她詛咒著幾分鐘前還氣定神閒的自己。

「魔王……」

『接下來必須好好善後。惠美和漆原會找時間從魔界前往笹塚，我則是要去東方找蘆屋，妳可以早點回笹塚嗎？』

「嗯……我知道了。總之你冷靜一點……不對，雖然我也很動搖，但你還是把事情說清楚一點，不然我根本無法準備。」

『說得也是。嗯，鈴乃，妳冷靜下來聽我說，其實……』

鈴乃努力聆聽沮喪的真奧斷斷續續的說明——

「…………………啊？」

但內容在不同的意義上完全出乎她的預料。

「…………唉…………不對，嗯，確實就是這樣沒錯……但魔王你剛才的說法……」

鈴乃的態度驟變，而且看起來愈聽愈提不起勁。

「嗯……嗯……知道了知道了。然後呢？放心我知道這件事很重要。嗯，我有想過可能會遇到這種狀況……不對，雖然我預想的不是這種狀況，但我有一套正式的。還有什麼事嗎？之後再說？嗯，那我等你聯絡。嗯，知道了。」

最後鈴乃直接癱坐在營帳內，沒勁地掛斷電話。

「…………真是的。」

鈴乃瞪著手機啐道。

「別亂嚇人啦！」

「怎麼了嗎～～？」

「唔喔哇啊？」

艾美拉達的臉突然出現在眼前，讓鈴乃因為不同的原因再次嚇得跳了起來。

「艾、艾、艾、艾美。」

「你們好像在講什麼嚴肅的話題～～所以我幫妳把外面的人都支開了～～」

「這、這樣啊，不好意思。我確實太不小心了。感謝妳的體貼。」

「沒關係啦～～話說魔王他們那邊出了什麼問題嗎～～？」

「嗯，不是什麼大問題。雖然這件事也很重要，但性質不太一樣。」

「我聽不太懂呢～～但真的不嚴重嗎～～？畢竟～～」

艾美拉達嘴角露出微笑，同時靈巧地斜眼瞪向鈴乃說道：

「妳剛才熱情地說出『想幫忙』這句話時，表情可是很拚命呢～～」

「唔哇！」

鈴乃當場弄掉了原本想丟出去的手機。

「話說～～我前陣子才被難以預料的人際關係給擺了一道～～」

「嗯、嗯？」

「沒想到～～……連妳也對魔王～～怎麼會這樣呢～～」

「不對不對不對不對不對不對不對不對不對不對！怎麼可能有這種事！」

「要記得適可而止啊～～」

艾美拉達的嘴角已經看不見笑容。

這讓鈴乃無法判斷自己反射性撒的謊是否有被看穿。

「然後呢～～？千穗小姐發生了什麼事～～妳最近要回笹塚嗎～～？」

「是、是啊！等魔王下次聯絡，我就得暫時回笹塚一趟。」

「不能等一切結束後再回去嗎～～？現在還有很多事情要忙吧～～……」

「這個問題只能趁現在解決。如果我們當中有人在滅神之戰中犧牲，就真的無法挽回了。」

「哎呀～～這個理由意外地正經呢～～」

「是很正經，而且再正經不過了。只是……嗯。」

鈴乃將臉埋進大腿之間深深嘆了口氣。

「唉……沒錯，確實只能趁現在了。」

※

通常日食、月食和流星雨等天文現象，會受到氣象條件和地理條件的影響，不一定每次都能看見。

不過在人居住的區域當中，應該沒有完全無法看見天文現象的地區。

現在這個瞬間，坐在統治東大陸的艾夫薩汗帝國的皇城——蒼天蓋屋頂上眺望天空的真奧和蘆屋，應該也看見了那個天文現象。

雖然人的肉眼應該無法辨識巨大天體的細微差異，但據蘆屋所言，在艾夫薩汗中負責占星的單位「天文方」已經因為發現月亮位置改變而亂成一團。

「你覺得會變怎樣？」

「請問您的意思是？」

「魔界是紅色，天界是藍色吧。」

蘆屋看向真奧指示的方向，用手指在夜空中圈出一顆散發強烈紅光的星體，以及一顆藍色的星體。

「應該不會因為是紅色加藍色，就變成紫色吧。或許夜空會變得更偏紫色，但人眼恐怕看不出來……無論如何，我想顏色的變化不會和現在差太多。」

「咦？這樣感覺有點無聊呢。」

「這只是預測而已。視大氣的狀況而定，也可能會變得和現在的藍色與紅色完全不同，更何況還要考慮到洛希極限。雖然是古代的天使讓月亮動起來，但既然他們無法拯救自己的母星，天使們很可能沒有能夠迴避洛希極限的技術。月亮應該不會合而為一。」

「不會合體嗎？話說那個洛希極限是什麼？」

「當兩個擁有一定質量的星體過於接近，其中一方就會受到重力或引力的影響而粉碎，洛希極限就是指那個極限距離。」

「怎麼會有這麼恐怖的事情……」

「我曾在圖書館讀過有關這類研究的書。所以紅月和藍月即使互相接近也不會合而為一，不如說如果兩者合體反而會害世界毀滅。」

「唉……總之不會變成一個紫色的大月亮就對了。」

真奧仰望著夜空說道。

「不過兩個月亮看起來都不會跟現在一樣吧。為了減輕對潮汐力的影響，公轉軌道的最遠距離和最近距離也會改變。這麼一來，光是外表的尺寸就會大幅改變。您聽過超級月亮或草莓月亮嗎？」

「電視偶爾會報導。我通常出門時還記得，但下班後就會忘掉。等深夜回想起來時，又懶得為了看那種東西出門。」

真奧聳肩回答，從口袋裡拿出舊式摺疊手機確認行事曆。

「能夠勉強趕上嗎？」

「雖然無法保證，但假設兩個月亮不會合體，在確定雙方的距離不會再繼續縮短之前，應該先將行程延後。」

蘆屋也同樣從口袋裡掏出薄型手機，點頭回應。

「我果然還是不習慣看你用那個。」

「我倒是已經習慣了。」

蘆屋熟練地操作手機，叫出行事曆的應用程式。

「阿拉斯．拉瑪斯是在去年七月來到Villa．Rosa笹塚，當時是東京的盂蘭盆節。雖然最好能在那之前結束滅神之戰，但除了艾契斯和伊洛恩以外，大家都是成年人。」

這場滅神之戰最早是為了當成真奧的「愛女」──阿拉斯．拉瑪斯的生日禮物才正式展開。

真奧等人也將阿拉斯．拉瑪斯的生日訂為滅神之戰的最終期限……

「雖然只是大略估算，但至少必須再等一個半月才能進攻天界，不然無論是讓魔王城起飛還是在天界著陸都會有危險。」

現在已經是六月中旬。

如果再等一個半月，就要到七月底才能進攻天界。

「等這麼久，對方不會先打過來嗎？」

「事到如今應該不太可能吧。我們明明已經做出這麼大規模的行動，對方卻在誆騙大神官們發動聖征後就一直沒有動作。一開始我還以為他們是想偷偷展開諜報活動，但高峰會的成員都沒提出類似的報告。從加百列提供的情報能推測出敵人的資源十分吃緊，看來實際情況可能還要更加嚴重。」

「唉，說得也是……」

「而無論敵人的索敵能力再怎麼差，應該都有發現魔王城已經飛到魔界，然而他們卻沒有任何動作。對照現有的所有情報，從各個角度加以驗證後，我不認為敵人的毫無作為有任何戰略上的價值。換句話說，就是敵人目前能採取的手段只剩下迎擊我們。」

真奧也同意蘆屋的說法，但還是刻意提出反論。

「難道不是因為他們握有能將我們一網打盡的戰力，才刻意等我們自投羅網嗎？例如他們其實能夠自由使喚其他質點之子，或是擁有只能在天界使用的武器之類的。」

「雖然不是完全沒有這個可能性，但機率低到可以忽視。只要分析敵人至今的傾向，就會發現天界在干涉安特．伊蘇拉時比起直接攻擊，更偏向間接在人類世界製造混亂。他們之前經常因此反過來被逼入絕境，很難想像他們還有從未使用過的強硬手段。」

最早是命令奧爾巴抹殺惠美，然後是企圖奪取惠美的聖劍；搶走阿拉斯．拉瑪斯和「基礎」碎片；利用蘆屋和惠美重現人類軍與魔王軍的對立，以及托萝給大神官發動聖征等等……

「嗯，真的很小家子氣呢。」

「對吧？」

天界過去透過這些事件，多次為安特．伊蘇拉人帶來混亂。

尤其是在艾夫薩汗實施的陰謀，更是對魔界與艾夫薩汗造成極大的損害。

但大部分的犧牲都是被擺布的人們之間互相殘殺造成。

在真奧等人所知的範圍內，有可能是被天界勢力直接下手殺害的人，就只有六大神官的實質領導者羅貝迪歐．伊古諾．瓦倫蒂亞。

不過就連這件事都沒有確實的證據。

「相較之下。」

蘆屋突然露出憤恨的眼神改變話題。

「在這種情況向魔王大人要扶養費的艾米莉亞還比較可怕。」

「你講的話也很小家子氣呢。」

「敵人引發的麻煩只要打倒敵人就能解決，但和錢有關的麻煩就必須先有錢才行。」

「不管怎麼說，我們還是得乖乖付扶養費。」

「現實真是殘酷。」

蘆屋痛苦地呻吟。

「除了殘酷的現實以外，我還想跟你討論該如何償還一個過去犯下的罪孽。」

「……唔。」

蘆屋瞬間困擾似的垂下肩膀。

「真是令人困擾。這個麻煩……和敵人或者金錢都沒有關係。不對，一開始或許和金錢有關……到底該怎麼說才好。」

「和力量與金錢無關……應該說是和心或信賴有關的麻煩？趁這個機會，我打算也好好償還另一個罪孽。」

「另一個罪孽……啊。」

「大家這次回笹塚都各有各的理由，但這件事是我們兩個的問題。」

真奧仰望藍月。

「我們已經親身體驗過賺錢是件多麼不容易的事情。萬一我們在這場戰爭中死掉……」

「請別說這麼不吉利的話。」

「這也是一種可能性吧，我不想還沒替偷錢的事情道歉就死掉。」

「您完全不需要對區區一個人類抱持罪惡感……」

蘆屋刻意以誇張的語氣說道。

「……如果是一年前的我應該會這麼說吧。」

「考慮到和對方的關係，我現在心裡可是充滿了罪惡感。比起贖罪，我想透過道歉消除這股罪惡感的理由更接近自我滿足，但總之就是有個心結未了。」

「即使如此，作為一個人，這樣還是比繼續隱瞞下去要誠實多了。」

「是啊，作為一個人。」

兩個惡魔因為這種事相視而笑。

「得到你的認同，讓我更有自信了。」

「這是我的光榮。」

「所以惠美的要求也是符合人之常情，畢竟是阿拉斯·拉瑪斯的扶養費啊。」

「如果請款的人不是艾米莉亞，我也不會這麼固執！我是在氣艾米莉亞！」

「包含這點在內，我們都變得很像人類了呢。」

「這句話才真的是不吉利！」

「喂，結果你打算怎麼處理鈴木梨香？」

「呃？您為何突然提起這件事？」

「喔，難得看你這麼驚慌失措呢。」

「當然會驚慌失措。畢竟完全沒想到會突然提到她的名字！」

「就當作是讓我做個參考。」

「我跟她之間完全沒什麼值得魔王大人參考的事情！我之前可是明確拒絕了她！只是鈴木小姐！」

「別那麼大聲，正蒼巾的人都在看這裡。」

這裡畢竟是統治整個東大陸的皇城。

蒼天蓋是前幾代的皇帝命人打造的皇城，平常除了鋪設屋瓦這種特殊情況以外，沒有人能直接爬上屋頂。

結果這兩個年紀一大把的惡魔，居然在這個地方談論這種話題。

「是鈴木小姐自己想得太樂觀了。我沒打算和她發展任何關係。」

「果然啊，我想也是。」

「魔王大人又是如何？」

「……我啊。」

「這才是真正沒做會死不瞑目的事情吧？」

「呃，是這樣沒錯啦。」

「這和償還罪孽一樣，不是靠力量或金錢就能解決的問題。這才是和心有關的問題。」

「我才不想被你這麼說。」

「明明是魔王大人先開啟這個話題。」

因為實際上正是如此，所以真奧只能後悔自己的草率。

不對，或許是蘆屋刻意將話題導向這個方向。

而且他說的沒錯，如果再不給個答覆，於情於理都說不過去。

隨著月亮開始移動，決戰的時間也逐漸逼近，現在已經沒有猶豫的時間。

「不過如果和這次的事情一起處理，不會顯得很沒誠意嗎？」

「想逃避也要適可而止。」

這道嚴厲的指責，讓真奧頓時無話可說。

「唉……我說蘆屋啊。」

「嗯？」

「我們明明連區區一個人類女性都無法擺平，為什麼會覺得自己能夠征服世界呢？」

「即使是地位最高的掌權者，在面對家人、朋友或恩人時還是可能抬不起頭，這種事在歷史上並不罕見，完全是兩回事。」

「現在無法覺得是兩回事的我，或許已經不行了。」

「請您振作一點！您是個社會人吧！」

「啊～～心情好沉重。」

「魔王大人！請您回想起過去以魔王身分統率我們時，那副充滿自信的身影。」

「為什麼我有辦法做到那種事呢？環境真是可怕。」

「卡米歐大人聽見這句話會哭喔。」

蘆屋微笑地將手放在表現得愈來愈畏縮，甚至用手摀住臉的真奧背上。

「請您放心。除了佐佐木小姐的事情以外，真奧貞夫這個人在社會上算是相當有信用，也有許多理解您的人。大家……一定都明白。」

「……嗯。」

真奧在手掌底下嘆了口氣。

「我現在可以確定，魔王軍如果沒有你，一定早就毀滅了。」

「您過獎了。」

惠美、鈴乃與千穗。

真奧直到此時，才總算真正理解自己和蘆屋以外的人經常掛在嘴邊的那些話，代表了什麼意義。

「必須將一切都做個了斷。」

「遵命。」

「和這件事相比，與天界的戰爭只能算是附帶的呢。」

「原本就是附帶的吧。畢竟我們的目的是替阿拉斯．拉瑪斯準備生日禮物。」

「話說一開始本來是想當成聖誕禮物呢。」

「的確，在那之後已經過了半年。時間過得真快呢。」

「真要說起來，我也覺得和你們鐵蠍族的那場戰鬥恍如昨日呢。」

一切都是過去的回憶。

「我暫時必須往返伊亞．夸塔斯和艾夫薩汗之間，並預定參加五大陸聯合騎士團與八巾

的中央大陸東部復興會議，之後會和貝爾會合，一起調整後續的行程。魔王大人已經要回去了嗎？」

「嗯，明天要打工，等一下就直接回去。」

「那麼魔王大人，可以拜託您一件事嗎？」

蘆屋以嚴肅的眼神仰望準備起身的真奧。

「請早點將我和魔王大人的西裝與襯衫送洗。可以的話，也請您幫漆原準備一套正式的服裝。」

真奧家的襯衫平常都是由蘆屋親自清洗和熨燙。

而那個連真奧參加正式職員的錄用研修時都幾乎不會利用洗衣店的蘆屋，居然立刻決定要送洗。

可見這次的事情有多重要。

「好，等確定大家哪一天有空後，再重新討論吧。」

「好的。現在應該可以放心請卡米歐大人他們幫忙監視敵人……之後再來決定我們的日本生活要在哪一天展開決戰和清算吧。」

真奧和蘆屋想起那一天的事情。

兩人當晚突然流落到東京。

然後有個人將他們帶到警局收容。

「在攻進天界前……必須針對至今一直將小千捲入危險……以及我們剛到日本時從小千爸爸那裡偷了一萬圓的事情，向佐佐木家道歉才行！」

◇◇◇

早上七點半。

儘管才剛開店幾分鐘，第一位客人就搖響門鈴進門了。

真奧和佳織聽見鈴聲後抬頭，發現眼前站了一位熟客。

正好在入口附近擦玻璃的佳織率先上前迎接客人。

「歡迎光臨，早安。你今天也是第一個呢。」

「早安，東海林，那真是太好了。我的會員卡是在……喔？」

第一位客人在看見櫃檯後方的真奧後，稍微揚起眉頭。

「感謝你多次光臨。店長今天下午才會來，所以上午由我代班。」

原本蹲在結帳櫃檯底下確認採購訂單的真奧起身，向穿著寬鬆襯衫與棉褲的沙利葉稍稍揮手打招呼。

「原來如此，今天也要麻煩你們照顧了。」

「嗯。外面很熱，快點進來吧。」

真奧說完後——

「弓月妹妹也早安，外面很熱吧。」

他對沙利葉抱在右手的小女孩露出笑容。

「……嗯。」

叫弓月的兩歲女孩輕輕點頭。

「一陣子不見，又長大了好多呢。」

「是嗎？我覺得應該跟兩個月前在這裡見到時差不多。」

「父母看起來或許是這樣，但其他人只要隔一個月沒看過別人家的小孩子，就會覺得長大很多。話說你們今天的早餐要在這裡吃嗎？」

「就在這裡吃好了。我幫弓月點一份烏龍麵兒童餐。她最近只吃麵類。」

「了解，那先請上樓稍候。」

真奧說完後，用下巴示意兩人從店後方的樓梯上樓。

「東海林，開一張跟平常一樣的收據給木崎先生。」

「好的，木崎先生，這是你的收據。弓月妹妹，姊姊晚點再上樓找妳。」

佳織說完後，將今天第一位客人「木崎三月」的名字輸入店裡的平板電腦。

一樓是讓成年客人消費的咖啡廳。

二樓則是做好完善的兒童防護，供親子利用的計時制咖啡廳。

這對父女就是「親子咖啡廳・基楚」今天的第一批客人。

真奧用托盤端餐點走上二樓時，木崎三月亦即沙利葉已經在角落替自己找了個坐墊坐下，還是幼兒的弓月，則是在鋪了柔軟的粉色遊戲墊的兒童遊戲區玩喜歡的積木。

「你看起來很累，眼睛周圍都是黑眼圈。」

「她昨晚哭得有點厲害。」

「大天使也贏不了哭鬧的孩子啊。我幫你泡了一杯比較濃的冰咖啡。」

「不好意思。弓月，吃飯了。一起吃吧。」

弓月一聽見沙利葉的呼喚，就乖乖地小步走回來，在沙利葉旁邊的坐墊坐下。

「不用兒童座椅嗎？」

「她討厭坐那個。最近在家裡也都是像這樣跪著吃飯。」

「感覺很累。弓月妹妹，妳想喝什麼？妳還不太能喝果汁吧？」

「給她一杯麥茶吧。弓月，妳還沒說『我開動了』。」

「……動了。」

沙利葉放棄似的對這微弱的回應聳肩，弓月則是毫不在意地開始吃了起來。

「那麼，請慢用。」

真奧看完弓月吃小番茄後準備回到一樓，此時佳織剛好上樓。

「因為那傢伙已經在樓下，所以我就上來了。啊！弓月妹妹，妳很努力在吃呢。了不起！」

「她最近只肯吃番茄和烏龍麵，真令人困擾。」

沙利葉如此回應。

「對了，木崎先生，你聽我說。」

「什麼事？」

「喂，東海林，現在是上班時間喔。」

「這件事我一定要抱怨。木崎先生也知道佐佐木千穗吧。」

真奧一聽見這個名字就渾身一震，這也被沙利葉看在眼裡。

「那當然。她怎麼了嗎？我聽說她前陣子去國外短期留學了。」

「就是啊！她在英國的寄宿家庭住了三個月，今天就要回來。結果我家老闆居然安排了其

他事，沒有要去機場接她。」

「喔？那還真是不像話。」

「對吧對吧！」

沙利葉順著佳織的話，抬頭看向真奧。

「我可是每天都會開車去接妻子下班呢。」

「好棒喔！老闆也該跟人家學一下！」

「哎呀，我是因為妻子有在工作才能當家庭主夫，所以這本來就是應該的。」

「喂，東海林，到此為止了。快回去工作。去檢查飲料機！客人也別讓打工的偷懶。」

「好啦。」

真奧趕走得意忘形的佳織後，向沙利葉問道：

「你真的每天去接送啊。我記得她現在是顧客滿意部門的部長，偶爾應該會很晚下班吧？這樣弓月怎麼辦？」

「我又沒跟你說過，你怎麼會知道她當上部長……如果超過十點當然就沒辦法，但正常下班的日子，我都會跟弓月一起去接送，當然會先幫弓月刷好牙以免她在車上睡著。不這麼做之後會很麻煩，她如果睡前沒看到媽媽，晚上哭鬧起來就會嚴重三倍。」

說到一半，沙利葉偷看了一下正在二樓的員工用廚房工作的佳織，放低音量說道：

「我現在發自內心尊敬艾米莉亞。真虧她當時有辦法獨自照顧孩子……」

「我知道，已經很多人針對這件事教訓過我了。」

真奧乾脆地打斷沙利葉。

「話說雖然我知道現在很流行出國學習語言，但很少聽說真的有人去呢。」

「聽說是和大學有合作關係的學校，所以才能安排她暑假去國外學習。」

「原來如此。我只有間接從妻子那裡得知佐佐木千穗留學的事情，但我聽說的是一個月而不是三個月。」

「好像是去倫敦。」

「那也算是貴重的經驗。不過她剩下兩個月去哪裡了？」

「你是明知故問吧。」

真奧警戒著佳織皺起眉頭。

「她也沒告訴我詳情，就算問了也只會被蒙混過去。」

「這表示你完全沒被信賴呢。佐佐木千穗今年是大三吧，這樣她回國後就要開始準備求職了。結果沒想到你不僅不知道她要回來，還排了其他行程……看來你被拋棄只是時間的問題。」

「你明明什麼都不知道，少在這裡大放厥詞。」

「嗯？等等，我記得東海林是佐佐木千穗的高中同學吧？她還沒開始找正職嗎？」

「不好意思！我是重考生！所以還是能夠打工賺錢的大二生！」

「哎呀，真是失禮了。」

剛好從旁邊經過的佳織順口回答，但她看起來並不怎麼懊悔。

「老闆，廁所的衛生紙都用光了，要怎麼辦？」

「真的假的。那就用零用金去對面的藥局買吧。」

「買跟平常一樣的就行了吧。那我去去就回。」

佳織收下專門用來放零用金的錢包後，就踩著輕快的腳步外出採購。

等她的背影消失在夏天的陽光當中後，沙利葉輕嘆了口氣。

「三年。不對，如果從我來這裡開始算已經將近五年了。明明在我漫長的人生中只能算是一眨眼的期間，卻好像度過了一段極為濃密的時光。」

「我也有同感。我一開始完全沒預料到事情會變成這樣，更沒想到你居然真的和木崎小姐結婚了。這可是轟動整條笹幡商店街的大事啊。」

大天使沙利葉是在三年前和真奧的前上司兼恩人木崎真弓閃電結婚。

知道沙利葉的真面目和木崎與「猿江三月」關係的人，在收到這項消息時都以為這只是「無稽之談」。

但在明白這不是玩笑話後，所有相關人士都受到了宛如天翻地覆般的強烈衝擊。

畢竟一邊是木崎，一邊是沙利葉亦即猿江三月。

對認識這兩人的人來說，光是這句話就足以說明為何這個組合不可能了。

但如今兩人之間已經有木崎弓月這個愛女，沙利葉也辭去肯特基的工作步入家庭。

木崎真弓目前仍在日本麥丹勞控股公司裡任職並步步高陞，盡情揮灑她的才能。

順帶一提，針對為何要與沙利葉結婚這個問題——

『因為在我的人生裡，他是全宇宙最好利用的對象。』

木崎總是如此回答。

「呵呵呵，其實我到現在偶爾都還會懷疑自己是在作夢。晚上看著妻子和女兒的臉入睡時，我都會祈禱這場夢不要醒。明明這個世界根本就沒有神。」

「沒想到會有這樣的一天」——真奧他們想過很多次，說過很多次，也一起體驗過很多次這種感覺。

如果不實際說出口甚至會誤以為一切都是幻覺，現在的生活與他們過去的人生就是如此截然不同。

「的確……不過在時間變珍貴這方面，我可是遠勝於你。在日本生活的這段時間，對我來說是無可取代的重要寶物。」

「但還是沒人告訴你佐佐木千穗今天回來。」

「就算你是客人，再說下去我也是會生氣喔。」

真奧不悅地說完後，沙利葉露出像是覺得有趣般的笑容，吃起了早餐套餐的滿福堡。

「這是你拖延回應的報應。真想分一點我現在感受到的幸福給你。」

「不用了，我不需要。」

「那麼，你今天是有什麼比佐佐木千穗還要重要的行程？」

「真煩人。如果講出來，東海林一定又會大吵大鬧。」

真奧自暴自棄地回答。

「是工作的事情。而且我家的財政大臣還會配合這個工作和女兒一起回來。因為中途要去其他地方外加行李很多，所以我跟她們約好會去東京車站迎接。」

「財政大臣啊，真是古老的比喻。現在的年輕人應該聽不懂吧。」

沙利葉一想到真奧指稱的人，就露出苦笑。

「既然要比喻，何不乾脆用『賢內助』。」

「吵死人了。」

真奧沒有認真搭理沙利葉的揶揄。

「我以朋友的身分給你一個忠告，一個人在沒有月亮的晚上走路時要小心。如果這間店因為你遇刺而關閉，木崎家將會面臨失去休息場所的重大危機。」

「誰是你的朋友啊。我不管上班或去其他地方都是騎車，所以不用擔心。我該下去工作了，你就慢慢坐吧。」

此時佳織正好提著藥局的購物袋上樓，真奧接替她前往一樓。

「真是的，別讓我想起沒有月亮的晚上啦。」

真奧的這句低喃，傳進了已經換上制服、在一樓的咖啡廳幫新來的客人點完餐的另一位打工人員——江村義彌的耳裡。

「老闆早安，你剛才說什麼？」

三年前。

在被同伴們稱作「滅神之戰」的那場戰役的末期。

那個夏天曾經發生過一件對現在影響深遠的事情。

真奧轉著手搖磨豆機，心不在焉地回想。

「喔，早安義彌。沒什麼啦。」

隨口蒙混過去後，真奧開始替午餐時段做準備——

「老闆，吧檯三號位的客人點了今天的招牌咖啡，麻煩你了。」

同時替不知何時已經點好餐的客人泡咖啡。

真奧在轉磨豆機時，不經意地摸了一下左手手背。

「感覺只要累積疲勞，舊傷就會開始痛。」

摸完手後，真奧依序看向只有自己一個人在的廚房，以及正在座位區擦餐具的義彌，然後稍微鼓起幹勁。

「如果一早就消沉，之後只會更難過。必須鼓起幹勁才行。」

真奧在嘟囔的同時，調整磨豆的速度。

這是真奧跟熟識的批發商進的口感偏醇厚的瓜地馬拉豆，他覺得粗研磨的咖啡粉……應該有散發出好聞的香味。

「久等了。這是今天的招牌咖啡……咦？」

真奧親自端著泡好的咖啡前往吧檯，然後——

「哎呀，今天早上的咖啡是你泡的啊，運氣真不錯。」

發現剛才話題中的人物，正和以前一樣帶著敏銳的眼神坐在那裡。

「請妳別這樣嚇人！喂，義彌！」

真奧驚訝地轉頭看向義彌，少年愧疚地舉手致歉。

「是我叫江村別告訴你，要是害你緊張就過意不去了。」

「這樣比較嚇人吧。妳老公和女兒都在樓上喔？」

「我知道，所以我才過來。」

木崎真弓在生產完後就乾脆地剪掉令人稱羨的長髮，但放在旁邊的側背包還是一樣裝得鼓鼓的，看起來非常重。

「怎麼了，真難得看到妳這時候來。今天可以比較晚上班嗎？」

「不，早上有個大工作臨時取消，偏偏一時又找不到其他事情可以做，我嫌麻煩就乾脆請假了。」

木崎說著不符合自己作風的話，喝了一口咖啡。

「真好喝，是陰乾的瓜地馬拉吧。」

「算我拜託妳，可以別在我們店裡做杯測嗎？」

「畢竟是同業，我這是在偵察敵情。」

「我們根本完全不是麥丹勞的對手吧。」

木崎露出惡作劇般的笑容，環視店內的狀況。

「呵呵呵，我每次來都想要挑你的毛病，但每次來這裡都愈變愈好，真是無趣。」

「因為好的店家會跟客人一起成長。」

「你也愈來愈會講話了呢。」

木崎開心地瞪向真奧。

「你不只沒等我獨立，還直接超前我，反倒是我錯過了辭職的時機，在公司裡爬得愈來愈高。你到底要怎麼賠我。」

「我都聽舊部下說了。恭喜妳當上部長。」

「真不像話。沒想到我的老巢居然有人會隨意外洩公司內部的人事情報。」

「拜託妳不要責備他。要我幫妳叫上面的人嗎？」

「他們才剛進來吧？我會看準弓月吃完飯的時間上去。如果我在旁邊，她就會撒嬌或搗亂，不肯專心吃飯。雖然不甘心，但三月遠比我擅長處理這方面的事情。」

木崎和沙利葉的婚事為世界帶來了前所未有的衝擊，許多人都不負責任地預測他們遲早會離婚。

但在真奧也有出席的那場小而華美的婚禮中，木崎的兒時玩伴水島由姬和田中姬子都認為只要沙利葉之後沒有偏離人道，他們應該能相處得很好。

實際情況也正如兩人的預測，木崎和沙利葉可說是家庭圓滿。

「話說回來，你那邊的狀況又是如何？」

「順利地成長，但也變囂張了。」

「這樣啊。」

木崎乾脆地轉移話題，然後因為真奧的回答露出笑容。

「話說小千今天好像要從『留學的地方』回來，你會去接她嗎？」

「……木崎小姐。」

「嗯。」

「如果妳將來有機會管到我那個會洩漏魔王軍人事情報的舊部下，請妳把他磨練到哭出來……為什麼那傢伙也知道啊……」

「他之後會來參加集團研修。我很期待呢。」

木崎微笑著說完後慢慢喝完咖啡，從座位起身。

「難得放假，就來享受一下家庭時光吧……真奧店長，請你把我的帳跟樓上的帳併在一起。」

曾是過去上司的客人如此說道，真奧端正地朝她行了一禮。

「我知道了。」

客人上了二樓後——

「弓～月～！媽媽今天請假了！妳吃完飯了嗎？那我們跟爸爸三個人一起出去玩吧！」

樓上立刻傳來興奮的聲音，真奧和義彌互望彼此露出苦笑。

就在這時候——

「早安。」

照理說下午才要來和真奧交班的「親子咖啡廳・基楚」永福町總店店長現身了。

「啊，店長，早安。妳來得真早。」

義彌抬頭看向時鐘，真奧也有些驚訝地向店長搭話。

「明明，妳來得真早。妳母親的狀況還好嗎？」

「嗯，老闆，不好意思讓你幫忙代班！結果不是什麼大事。」

過去曾在麥丹勞幡之谷站前店和真奧共事，現在成為真奧部下並擔任基楚店長的大木明子，跟平常一樣朝氣蓬勃地來上班了。

因為聽說明子的母親身體不舒服住院，而且手術時需要有人陪，真奧早上才代替明子來店裡幫忙……

「一開始聽到要住院我還嚇了一跳，結果只是普通的盲腸炎。她本人還很有精神地趕我來上班，叫我別給職場的人添麻煩。」

「話不能這麼說，聽說盲腸炎的危險性意外地高喔？」

「但醫生昨晚一下就做好手術，還說兩三天就能出院了。老闆，你今天下午有重要的生意要談吧。天氣這麼熱，我想你應該會想先回去換衣服，所以就提早過來了。」

「這樣啊，幸好妳母親不需要住院太久，不過我有考慮到妳可能會沒辦法來，所以早上就找人來支援了，剛好外帶用的咖啡瓶好像也快不夠了。」

「咦？真的嗎？我沒有下訂單嗎？」

「記帳系統上是沒有記錄。」

「唔哇……對、對不起。我以為有訂……真是好險，今天這麼熱，絕對會需要用到。」

「沒關係啦，妳是因為擔心母親吧，下次小心一點就好。不過……」

真奧苦笑著說道。

「晚點用店長經費請送貨過來的小川吃點東西吧。」

「唔哇……他一定會趁機損我！」

「店長，有客人來了，別再吵這些無聊事，快點去換衣服吧。」

「嗚嗚，我居然落魄到被小義訓話……」

「還有，木崎小姐跟家人在二樓。」

「咦？」

明子尷尬地嚥了一下口水，語氣僵硬地對真奧說道：

「老、老闆……我會努力工作，請你別告訴木崎小姐我忘了訂外帶瓶。」

「為什麼要講得好像木崎小姐握有我們店裡的人事大權？總之妳先去換衣服吧。」

「好。」

明子像是在躲避木崎從二樓散發的氣息般快速衝進員工間。

看來即使過了三年，明子的個性還是一樣莽莽撞撞。

在決定真奧組股份有限公司和親子咖啡廳．基楚要如何經營時，真奧曾從外面找了個顧問，也就是過去的同事川田武文來諮詢。

就像木崎曾經為了獨立創業而苦心規劃那樣，真奧也在煩惱該以什麼樣的營業型態打入咖啡業界這個已經呈飽和狀態的紅海。

主修地區經營的川田最後做出的結論，就是開一間以帶嬰幼兒的父母為主要客群的店。

川田大學畢業後，就為了繼承老家的餐廳開始研修，但他父母的身體都還很硬朗，所以他以有償的形式協助真奧組創業，藉此累積將來擴大家業的經驗。

他目前仍在繼續擔任顧問，偶爾也會像今天這樣幫忙支援或採購。

至於明子則是在麥丹勞打工時就曾擔心過會找不到工作，實際上她的求職活動也確實不怎麼順利，在所有求職信都落空後陷入絕望的深淵。

考大學時也曾因為大意而重考的明子被父母狠狠訓了一頓，並在得知真奧開公司後哭著跑來求職。

最後真奧判斷明子在第一線被木崎鍛鍊出來的毅力值得信任，以老闆的權限決定僱用她。

話雖如此，既然木崎一家持續光顧這間店，就表示明子一直都有克盡店長的職責。

「不好意思，那我就先走了。義彌，之後就拜託你了。」

「好的，老闆辛苦了。啊，對了。」

真奧開始準備回去時，義彌毫無忌憚地以開朗的聲音說道：

「請順便幫我跟佐佐木問好！我記得她是今天從英國回來吧。」

「……怎麼連你也這樣。」

真奧強烈在心裡希望大家能別說多餘的話，專心工作。

※

真奧騎機車伴隨著輕微引擎聲，沿著甲州街道前進，正午的陽光強烈到連單純呼吸都能感覺到熱風吹拂。

雖然如果騎快一點或許會比較涼，但他還是跟在麥丹勞外送時一樣將速度限制在時速三十公里以下。

大眾認為的速度限制，並不一定絕對合法。

但真奧自從買了這輛鮪鳩號後，就堅定地在心裡立誓絕對不會在上下班時騎超過時速三十公里。

真奧組股份有限公司是無可挑剔的中小型企業，也不會像一些公司那樣在職員的登記與數

字方面動手腳。

針對公司的營運，真奧一直都是奉守著無論何時被勞工局審查都不會有問題的方針。

遺憾的是，這樣也會讓經營變得比較沒有彈性，所以真奧這個老闆絕對不能出任何人身意外或因為違法被處罰。

為了讓公司能持續在健全的狀態下成長，真奧堅信無論有沒有人看見，自己這個經營者的行動都要一直符合模範。

幸好甲州街道的道路很寬，不僅沿路有許多商店和大樓，也有很多人會把車子停在路邊處理事情，所以就算騎很慢也不會被人逼車。

「唉，哪有像我這麼守規矩的魔王。」

真奧看著卡車司機沒開雙黃燈就將車子停在沒有停車格的路邊卸貨，再次體認到這個世界其實是以相當隨便的方式在運轉。

但他還是每天都會提醒自己，既然不曉得何時會被用正常標準評斷，作為經營者就該隨時做好防備。

真奧不滿地在笹塚站前的路口右轉，穿過笹塚站的高架橋底下，從菩薩大道商店街側眼看向自己位於遠方的公寓。

Villa・Rosa笹塚也變了很多。

首先是每個房間都裝了空調，位於二樓的房間甚至還開了一扇面對後院的窗，加蓋了一座小陽臺。

儘管沒有空間加蓋浴室，和真奧剛開始住的時候相比起來，那座公寓的生活環境還是大幅改善了。

如今他已經想不起來，當初三個大男人是如何在沒有空調的情況下，擠在一個房間裡度過夏天。

即使環境產生了這麼大的改變，房租卻仍是四萬五千圓。

「唉，惠美那間公寓到現在還是五萬圓，總覺得讓人很難接受。」

真奧關掉引擎，將鮪鳩號推進停車場，脫下悶熱的安全帽輕嘆了口氣。

「呼～真想先去澡堂洗個澡再出門。」

講是這樣講，以前從早上就開始營業的笹之湯，已經因為老闆年紀太大而改成下午三點才開門。

考慮到之後的行程，他也沒辦法悠閒地等到那時候再去洗澡。

「有換衣服就算很好了吧。」

真奧自言自語地找藉口，抱著安全帽爬上樓梯。

「喔。」

就在真奧打開公共走廊的門時。

他發現走廊角落有個早上出門上班時還沒有的東西。

在一個塑膠托盤上，放著用過的碗盤。

那是有人用餐過的痕跡。

「……呃，雖然有吃飯是很好，但這是昨天的飯菜，而且還留了一點沒吃完……天氣這麼熱放在這裡會長蟲吧。」

真奧抱怨著端起托盤回到二〇一號室。

因為出門前有預約空調，房間裡的空氣涼爽到讓人覺得甜美。

感覺到自己仍在流汗的真奧打開冰箱，確認裡面的內容。

「洋蔥和香腸還有剩，做成拿坡里義大利麵吧。」

真奧趁身體冷卻下來前還有幹勁的時候快速行動，首先是將髒盤子放進流理臺，連同早上用過的盤子一起洗乾淨放進瀝水籃。

之後他從冰箱裡拿出一團事先處理過能夠快煮的義大利麵，將剩下的蔬菜和小香腸切成片狀，加入番茄醬和醬油拌炒後裝盤。

蔬菜炒過後變得比想像中還要大盤。

真奧趁換氣扇排氣時換下沾滿汗水的衣服和內衣，扔進洗衣籃裡。

然後他將錢包、擦汗用的溼紙巾、除菌溼紙巾、面紙和手帕放進中型托特包，用保鮮膜封住裝著義大利麵的盤子放在托盤上，放到二〇二號室前面。

「喂，我今天可能會晚點回來，所以先把吃的放在這裡。就算有冰也不能大意，要照順序吃完啊。先走啦。」

他知道不會有人回應。

真奧嘆著氣將托盤放在走廊上，他臨走前確認了一下二〇一號室的門有好好鎖上，然後刻意開關了一下公共走廊的門。

接著他透過門上的窗戶窺視對面。

「很好很好。」

從二〇二號室裡伸出一隻看起來不怎麼健康的纖細手臂，那隻手快速將義大利麵的托盤拿進去後就用力關上門。

「真是需要人照顧的傢伙，希望能快點換班。」

真奧露出看似嫌麻煩但其實還是有點開心的表情，下樓梯往笹塚站的方向走。

手錶上的時間顯示已經十一點多了。

「糟糕，好像又有點太悠閒了。我記得是約十二點二十分。」

真奧再次確認手機裡的訊息，稍微加快腳步對抗炎熱的天氣。

魔王，償還過去的罪孽

那是發生在魔界的紅月開始移動後正好過了一個月，七月開始邁入中旬時的事情。

真奧的額頭上浮現出不是因為盛夏酷暑流出的汗水，一臉嚴肅地看著一臺微熱的機器。

從微熱機器裡吐出來的存摺上印著冰冷的數字，讓真奧在自動櫃員機前面閉上眼睛。

真奧好歹自認是個社會人士，但存摺上的數字絕對不算多，考慮到這都是自己過去的行為造成的結果，他並不感到後悔。這種事既不被允許，也沒有必要。

「真的沒問題吧。」

「是的，我已經仔細確認過。直到滅神之戰結束前，魔王大人都不用煩惱錢的事情。」

「你真的確定？」

真奧緊盯著存摺向蘆屋確認。

「真的。基本上不論是水電、瓦斯、手機還是網路費用，魔王城現在所有的公用事業費用都是用魔王大人的信用卡扣款！所以只要過了信用卡的扣款日，就不會有任何可惡的傢伙對魔王大人的銀行戶頭出手！」

「呃，是因為我們有花錢才會被扣款，所以也不算可惡吧。」

「嗯，這麼說也對。仔細想想，漆原這兩三個月幾乎都待在安特·伊蘇拉，應該沒機會網購。那傢伙害我現在只要看到刷卡購物的款項，就會覺得非常可惡……」

「真是辛苦你了……而且接下來還會更加辛苦……」

「魔王大人，請您千萬別這麼說！這是……我們這些魔王軍領導者的過錯……不對，應該說是罪業……但果然……還是讓人很心痛。事到如今……我還是無法擺脫被人背叛的感覺！」

「喂。」

對於在大街上痛哭製造麻煩的兩人，一旁的惠美傻眼地扠腰說道：

「剛才那些話我可不能當作沒聽見。」

「妳說什麼！」

「你說誰背叛誰啦？」

蘆屋將拳頭高舉向天後，用力指向惠美。

「艾米莉亞！妳明知道魔王軍有多窮困，居然還在這時候跟魔王大人要扶養費，這不是背叛是什麼！」

「艾謝爾，我才想問你！我到底、從什麼時候開始、必須顧慮魔王軍的財務狀況啦？既然你在魔王城裡負責掌廚，那應該知道養育一個小孩有多花錢吧！」

「妳、妳居然在大庭廣眾之下，說出這種將小孩和金錢放在天平上衡量的話！妳到底有沒有羞恥心啊！」

「錢也是構成家庭之愛的要素之一！你的主人一直沒有盡到最低限度的撫養義務，不如說你應該反過來感謝我長期以來都沒責備他！」

「這個環繞音效讓人覺得有點懷念呢。」

就在真奧無奈地聽惠美和蘆屋爭吵時——

「確實很讓人懷念，但客觀看起來實在是有點丟臉……」

鈴乃滿臉通紅地托著額頭說道，漆原則是表現得漠不關心。

「唉，趁現在多丟一點臉也好。雖然艾米莉亞和蘆屋剛才那樣講，但至少就接下來的行程來說，我們五個人都是站在相同立場的同伴吧。」

「唔……這麼說也對……路西菲爾，你最近講話怎麼好像都還滿正經的。」

「我從以前就只會講正經話，只是你們沒在聽。」

「你還是早點明白在這個世界上，講話的人比內容還要重要比較好。」

「所以我才覺得人類都是笨蛋，這樣根本就是怠於掌握事物的本質。」

路西菲爾的誇張言論，讓鈴乃變得更加傻眼。

「既然妳說講話的人比較重要，那一開始要由誰當代表開口？」

「當然是我，必須從我開始才行。」

真奧用比其他人都要嚴肅的表情點頭說道。

「我們每個人都有可能在之後的戰鬥中喪命，所以必須先把該盡的義務盡完。」

真奧這段話，讓惠美和蘆屋都老實地停止爭吵。

「滅神之戰……終於進展到這一步了。不僅是安特．伊蘇拉和地球……這還關係到阿拉斯．拉瑪斯他們這些質點之子，以及將由其他新誕生的質點守護的星球，我們要為了這些事物的未來，在今天清算過去的罪孽。」

「……嗯，沒錯。」

「是的……」

「唉，也是啦。」

「嗯。」

惠美、蘆屋、漆原和鈴乃。

四位男女都一臉嚴肅地點頭肯定真奧。

「不管是魔王軍還是人類，只要是安特．伊蘇拉的生命，就必須先清算過去才能向前邁進。所以惠美，我們付完這筆錢後就會變得比較拮据，關於剩下的扶養費，妳可以等這場戰鬥結束後再跟我們算嗎？」

「真囉唆，我應該說過很多次了。」

艾米莉亞——遊佐惠美苦笑著說道：

「我也明白事情的優先順序。所以……就交給你打頭陣了。」

「……不好意思。」

「我姑且先確認一下，你事先有好好跟對方說明我們今天的來意嗎？」

「那當然，我早就跟小千和伯母講好了，所以我們『所有人』才會在今天一起過去。不過說來真巧，我們之前正式決定讓小千參與安特．伊蘇拉的事情，也剛好是在這個季節。」

真奧的話讓所有人的表情變得更加嚴肅。

「那麼，我們走吧。」

真奧掏出手機，撥打螢幕上的號碼。

電話只響一聲就接通，真奧告訴對方已經準備好了，對方也立刻表示可以過去，雙方的對話只持續了十幾秒。

真奧用力做了個深呼吸，重新做好覺悟對聚在這裡的四人說道：

「對方也準備好了。」

現場的氣氛變得更加凝重。

但沒有人開口說話。

就在夏天最熱的七月，五道人影在笹塚站的路口前面下定決心後，朝百號大道商店街的方向走去。

※

除了漆原以外，每個人都對這條路很熟。
城鎮今天也很和平，偶爾還能聽見遠處傳來孩子的嘻笑聲。
這是在日本隨處可見的星期天中午的景象。
但五人的身影顯得十分苦悶，與熱鬧的星期天毫不搭調。
抵達目的地後，真奧代表大家按下門鈴。
『哇？咦？我、我馬上出來開門！』
從對講機傳來的熟悉聲音似乎帶著驚訝。
真奧等人還來不及回答通話就斷了，在一陣慌張的腳步聲後，玄關的門被打開。
「呃，那個……」
出來迎接他們的佐佐木千穗難掩困惑。
「是我們來得太早了嗎？」
真奧確認手錶，發現離約定的時間正好還差五分鐘。
「沒、沒關係啦……只是我沒想到，連漆原先生都會穿西裝……」

「我也知道自己不適合穿這種衣服，但這次不穿不行吧。」

路西菲爾——漆原一臉不悅地回答，像是覺得新西裝穿起來很拘束般活動肩膀。

「這是最低限度的禮貌。」

蘆屋一臉緊張地調整還不怎麼習慣的領帶。

「如果穿安特．伊蘇拉的正式服裝會嚇到人吧？」

穿著正式黑色西裝的惠美看著其他人說道。

「所以即使知道這樣會比較難說明，我們還是穿了日本的正式服裝。」

身穿淡紫色和服的鈴乃輕輕用眼神致意。

「小……不對，佐佐木小姐。令尊令堂都在家吧？」

最後輪到真奧開口，異世界安特．伊蘇拉的惡魔之王撒旦，現在自稱真奧貞夫的男子，筆直看著佐佐木千穗的眼睛問道。

千穗也認真承受對方的視線，端正姿勢點頭回答：

「是的，真奧哥，他們從剛才就在等你們了，請進。」

「那我們就打擾了。走吧，各位。」

「打擾了。」

惠美率先遵從真奧的指示，五人一起靜靜穿過佐佐木家的玄關。

真奧、惠美和鈴乃都不是第一次來佐佐木家。

在熟悉的玄關和走廊旁邊有扇門，門的後面就是客廳。

「請進。」

在千穗打開的那扇門對面——

「哎呀，真奧先生，歡迎你來！其他幾位今天……感覺也穿得很正式呢。」

是真奧等人也很熟悉的千穗的母親，佐佐木里穗——

「……歡迎你們。」

以及一個表情嚴肅但同時充滿困惑的壯年男性。

佐佐木千一。

他是千穗的父親，職業是警察。

在今天必須在場的「所有人」當中，他算是最重要的人物。

千一穿著寬鬆的Polo衫，完全就像個假日時父親會有的穿著，但真奧等人的模樣讓他的表情浮現出動搖。

「不好意思在百忙之中還來打擾，感謝你們願意抽出時間。」

「嗯、嗯。」

千一含糊地回應真奧。

「總之先請進……」

儘管感到困惑，千一還是邀請真奧等人進來。

確認所有人都進客廳後，真奧在千一面前跪下。

「真奧先生？」

不只是真奧。

蘆屋、漆原、惠美和鈴乃也仿效真奧，朝千一和里穗低頭下跪。

「真的非常抱歉。」

「真奧先生……」

「我想您應該已經聽千穗和夫人說了。我們……不僅對千穗做了不可原諒的事情，還持續背叛伯父和伯母對我們的信賴。」

「咦……呃，那個……」

惠美也接在真奧後面開口：

「我們一直以珍惜千穗的感情為藉口，拖延向你們說明的時間，並持續對你們說謊。不管再怎麼道歉，這都是不可原諒的事情。」

「嗯嗯？呃，那個……」

「遊佐小姐……」

「我們可以發誓絕對沒有想讓令嫒遭遇危險的意思，但結果還是力有未逮，甚至還多次受到令嫒的幫助。」

「關於這部分，真的是不管再怎麼道歉都沒資格獲得原諒。」

儘管穿著西裝的蘆屋道歉起來非常自然，但沒想到居然連漆原都表現得這麼有禮貌，實在令人驚嘆。

「千穗小姐本人完全沒有要欺騙父母的意思。全都是因為我們太依賴她，為她造成過多的負擔，才害她不得不說謊。雖然這麼說很任性，但請務必給我們贖罪的機會。」

最後，鈴乃安靜但堅定地如此請求。

「蘆屋先生……漆原先生……鈴乃小姐……」

「呃……嗯……」

千一十分困惑。

這也是理所當然。

所以就在真奧抬起頭，打算重新面對應該道歉的對象時。

「千穗，這到底是怎麼回事？接下來到底要幹什麼？」

從真奧上方傳來的聲音裡毫無怒氣，有的只是純粹的困惑。

「那個……？」

此時真奧總算第一次和千一對上眼。

但千一這次的表情還是一樣充滿困惑。

「那個……我今天只有聽說真奧先生要來。」

「咦？那個，千穗和夫人都沒跟您說什麼……」

「她們什麼都沒說，只是莫名笑得很賊，然後真奧先生又穿西裝過來……我還以為你是來……」

千一像是真的非常困惑般交互看向女兒和跪在地上的真奧。

「拜託我讓你和女兒交往，害我繃緊了神經……」

「交往，咦、咦咦？」

這下就連真奧也困擾起來了。

「但如果是那樣應該不會來這麼多人，而且你們的表情看起來也不像……喂，孩子的媽，千穗，這到底是在搞什麼名堂？」

被點名的里穗開心地觀察完困惑的眾人後，有些愧疚地舉起手向真奧致歉：

「對不起，真奧先生。」

「呃，可是……今天的事——」

「我當然明白。但我思考了很久，反正事先不管怎麼說明他都會很混亂，不如乾脆別說。」

同樣被點名的千穗也有些難為情地回答：

「對不起，爸爸。」

「所以這到底是怎麼回事？」

「嗯，我也沒想到真奧哥他們居然把這件事看得這麼重……呃，雖然本來就該這樣，但我這段期間發生太多事，所以就麻痺了。」

妻子和女兒莫名其妙的發言，讓千一變得更加困惑。

「真奧先生，我先跟你說一下。你不用考慮我的事情。在那之後我跟千穗討論了很多次，問了她很多問題，最後也釋懷了。雖然你們確實有所隱瞞，但我明白你們總是將千穗擺在第一位。」

「嗯、嗯……感謝妳的體諒。」

儘管還不明白里穗的真意，但真奧聽了這段話後姑且鬆了口氣。

接著里穗像是想起什麼似的看向惠美。

「話說遊佐小姐，雖然現在沒看見，但阿拉斯．拉瑪斯妹妹今天在嗎？」

「阿拉斯．拉瑪斯嗎？呃，那個，她在是在，但是我想道歉時有小孩子在場可能不太方便……」

「所以是在妳『體內』嗎？」

「嗯……」

「那妳可以現在介紹她給我老公認識嗎？我想這樣說明起來應該最快。」

「真的沒關係嗎？」

「這樣最淺顯易懂吧？而且我也只有聽說過，很想看看實際上是什麼感覺。」

「好的，那就失禮了……嗯，阿拉斯．拉瑪斯，要乖一點喔？」

惠美起身將手擺在前方。

下一個瞬間，伴隨著一道輕快的聲響，現場閃過一道比相機的閃光燈還要微弱的紫光。

「小千姊姊！泥好！」

「嗯嗯？」

「喔～原來是這種感覺啊！」

一個小女孩突然憑空出現，讓千一大吃一驚，里穗則是輕輕拍手。

「剛、剛才那是怎麼回事？」

「對了，我聽說真奧先生也有一個類似的孩子？」

「咦？那傢伙非常不適合出現在這種場合！其實她正在睡午覺！」

「沒關係啦！也讓我看一下吧。」

「咦咦……？可是……」

「真奧哥，請讓他們看吧。」

千穗推了不情願的真奧一把。

「如果是艾契斯的身高，就能完全排除魔術的可能。」

「……那、那麼……喂，艾契斯……不行，看來她沒那麼容易醒……」

真奧稍微後退，之後在他和千一中間的地板上——

「唔嘎！」

出現一名少女。

「喔喔喔喔？」

這下就連困惑的千一也忍不住大叫。

「好痛……！幹什麼啦真奧！如果對我太粗魯，可是會有很多東西從臉上發射出來喔！」

「抱歉，艾契斯！別在這裡發作！現在這個場合不太適合！等我領薪水再請妳吃東西，現在先忍耐一下！這裡是小千的家！」

「這可是你說的！咦，千穗的家？這樣就只能乖一點了。」

「什、什、什……」

「咦？這位大叔身上有和千穗一樣的味道，該不會是千穗的爸爸？」

「沒錯。我昨天有跟妳說過今天要來小千家道歉吧。」

「雖然有聽說，但我沒想到會輪到我出場……啊，這種時候必須先打招呼吧！千穗的爸爸，初次見面！我是艾契斯！」

「喔、喔。」

「妳就是艾契斯啊。我是千穗的媽媽。」

「千穗的媽媽？怎麼回事？是要開什麼派對嗎？話說在千穗家把我和姊姊叫出來沒關係嗎？雖然現在講也太遲了。」

「……看吧，所以我就說她不適合這種場合……」

「這、這、這女孩剛才是從哪裡……！」

相較於不知所措的千一，「基礎」姊妹毫不客氣地開始四處打量佐佐木家。

就在真奧煩惱接下來該如何繼續對話時——

「啊，差不多快到了吧。」

里穗徐徐說完後，外面就傳來機車停車的聲音，門鈴也接著響起。

『讓您久等了。感謝您利用麥丹勞的外送服務。』

「喂！」

此時傳來的是真奧、惠美和千穗都很熟悉的聲音。

「那個，岩城店長，好久不見了……」

麥丹勞幡之谷站前店間接促成了異世界的訪客與佐佐木千穗相遇，而那裡的現任店長岩城琴美居然親自送外送過來了。

「果然是佐佐木小姐家。我看見電話時就在懷疑了……這到底是怎麼回事？」

岩城提著兩個大保溫袋出現在玄關前面，並在從千穗打開的門看見裡面的狀況後驚訝地睜大眼鏡後面的眼睛。

岩城會驚訝也很正常，畢竟她店裡的員工真奧和惠美都一身正裝地跪在地上，而且現場氣氛還十分詭異。

接著她像是察覺什麼般倒抽了一口氣。

「佐、佐佐木小姐，你們該不會正在忙和安特．伊蘇拉有關的事情吧？難不成你們還沒告訴令尊？」

岩城和真奧與惠美等人認識的期間並不長，但她和千穗的母親是在差不多的時間點知道他們的真相。

「大概就是那樣。該怎麼說才好，今天有很多事情都不小心出了一點差錯……」

在千穗告訴母親真奧等人將為持續欺騙佐佐木家的事情登門道歉時，里穗的反應遠比千穗預料的冷靜。

按照里穗的說法，雖然真奧等人確實隱瞞了自己的身分，而且讓千穗在她不知道的地方遭遇危險也是個需要擔憂的問題。

不過——

「千穗，真奧先生和遊佐小姐有強迫妳參與安特・伊蘇拉的事情嗎？」

在真奧等人上門道歉的前一天，里穗以嚴肅的眼神向女兒如此問道。

千穗當然全力否定。

真正在違反千穗意願的情況下害她遭遇的危險，就只有新宿地下道的崩塌事故和漆原與奧爾巴・梅亞的暴行而已。

如今就連這件事都成為千穗無可取代的寶貴回憶，其他的狀況都是千穗依照自己的意志想要待在真奧等人身邊。

不如說真奧他們一直想要讓千穗遠離危險，有時還是千穗自己利用各種詭辯強硬介入。

千穗拚命傳達這些事實後，里穗笑著要女兒冷靜。

「真奧先生、蘆屋先生和漆原先生之前有去銚子打工過吧。當時妳也想跟去，但被我阻止了。」

「嗯……」

「但我後來改變主意拜託遊佐小姐和鎌月小姐陪妳去時，其實她們一開始拒絕了。」

「咦？」

「遊佐小姐也知道妳想跟去，但她委婉地說明真奧先生他們是去工作，還有讓高中女生外宿那麼多天不太妥當。加上萬一妳出了什麼事，她們也無法負責，所以不贊成讓妳去銚子。現在回想起來真的很好笑呢。」

「為什麼？」

「因為這不是非常普通嗎？」

跟去真奧等人的工作場所這件事，怎麼想都是千穗個人的任性。

不僅如此，假設真奧和惠美都是普通的社會人士，那里穗想推女兒一把的想法根本就是給人添麻煩。

而看在里穗眼裡，惠美的反應就是一個在日本生活，且具備社會常識的成年人會有的反應。

「因為發生過那件事，我才會在得知一切真相後明白並非真奧先生或遊佐小姐把妳捲進去，而是妳主動介入他們的事情。妳並沒有笨到不明事理。所以就算妳遭遇危險，我這個作父母的也沒資格氣他們將妳捲進來吧。」

「……是這樣嗎？」

「唉，不過要是妳受了一輩子都無法痊癒的重傷或喪命，那情況就不一樣了。雖然那也算是生氣，但性質不太一樣。」

里穗似乎也不曉得該如何表達。

「總而言之，既然真奧先生他們想道歉，就表示他們覺得有這個必要，就讓他們來吧？」

「嗯、嗯……」

千穗當時強硬地說服自己，大概是因為里穗偶爾有機會和真奧他們接觸，所以才會是這樣的反應。

然而到了當天，別說是安特·伊蘇拉的事情了，父親就連真奧等人是來道歉都不知道，這下就連千穗也困惑了。

但在經歷過阿拉斯·拉瑪斯和艾契斯現身的流程後，她開始覺得母親的判斷是正確的。

「如果需要明白真相的其他大人的意見就跟我說吧。還有……我看到艾契斯好像也在，所以如果要加點也能隨時通知我。」

岩城離開前如此說道，但如果女兒之前打工地點的店長也跟著在這時候加入，父親會更困擾吧。

「不曉得夠不夠，應該不夠吧……」

千穗看了一下商品明細，考慮到艾契斯的異常食慾尚未消退，她覺得真奧等人應該是沒機會吃到這些餐點。

※

「……………………我到底該怎麼辦才好？」

真奧五人輪流說完他們和千穗之間發生的事情後，佐佐木千一為難地如此說道。

「直接說出心裡的想法就好吧？」

反倒是妻子的回答十分冷淡。

「妳說的倒簡單。」

這讓千一露出像是被丟棄的小狗般可憐的表情。

然後千一小心翼翼地看向坐在對面沙發的真奧、蘆屋、漆原，和站在他們後面的惠美與鈴乃，以及毫不在意現場的沉重氣氛，拚命吃著麥丹勞餐點的少女和小女孩，最後又看回自己的腳邊。

「總之，嗯，總之啊……我大概明白你們的事了……嗯。」

這並非千一內心真正的想法，只是用來整理思緒的自言自語。

真奧等人也明白這點，所以屏氣凝神地等待下一句話。

「我也明白孩子的媽為什麼事先什麼都沒告訴我。一來是就算聽了也無法相信，二來是我跟她不同，幾乎沒見過千穗的朋友。如果事先就知道你們是來謝罪，態度應該會變得緊繃吧。」

用力嘆了口氣後，千一總算看向真奧的臉。

「我在上次跟你見過面後，就做好了下次見面要有心理準備的覺悟……但沒想到結果會是這樣。」

「咦？」

真奧無法理解千一委婉的說法，露出困惑的表情。

兩人上次見面是在去年的夏天。

真奧等人曾經協助千一位於長野縣駒根市的老家務農。

當時銚子的工作比預期還早結束，因此里穗就邀請空閒的真奧等人去那裡工作，真奧曾為了這件事來向千一道謝。

雖然兩人只一起喝了不到一小時的茶，但真奧記得千一當時的態度並未特別緊繃。

千一依序看向真奧和女兒千穗後，再次深深嘆了口氣。

「唉，雖然還無法完全接受，但我大概知道真奧先生你們道歉的理由了。然後……那個跟什麼滅神有關的事情？」

「滅神之戰。我們是這樣稱呼這件事。」

「總之你們接下來要與最後的對手戰鬥，但千穗不會參加那場戰爭吧？」

「這是當然。我們絕對不會帶她上戰場，也做不出那種事情。」

「你們的戰火不會透過那個用來傳送的『門』波及這裡吧？」

「不會。如果出現那樣的徵兆，地球的質點之子會全力阻止吧。他們恐怕會徹底切斷安特．伊蘇拉和地球的往來。」

「原來如此。那我還有一件重要的事情想問。」

「請說。」

千一用力吸了口氣，且不知為何有些緊張地說道：

「……真奧先生和千穗，現在應該沒在交往吧？」

「呃……咦？」

和千穗、里穗以及目前不在場的惠美的朋友鈴木梨香不同，關於安特．伊蘇拉的事情，千一只有聽過口頭說明，所以真奧本來打算認真回答他所有的疑問，但是沒想到他會提出這個

問題。

「你們有在交往嗎？」

「爸、爸爸！」

這下就連千穗也忍不住紅著臉大喊。

「呃……不好意思，請問這是什麼意思……？」

「就是字面上的意思。」

千一有些急促地說道。

「我在問你和千穗是不是男女朋友！」

「咦？不是？那個，我們……沒有在交往喔？」

真奧腦中瞬間浮現出在千穗擔任議長的那場高峰會結束後發生的事，但因為不曉得這和千一的疑問有沒有關係，他決定先忽略這件事。

不曉得千一是如何解讀真奧這一瞬間的猶豫，只見他懷疑似的瞪了真奧一會兒後，就立刻別開視線。

「那就好。」

「喔、喔……」

「如果你和我女兒在交往，那我就有很多話想對你說，既然不是這樣，那我就沒什麼好說的了。之後我會自己和千穗談，你們也不需要跟我道歉。」

「呃，可是……！」

「如果你們堅持要道歉，就針對這件事道歉就好。」

千一加重語氣制止真奧，他手上拿著真奧在剛開始說明時放在桌上的褐色信封。

「雖然我完全不記得，但我隱約有點印象……之前幫家裡買東西時確實有覺得錢包裡的錢好像不太對。」

信封裡裝著一張萬圓鈔。

真奧和蘆屋剛來日本時。

將晚上在原宿亂晃的兩人帶到警局收容的人，就是佐佐木千一。

然後真奧使用僅存的些許魔力，從他身上偷了一萬圓當做應急的活動資金。

真奧和蘆屋犯下的是人類世界的罪。

直到今天為止，這件事都只有真奧和蘆屋知道，就連漆原也有點吃驚。

但千一得知這件事後，表情依然只透露出混亂和不知所措，而不包含生氣或失望。

「如果自己的轄區內有商圈，就會經常在街上遇到不曉得在說什麼的醉漢，或是必須照顧沒帶護照所以姓名不詳的外國人。即使知道正確的日期，我也不確定能否找到收容你們的記錄，何況我根本沒有自己被偷過的現實感。只要想成是碰巧在舊書裡找到以前放到忘記的私房

錢，就不怎麼生氣了。」

「……感謝你的體諒。」

「至於隱瞞身分這件事，既然妻子和女兒都沒有意見，那我也沒什麼好說的了。我和妻子都沒有先打探別人的經歷，再限制女兒交朋友的意思。雖然常提到基於我的工作性質，如果家人和反社會勢力有往來會很困擾，但你們的狀況早就超越了常識的範圍。」

「反社會？」

艾契斯因為聽見陌生的詞彙而從旁插話。

「就是會做出反社會行為的人。也就是會威脅到一般人生活的壞蛋。」

「欸～那真奧他們就不行吧？他們不只社會，還會對人類造成威脅吧？」

儘管真奧等人希望艾契斯別說多餘的話，但這畢竟是無法反駁的事實。

千一似乎對直言不諱的艾契斯很有好感，所以誠摯地回答她的疑問。

「的確，真奧先生他們在意的應該也是這部分。但那些事早就超出常識的範圍，既然無法用一般的價值觀衡量，那想太多也沒用。」

「欸～不可以這樣啦，你是當爸爸的吧！必須為了千穗好好教訓他們一頓！」

「喂，艾契斯……」

「爸爸！不可以對小千姊姊做壞事喔！」

阿拉斯．拉瑪斯明明不曉得狀況，卻還是順著艾契斯的氣勢一臉嚴肅地指責真奧，徹底搗亂了真奧和千一之間的氣氛。

「……喂，你們兩個先安靜一下……」

這姑且是個謝罪的場合，而且千一的話也還沒說完，所以真奧希望兩人別來打岔，沒想到千一卻在這時候第一次笑了。

「阿拉斯．拉瑪斯妹妹？」

「喔！」

「妳喜歡爸爸嗎？」

「不知道。」

「唔！」

本來以為女兒會立刻回答「喜歡」的真奧，因為這個出乎意料的答案陷入動搖，千一趁機說道：

「你是不是很納悶為什麼我都不生氣？其實阿拉斯．拉瑪斯妹妹的反應就是其中一個答案。」

這個像猜謎般的回答讓真奧困惑了一下。

「女兒頂多只有在四五歲前會無條件地說喜歡父親，但實際上也必須如此。我直到最近才

總算對此感到釋懷。」

「哎呀，真的嗎？」

「別打岔。」

千一板起臉回應妻子的挖苦。

真奧仔細玩味這個當了十七年父親的男人的話。

阿拉斯·拉瑪斯並非總是順著真奧和惠美的意思行動。

在惠美的家與她們同居一段時間後，真奧也發現阿拉斯·拉瑪斯的反應變得比以前在魔王城時還要淘氣許多。

她偶爾會做出一些接近惡作劇的行為讓惠美困擾，然後被惠美責備。

真奧在惠美家見到了許多阿拉斯·拉瑪斯去公寓玩時不會展現的一面。

「女兒憑藉自己的意志選擇、學習和累積了許多經驗。你們的力量和存在對她來說是不可或缺的。所以身為父母，我完全不覺得你們需要道歉。」

「……千穗爸爸……」

「不好意思，雖然有點老套，但我還不想被你叫爸爸。」

「呃，的、的確。是我失禮了。可、可是我們是惡魔，還曾經在安特·伊蘇拉傷害了許多人……」

「當過警察的人，都會早早發現這個世界既沒有英雄也沒有正義。我也沒偉大到能夠評論遙遠世界的戰爭是好是壞。你不覺得那樣很不負責任嗎？」

「……這我沒辦法評論。」

「如果你們全都偏向某個陣營，我應該就會同情那個陣營，並對你們的敵人感到憤慨吧。但是在聽說身為魔王的真奧先生與身為勇者的遊佐小姐一起生活和養育孩子後，我就連這種心情都沒了。硬要舉例的話，就像是我們無法用現代日本的倫理觀去裁定關原之戰的東軍和西軍一樣。」

千一看向從艾契斯那裡接過薯條的阿拉斯．拉瑪斯的側臉，朝她伸出手。

「我今後對你們只有一個期望，那就是繼續當千穗的好朋友。」

不只是真奧，惠美、蘆屋、漆原和鈴乃都清楚理解千一想透過「女兒」這個概念傳達什麼意思。

就像阿拉斯．拉瑪斯被許多人愛著一樣，佐佐木千穗也受到大家的寵愛。

他用這句理所當然的話，傳遞了不要讓她所愛的人悲傷的想法。

千一不是對異世界的魔王，而是對女兒的朋友說這句話。

「……好的，我知道了。」

所以真奧也做出了極為普通的回答。

※

在夏天的陽光變得相對較為柔和時，白色的月亮獨自浮在藍天當中。

現在是下午兩點。

真奧離開佐佐木家後，就和推著自行車的千穗，以及惠美、阿拉斯・拉瑪斯和艾契斯一起往笹塚的方向走。

蘆屋、漆原和鈴乃直接在佐佐木家的客廳開「門」，然後分別返回艾夫薩汗、魔界和中央大陸。

雖然這也算是進一步向千一證明異世界的存在，但最後千一也已經接受這些超出日本常識的狀況。

真奧、惠美、阿拉斯・拉瑪斯和艾契斯走出玄關後，深深向佐佐木家行了一禮。

要去補習班的千穗也與四人同行，但他們在路上就像忘了滅神之戰的存在般，只聊了一些普通的話題。

主要是艾契斯的身體狀況，以及阿拉斯・拉瑪斯喜歡和討厭的東西。

一行人在聊得正熱烈時抵達笹塚站，然後像是覺得這樣的日子仍會不變地持續下去般就地解散。

「真奧之後還要上班吧。我跟伊洛恩約好要一起吃點心，所以就回小美家了。姊姊，再見！」

艾契斯說完後，玩弄了一下阿拉斯．拉瑪斯的臉頰就離開了。

「我今天不用去安特．伊蘇拉或魔界，所以打算回家洗阿拉斯．拉瑪斯的替換衣物。」

「我之後要去補習班，真奧哥要先回去換衣服嗎？」

「不，我會直接去上班，畢竟回去也沒事做。而且偶爾穿這種正式服裝工作也不錯。」

明明他們十幾天後就要對天界發動總攻擊。

不對，或許真奧是刻意不提這件事。

所以惠美和千穗也自然地按照平常設想的情境說道：

「你還是換件衣服比較好吧？要是被油噴到，艾謝爾會生氣吧？」

「是啊。而且穿那雙皮鞋感覺很容易在廚房裡滑倒。」

「的確……妳們說的有道理。」

真奧似乎也是明白兩人的想法才會做出這樣的反應。

「呃，可是我難得穿西裝……」

即使如此，他似乎還是想穿西裝去上班。

「是怕回去換衣服會來不及嗎？」

「不，不是這樣。」

就連回答千穗時也是不乾不脆。

明明只是像平常那樣解散，真奧優柔寡斷的態度讓人覺得有些不太對勁。

真奧原本就不是會在意服裝的人。

對真奧來說，衣服這種東西只要符合各個場合的最低標準就夠了。

會讓他覺得需要特別打扮的場合，大概也只有像今天這樣的謝罪行程，以及之前參加的正式職員錄用研修……

「！」

惠美此時總算察覺。

他們五人今天一起去佐佐木家道歉最主要的理由，是因為無法保證滅神之戰結束後所有人都還能平安無事，甚至可以說他們今天聚在一起，更偏向是為了斬斷後顧之憂。

而真奧正打算以他認為最正式的打扮，去了卻內心剩下的遺憾。

「唉……」

惠美感到有點受不了。

答案居然如此簡單。

這個男人真的既單純又笨拙。

「別廢話那麼多，快點回去換衣服啦。」

「啊？」

「遊佐小姐？」

這也是惠美平常的語氣。

「阿拉斯．拉瑪斯。」

「什麼事，媽媽？」

「你覺得爸爸穿西裝好看嗎？」

「啊？喂，惠美。」

「我討厭。」

「阿拉斯．拉瑪斯？」

在阿拉斯．拉瑪斯過去說過的話當中，這可以算是最嚴酷的評論，所以不只是真奧，就連千穗也大吃一驚。

「味道好怪。」

「阿、阿拉斯．拉瑪斯？」

「爸爸還是比較適合薯條的味道。」

「咦？味、味道很怪？怎、怎麼可能，我還特地送去洗衣店……！就連擦汗用的溼紙巾都買最好的！」

「她可是連休假時都能聞到你手上有薯條的味道呢。所以大概是討厭防蟲劑和洗衣精的味道吧。」

「欸……」

真奧的表情瞬間變得窩囊，讓惠美忍不住笑出來。

「她說你不適合打扮成這樣，所以快點去換掉吧。你還是比較適合平常那套UNI×LO。」

千穗似乎正在煩惱該怎麼安慰因為阿拉斯・拉瑪斯的話而動搖的真奧，惠美看著她的側臉，臉上的笑容跟著變慈祥。

「那樣一定比較能傳達你的想法。」

「……嗯啊！惠、惠美，妳……」

「那我先回去了。對了，魔王，我最近都在安特・伊蘇拉所以忘了跟你說，你之前住我那裡時留下了不少東西，如果你要搬回Villa・Rosa笹塚，記得把東西拿回去。」

真奧茫然地呆站在原地，千穗則是因為聽不懂兩人在說什麼而反覆看向兩人。

惠美沒有向千穗說明，直接舉起手道別：

「那麼，再見嘍。千穗，今天謝謝妳。」

「嗯、嗯……」

「爸爸！小千姊姊！掰掰！念書加油！」

惠美和從她後面揮手道別的阿拉斯．拉瑪斯的身影一下就消失在剪票口的對面。

「那個，真奧哥？」

「……小千，抱歉，可以等我十分鐘嗎？我果然還是去換件衣服好了。」

「好、好的，這點時間應該是沒什麼關係……」

「我馬上回來！」

真奧不顧自己穿著皮鞋，在愣住的千穗面前快步奔跑。

用這樣的速度從車站跑到公寓應該會流很多汗吧，就在千穗擔心地等了一段時間後——

「抱歉，讓妳久等了！」

真奧貞夫全身都換回平常那套UNI×LO，騎著平常那輛自行車杜拉罕二號再次返回。

時間正好過了十分鐘。

※

之後真奧與千穗一起推著自行車，從笹塚站走向幡之谷。

真奧是去上班，千穗是去補習班。

即使走在同一條路上，目的地也很接近，但兩人要去的地方還是不同。

惠美在道別時表現得和平常不太一樣。

真奧的態度也讓人覺得不自然，因此千穗一直保持沉默，莫名緊張地走了一段時間。

「話說……」

「是、是的？」

「剛才送外送過來的是岩城店長吧。」

「啊，是的。她好像察覺到不少事情。」

「呃……這樣啊。不過她和木崎小姐不同，之後應該不會特別深究，這一點倒是很讓人放心。」

「說、說得也是。」

接下來是一陣短暫的沉默。

因為氣氛明顯和平常不同，所以就連簡單的對話都充滿緊張感。

「雖然跟剛才的話題沒什麼關係，但原來小千也有自行車啊。」

「有喔，只是有一段時間沒騎了。」

「為什麼現在又開始騎了？」

當然就算千穗騎自行車也沒什麼好奇怪的，真奧單純只是因為之前沒看過千穗騎車，外加補習班和打工地點離千穗家的距離都差不多才有此疑問。

「利比科古先生沒跟你說嗎？我之前從補習班回家時遇到搭訕。」

「什麼？搭訕？」

真奧驚訝地睜大眼睛。

「是啊，雖然對方態度有點強硬，但利比科古先生幫我趕走了他們。」

「真、真有這種事？」

「但我也不能每次都期待利比科古先生會來救我，所以之後就改成騎車回家了。」

「原來如此……不過補習班和麥丹勞跟妳家的距離都差不多吧？為什麼之前打工時不騎自行車？」

「你真的要在這時候問這種問題嗎？」

「咦？」

真奧本來以為這只是普通的疑問，但千穗不知為何有些不悅地皺起眉頭。

「因為去補習班不需要在意太多事情。」

「在意什麼事情？」

千穗筆直指向真奧的臉。

不對，她伸出了兩根手指。

指向真奧的雙眼。

「如果騎自行車，前面的頭髮會亂掉吧。」

真奧也沒遲鈍到反問「那又怎樣」。

如果騎自行車，頭髮就會被風吹亂。

雖然只要進了更衣室，就會把頭髮綁起來並換上毫無特色的員工制服。

但開始上班前還是有短短一分鐘，應該說幾秒鐘的時間。

「你也差不多該明白我之前有多麼努力了吧？」

當然如果遇到店裡正忙的時候，真奧很可能無法好好看千穗一眼，實際上這樣的狀況也經常發生。

不如說大部分的時候，千穗的努力都無法獲得回報。

即使如此。

「我還是都會努力把頭髮弄好看一點，希望能被真奧哥看見。」

「……不好意思。」

「順帶一提，去公寓的時候則是因為怕料理會因為晃動變亂，以及回程一定都會有人送我回家，所以才沒有騎車。」

千穗現在已經身處和真奧不同的地方。

無論是打工地點，還是面對的戰場。

在真奧拖拖拉拉的期間，兩人的距離已經變遠。

「真奧哥。」

「嗯。」

兩人持續前進，目的地也變得愈來愈近。

千穗率先出擊。

「為什麼你當初要保留我的記憶？」

「這個嘛……」

真奧回答的語氣可能會讓人覺得有點敷衍，但只要從他的眼神和突然停下腳步這點，就能看出並非如此。

前面有個比較大的路口，真奧和千穗走的人行道左邊的甲州街道，以及上方的首都高速公路在前方交會。

「小千，我有跟妳提過當初在魔界建立魔王軍的事情嗎？」

「沒有，但我有聽別人說過。」

「是蘆屋或漆原嗎？」

「我有聽蘆屋先生提過一點。」

「真的嗎？他有沒有跟妳說什麼奇怪的事？」

真奧像個被母親拿舊相簿給朋友看的高中生般皺起眉頭。

「我覺得沒什麼奇怪的地方。我只有聽說你和蘆屋先生他們成為同伴之前的事，還沒有聽到關於馬勒布朗契的事。」

「喔，到那裡啊。那妳應該有聽說我的第一個同伴是漆原吧。」

「不是卡米歐先生和那個帕哈洛什麼的族人嗎？」

「他們跟同伴有點不太一樣。」

雖然千穗沒有特別問是哪裡不一樣，但如果她所知的真奧過去都是真的，那真奧對卡米歐的感情應該更接近家人吧。

「雖然我可能沒有好好說明過，但我的族人除了我以外都去世了。只有我被萊拉拯救，然後被老頭子收養。等長大成了魔王後，我有試過尋找自己的族人，但已經找不到完全和我一樣的傢伙。」

「完全一樣？」

「畢竟就算同樣是馬勒布朗契，利比科古和西里亞特的外表也差很多吧？黑羊族也一樣，儘管有找到一些外表相似的惡魔，但毛色或角的外形等方面還是差很多。」

「這樣啊。」

「於是我就先用三寸不爛之舌拉攏了漆原和亞多拉瑪雷克，過不久就將蘆屋的鐵蠍族也納入麾下。雖然這段期間發生了很多事，但基本上這些對象都是我自己選擇的。」

這部分大致與千穗聽說的內容一致。

「我和馬納果達率領的馬勒布朗契曾大戰一場，之後也陸續平定了一些小部落，最後在進攻安特·伊蘇拉時輸給惠美他們。」

「是的。」

「至於來到日本後的狀況，妳應該大概都知道了，我在因緣際會下進入麥丹勞上班，過不久妳也來應徵打工。」

儘管中間省略了不少過程，但對真奧來說重要的應該只有兩點。

「小千的實習基本上是由我負責吧。其實那是我第一次指導實習人員。」

「是這樣嗎？」

真奧當時沒提過這件事，千穗周圍也有一些員工說曾接受真奧的指導。

「我是指專門負責一個人。我之前也曾和前輩一起指導過人，或是在和後輩一起工作時傳授一些訣竅，但妳那次是我第一次單獨負責一個人。小千面試完回去後，木崎小姐就馬上把妳交給我負責了。」

千穗聽了之後覺得有點開心。

她只記得接受木崎面試時曾經失誤過，而不記得其他詳細的對話。

但即使是很久以前的事情，知道木崎在面試後就馬上決定錄取她，還是讓千穗感到有些自豪。

「我當時很開心。那是木崎小姐第一次把新人交給我負責。我從以前就非常尊敬木崎小姐，也覺得如果無法好好培育後輩就當不上正式職員，所以啊……」

真奧看著千穗，露出憐愛的笑容。

『偶，不對，我是從今天開始來這裡打工的佐佐木千穗！請多多指教！』

「我當時下定決心，一定要讓這個女孩成為獨當一面的員工。」

「嗯～」

此時千穗覺得有點不太對勁。

「是因為想讓木崎小姐更加認同你嗎？」

「唉，當時應該是這樣沒錯。」

真奧本人似乎也不太記得自己當時的心情。

但如果要刻意回想並化為言語，應該就是這樣沒錯。

「那是我有生以來第一次被地位比我高的人信任，並將別人託付給我。」

「總覺得我好像被當成小孩子或小嬰兒看待。」

「相對地我自認還滿珍惜妳的。」

「自認嗎？」

「別挖苦我啦。」

真奧舉起雙手投降。

「所以說，小千是我第一個想要珍惜的人類。」

千穗得到真奧的答案後，試著問道：

「我應該為此感到高興嗎？」

「這我無法判斷。畢竟別看我這樣，我好歹是個惡魔。」

「從外表的確看不太出來。」

千穗敷衍地回應。因為這她早就知道了。

「雖然我說了很多，但簡單來講就是我不想被自己珍惜的對象遺忘。我無法想像自己消除妳的記憶後，隔天再若無其事和妳說話的樣子。許多偶然的要素，讓我產生了這樣的想法。」

「我趁這個機會問一下，那個偶然要素是指什麼？」

「就是惠美的存在。」

「果然啊。」

「嗯，我也想過明明是我害妳遇到恐怖的事情，卻因為不想被忘記而增加妳的負擔不太好。不過如果不這麼做，那唯一記得我做過什麼的人類就只剩惠美了。」

真奧發自內心露出不悅的表情。

「我唯獨不希望變成那樣，所以就……」

真奧筆直看向千穗。

「不想被珍惜的人遺忘的心情，也能被歸類為『喜歡』嗎？」

「……咦？」

這是出乎意料的突襲。

千穗本來在這個話題開始時就已經認定這次也無法得到回覆，因而擅自在內心延長回答的期限了。

所以這讓她不自覺忘了呼吸。

「我想了很多。雖然我是惡魔，但這一兩年的生活讓我明白自己的感覺和精神與人類沒有兩樣。只是我真的不懂喜歡異性是什麼感覺，也沒有親人或朋友能教我這種事，就連惡魔在生物學上是否具備這樣的機能都令人懷疑，不過……」

真奧沒有將視線從千穗身上移開。

千穗也因為心跳突然加速而說不出話來。

「其實我最近身體狀況有點不太好，而且還因為一些奇妙的巧合……讓沙利葉看護我。」

「咦！你身體不舒服嗎？咦？還讓沙利葉先生看護你？咦咦？」

接連不斷的衝擊，讓千穗發出比想像中還大的聲音。

「然後因為沒有其他人能諮詢，我就問他『喜歡』是什麼樣的感覺。那傢伙不是一直迷戀木崎小姐嗎？但如果正常生活下去，絕對是木崎小姐會先離開人世吧。萊拉和諾爾德也是如此。所以我就問他為什麼明明知道絕對無法和對方長相廝守，卻還能產生那樣的感情。」

※

「簡單來講，就是你到現在還不知道佐佐木千穗究竟對你抱持什麼樣的感情吧。」

「也不是不知道。只是……你看我現在這個樣子。」

千穗在高峰會後親了真奧。

就像因為真奧一直拖延回答而累積的能量爆發般，千穗直率的感情蹂躪了真奧身為惡魔的性質。

真奧過去除了營養失調時以外，一直都非常健康，但如今他的身體狀況急轉直下，甚至連魔力都快從體內洩漏出來。

明明沙利葉聽完真奧的話後，嫉妒到將整根生蔥直接插進給病人吃的粥裡，真奧的狀況卻嚴重到完全沒發現。

「我想珍惜小千，但我沒有把握自己的感情足以回應她的熱情……」

「你是國中生嗎？」

「啊？」

「不對，應該不是這樣。你現在的想法比較像是四五十歲的中年男人。明明自己也有那個意思，卻在那邊裝老說自己配不上對方。」

「……雖然我現在頭很暈，但我知道你在說我的壞話。」

「唉，你連剛才那種粥都吃得下去，或許跟你講什麼都沒用了。」

沙利葉回頭看向泡在流理臺內的鍋子，嘆了口氣。

「我之前也曾跟你的部下說過，根本就沒有方法能夠知道別人的真心。雖然這世界上有許多兩情相悅的情侶，但旁人根本就無法用數值化的方式加以證明吧。」

「……別講得那麼複雜，我頭都開始痛了。」

「佐佐木千穗心裡的一百，和你心裡的一百不同。就算從別人那裡獲得了什麼，也沒有義務返還相同的東西，實際上也辦不到。」

「小千的一百，和我的一百不同……」

「這樣講你應該就聽得懂了吧？我從來不曾期待木崎店長寫情詩回覆我。」

「哈哈……原來如此。要求別人那樣做才可怕吧。」

「木崎店長是將工作擺在戀愛前面的類型，我覺得那樣很好。但我經常希望在她的疲勞累積到顛峰時，她回去的地方有我的一席之地。」

沙利葉和木崎並非情侶。

只是沙利葉在單戀對方。

儘管最近他和木崎的關係已經不像剛認識時那麼險惡，但如果被問到木崎是否對沙利葉有好感，應該每個人都會搖頭吧。

而沙利葉本人也是在對此有所自覺的情況下說出這席話，只能說他實在是很了不起。

「換個說法，你覺得艾米莉亞的父親是那種每次和萊拉見面時，都會奉上情詩的人嗎？」

「……雖然聽說他很會秀恩愛，但應該不會那麼做吧。」

「那佐佐木千穗是那種如果要在工作和私生活中選一個，會毫不猶豫選擇工作的人嗎？」

「……小千，應該不是那樣的人。」

千穗不像木崎那樣，有工作這種無可動搖的最優先事項。

至少看在真奧眼裡是如此。

「講了這麼多，你的意思就是這種事沒有答案嗎？」

「至少愛的形式沒有。到頭來重點還是你希望成為佐佐木千穗的什麼人。這點只有你自己知道。佐佐木千穗也不知道。不過如果你想問為什麼我和萊拉能夠愛上人類，那我也只能說重點是你希望對方怎麼看待你。」

※

「雖然不甘心，但多虧有找他商量，我總算整理好自己的心情。」

「這樣確實讓人很不甘心。」

沙利葉是敵人。

客觀來看，他所期望的未來絕對不可能發生。

但包含這點在內，沙利葉總是能夠直率地說出自己的希望，而且多虧了真奧和千穗，如今他也不用再對木崎隱瞞身分。

「他真是個幸福的傢伙。」

真奧笑著說道。

「作為曾經被他綁架過的人，我實在是有點無法接受。」

千穗也跟著露出微笑。

「所以說，小千。」
「嗯。」
「我不想被小千忘記。」
「嗯。」
「雖然我用了一堆話來說明為何沒有消除妳的記憶，但總而言之就是我不想被妳忘記。現在這種心情又更為強烈。如果現在被妳遺忘，我的心絕對會破個大洞。」
「……嗯……！」
「所以……為了回應妳的感情，請妳再給我一點時間。為了這個目的，我又多了一個必須解決的事情。這和滅神之戰沒有關係，純粹是我個人……不對，是我和小千之間的問題。」
「……好的！」
千穗已經忍不住眼眶泛淚。
她拚命不讓淚水流下來，但已經快到極限了。
「而且……還必須考慮到順序。小千，我之前有說過吧。」
「是的……你說的沒錯。」
千穗知道鈴乃曾向真奧做出「愛的告白」。
儘管那和千穗的狀況不同，不是從戀愛發展而來，但真奧也同樣將回答往後延了。

關於這件事，千穗希望無論真奧做出什麼樣的決定，都要選擇最後回答她。

考慮到真奧至今的所作所為，這點要求並不過分。

所以真奧也非常在乎這個順序。

「……呃……總覺得有點抱歉。搞得這麼正式，結果還是回答得很不像樣。」

「我完全不在意，不過，感覺今天可能會無法專心念書了……」

千穗拭去忍不住流下的淚水，但淚水後方是滿面的笑容。

「畢竟一切都還沒結束。」

「嗯。等再多解決一些事情後，就能好好思考後續的事情了。」

「……謝謝你。」

「這沒什麼好道謝的。不如說不好意思讓妳等這麼久。」

真奧說完後，像是覺得臉紅很沒面子般用雙手拍了一下臉。

「……唔。」

「真奧哥？」

「……沒事，只是覺得很難為情。我現在能夠理解小千之前為什麼會逃得那麼快了。我先走了！小千，妳也要努力去上補習班！再見！」

才剛說完，真奧就跨上杜拉罕二號快速騎走。

千穗有些驚訝地目送突然逃跑的真奧離開。

「……真是的。」

直到完全看不見真奧的背影，千穗才拚命縮起身子壓抑從內心湧出的炙熱感情。

即使如此，她的臉上依然充滿了喜悅和憐愛。

所以……

「不過真奧哥……」

她好想像放煙火那樣，對著白晝的夏日天空釋放自己所有的心情。

自己居然在知曉魔王撒旦的一切後，依然如此喜歡真奧。

她想放縱地大喊。

所以……

「唉———……！」

千穗只能將心裡的想法化為在夏天的陽光中仍顯炙熱的嘆息，讓它就這樣消散。

她忍住再次溢出的淚水，拿出手機撥打一個已經過於熟悉的號碼。

「喂。」

雖然千穗覺得這個時間有點勉強，但從電話的背景聲判斷似乎還好。

不對，或許是對方知道千穗會在這個時間打電話過來。

背景聲聽起來像是某個車站。

應該是明大前站。

所以對方才會自然地在能接電話的時間點接起了千穗的電話。

從那個瞬間到現在，一切的發展都如同對方的預料。

千穗不知道。

但對方早就知道了。

『電話？是小千姊姊嗎？』

『阿拉斯・拉瑪斯，別搶我的電話。』

從聽筒的另一端傳來母女搶手機的聲音。

『喂，千穗嗎？』

「……遊佐小姐。」

惠美的聲音聽起來一如往常。

打從千穗認識她並與她成為朋友後，遊佐惠美就一直沒變。

『千穗？怎麼了嗎？』

惠美察覺千穗的狀況不太對勁，稍微壓低了語氣。

那是發自內心在擔心千穗的聲音。

千穗努力擠出聲音發問。

因為她無法預測真奧的未來。

「遊佐小姐……妳為什麼……知道事情會變成這樣？」

※

「魔王大人，早安。您去千穗閣下家道歉的事情還順利……魔王大人？」

現在是午休時間。

這裡是更衣室旁邊的員工間，摘下員工帽的利比科古正坐在折疊椅上吃著從附近超商買來的零食，看著手裡的雜誌。

「怎麼了？您的臉色不太好喔？」

真奧氣喘吁吁地進入員工間後，就直接迎著冷氣緩緩癱坐在地上。

「您流了好多汗，外面這麼熱嗎？」

「……不……我沒事……」

「魔王大人？」

真奧的狀況明顯有異。

他不只在喘氣，聲音也十分沙啞，而且明明在流汗，臉色卻顯得蒼白。
「唔……嗯，利比……不好意思，那個袋子借我。」
真奧沒等利比科古回答，就把他超商塑膠袋裡的東西都扔到旁邊——
「唔……嘔嘔……」
「魔、魔王大人？」
然後將胃裡的東西都吐進去。
「您、您怎麼了？該不會是食物中毒……！」
「別在店裡……講那種危險的話……不是這樣……抱歉弄髒了你的袋子……」
「這種小事不用在意！您這不是還發燒嗎？到底發生了什麼事？」
「別吵。我吐完後舒服多了，只要再忍耐一下就會平息。嗯唔……呼。」
臉色稍微恢復後，真奧扶著牆壁搖搖晃晃地起身。
「您真的沒事嗎？今天要不要跟岩城店長請假……」
「我真的沒事，應該……畢竟這次和上次不同，沒有肢體接觸……」
真奧覺得肚子不舒服的感覺開始消退，身體狀況也逐漸恢復。
「不對……應該正好相反吧。」
真奧氣喘吁吁地在更衣室內換衣服，搖頭嘟囔。

親吻是伴隨接觸的強烈愛情表現。

所以他能理解這種和恐懼相反的感情會對身體造成強烈的影響。

但真奧剛才別說是親吻了，就連手都沒牽。

即使如此，他還是感覺到體內的魔力被快速分解。

以前和千穗有肢體接觸時，他也曾遇過幾次類似的狀況。

無論是牽著她的手在新宿約會時，還是把她抱起來的時候。

如果自己的身體只要接受別人的愛情就會產生這種反應，那以前應該會更常不舒服才對。

難道是因為千穗的感情過去都還不夠成熟嗎？

還是盲目到無法稱作愛，只能算是「戀慕」呢。

不對，這樣也說不通。

無論是鈴木梨香對蘆屋傾訴好感，還是鈴乃向自己告白的時候。

她們這些成熟的大人都對自己的感情充滿確信。

千穗在萊拉的家握著自己的手上樓時，應該就已經懷抱著和現在一樣的感情。

在山羊圍欄的支爾格取得亞多拉瑪雷基努斯的魔槍時，倒在真奧懷裡的千穗甚至還證明了自己身為魔王軍大元帥的忠義。

既然如此，為什麼只有現在。

「啊啊，原來如此。」

真奧呻吟著說道。

◇◇◇

「日本真熱！」

千穗一開口就如此大喊，用力按下冷氣的遙控器。

熟悉的房間與冷氣立刻感應到悶熱房間的溫度，發出像慘叫的運轉聲吹出冷風。

與此同時，房間的門突然被用力打開。

「千穗！妳回來了嗎？」

千穗的母親里穗不知為何拿著一根抓癢棒站在那裡。

「啊，媽媽，我回來了。妳為什麼拿著抓癢棒？」

「我聽見奇怪的聲音還嚇了一跳呢，這樣對心臟很不好，妳下次回家能不能從客廳或玄關現身？」

「我上次這樣回來時，妳還不是嚇到把咖哩灑到地毯上了。而且也不能在或許會被其他人看見的地方開『門』。」

「真是的……那至少也傳封簡訊讓我知道妳什麼時候回來，在那裡應該還是有辦法通訊吧，開『門』時周圍的聲音和震動很強耶。」

里穗輕輕揮動抓癢棒，不悅地說著。

「那麼，我姑且問一下，妳覺得哪邊比較好？」

「嗯……果然……還是安特．伊蘇拉吧。」

「去倫敦留學也不便宜啊。」

即使大致預料到答案，里穗還是沮喪地垂下肩膀。

「雖然父母親都覺得孩子只要能做自己覺得有意義又安全的工作就好，但沒想到會這麼偏向異世界。」

里穗說完後，重新打量了一下千穗身上的打扮。

「妳到底是去哪個國家體驗當地生活啦。」

儘管用的是普通的滾輪行李箱，但千穗身上穿的卻是用各種顏色的鮮豔絲線編織而成的民族服飾。

「這件衣服雖然是採用烏魯斯氏族的設計，不過是用威蘭德氏族的線編織而成的喔。」

「好好好，看來妳比我想的還要容易被周遭影響。之前去倫敦時，妳也買了很多那邊的可愛繪本回來。」

「請把這稱作感受性很強。」

「妳也稍微體諒一下父母因為女兒感受性很強而跑去異世界時的心情吧。」

里穗露出複雜的笑容——

「肚子會餓嗎？」

「好餓喔！」

然後與千穗進行了這段從女兒小時候開始就已經重複了幾千次的對話。

「太好了。妳爸爸從上個星期開始就一直待在京都，好像是去支援什麼國際會議的警備。如果只有我一個人會煮太多。」

「只要是媽媽煮的，我什麼都吃。」

「是嗎……真是幫了大忙，妳可以全部吃光沒關係……不過妳還是先去洗個澡吧，妳身上又髒又臭的。」

「咦！啊，說得也是！對不起！」

千穗瞬間臉紅，丟下行李箱衝去浴室。

「別把那件衣服丟洗衣機啊！要是那件花花綠綠的衣服掉色可就麻煩了！」

「好！」

「真是的……」

千穗在家裡活蹦亂跳的樣子，和小時候沒什麼兩樣。

儘管看起來沒有改變，女兒也已經大學三年級了。

是個滿二十歲的大人。

里穗嘆了口氣，即使不癢還是用抓癢棒搔了一下背。

「真奧先生明明在日本工作，為什麼千穗會想去安特·伊蘇拉工作呢……」

千穗用昨晚的剩菜配了三碗飯，雖然燉菜裡的雞肉和蔬菜今天已經充分入味，但飯吃起來就有點乾，最後她雙手合掌說道：

「我吃飽了！」

「吃得真多呢。」

「是啊。」

千穗突然一臉嚴肅地點頭。

「坦白講如果要在安特·伊蘇拉安身立命，最大的難關就是這個。」

「咦？」

「安特·伊蘇拉的飯菜很好吃，我吃的東西在那邊也算是相當高級……但果然還是會

膩。」

「哎呀。」

「我在倫敦的皮卡迪利圓環有發現賣日本商品的店，在那裡能夠買到日本的點心或泡麵。」

在倫敦的寄宿家庭告訴千穗皮卡迪利圓環有日本商店時，她一開始還無法理解那種店的存在意義。

雖然大學的學長姊和周圍的大人總是不厭其煩地強調在國外待了一個星期後，就會十分想念白飯和味噌湯，但千穗在倫敦的那三個星期實在太忙又太有趣，所以根本沒有空閒懷念日本食物。

很多人都說英國的料理不好吃，但在地球另一側國家的食物不合胃口也很正常，實際吃過後味道也沒周圍的人說得那麼糟糕。

特別是燉菜和湯類料理大多比日本好吃，國外也經常能看見日本以外的亞洲各國出資開的壽司店，那些店都有好好使用日本製的醬油。

只要醬油夠好，大部分的壽司都能夠吃下肚，所以千穗並不覺得飲食方面有什麼困擾。

不過——

「里德姆奶奶似乎是聽艾伯特先生提過這方面的事，所以替我準備的餐點都偏向日式，甚至還開了像日本料理店的餐廳。不過該怎麼說才好，總覺得微妙地不太對……」

「大人物做的事情都很誇張呢。還有妳的要求也太奢侈了。」

特地開一間店這件事，讓里穗大吃一驚。

千穗是在之前提到的倫敦留學結束後，才利用大學剩下的暑假前往安特．伊蘇拉留學。留學地點是千穗最熟悉的北大陸連合首都菲恩施，通稱「山羊圍欄」。

而且她還是去那裡實習。

「那麼，妳在安特．伊蘇拉都在做什麼？」

「該怎麼說才好，最後幾乎都是在幫里德姆奶奶打雜……硬要形容的話，就像是政治家祕書或總理大臣助理的感覺。我在北大陸見了許多人，統整他們的要求和請願，另外還有替里德姆奶奶規劃行程，如果有必要也會幫里德姆奶奶或烏魯斯氏族寫決議通知書……」

「這、這樣啊。」

「里德姆奶奶說如果想遊覽安特．伊蘇拉各處，這是最好的方式，所以我只是跟著她行動而已喔？」

千穗一察覺母親有些畏縮就趕緊補充說明，但似乎沒什麼效果。

「最後一個星期，艾美拉達小姐和盧馬克小姐帶我到聖．埃雷觀光。皇城真的很漂亮，我拍了很多照片，晚點再給妳看。」

雖然千穗隨口就說出皇城這個詞，但那和在現代地球參觀皇居或白金漢宮的衛兵交接可不一樣。

女兒將遊覽君主專制國家皇城的行程說得普通又簡單，光是這樣就夠讓人覺得惶恐了。

「里德姆奶奶還要我下次帶父母一起來。所以如果媽媽不介意……」

「唉，如果之後有空的話。話、話說妳今天接下來的行程是什麼？」

「……啊，對了！我還要出門一趟。」

「咦！妳不是才剛回家……！」

「畢竟從那裡回來只要四十分鐘，而且也不像從英國回來時那樣有時差，我換個衣服就要出門了。謝謝招待！」

「……好好好，記得聯絡我會不會回家吃晚餐。」

「好！」

里穗目送慌慌張張地換完衣服，只上了個淡妝就出門的女兒離開後，懶散地躺在沙發上。

「還沒工作就這個樣子，等她結婚後不曉得會怎樣……唉，我要不要考慮學個才藝呢。」

里穗沒勁地如此嘟囔。

千穗出門時，對表情有些落寞的母親感到愧疚，但她今天有無論如何都比陪母親還要優先的事情，所以她在心裡發誓之後一定會好好補償，並快步前往笹塚站。

「呃，我記得是過中午後才會到……不過是幾點……」

千穗用手機查詢時刻表，同時確認簡訊。

「好，來得及。能提早十分鐘抵達東京車站！」

少女穿過原本十分熟悉，但因為這三個月的經驗而顯得十分新鮮的故鄉街道，然後走過百號大道商店街，跨越甲州街道抵達笹塚站。

接著就在剪票口前方——

「喔。」

「啊。」

遇見了正好要去東京車站的真奧。

「嗨，歡迎回來。看來是趕得上。」

「嗯，我回來了。順利的話，能提早十分鐘到。」

真奧和千穗都舉起手，簡單地互相打了個招呼。

然後真奧拿出錢包，千穗則是用手機通過車站的剪票口。

「大家都知道妳今天要從『留學』的地方回來，而且每個人都在問我會不會去機場接妳。

大概是利比科古說溜嘴了。」

「呃……這樣啊……對不起。我之後會跟大家說明……」

「不用了……那樣應該只會讓我的評價變得更差，比起這個，妳在那裡有獲得什麼對思考未來有幫助的經驗嗎？」

「雖然我還是很煩惱，但有獲得能作為未來參考的材料。」

「喔？」

「總之我打算先在日本找工作，但在挑選公司方面，我應該會加上一個重要條件。」

「什麼條件？」

「我希望工作的地方夏天可以不用待在日本！」

「可怕的是，這聽起來不像是在開玩笑。今年絕對是我在日本遇過最熱的夏天。我甚至還自己主動買了防曬油。」

「喔，防曬油……嗯？」

兩人在月臺並肩等待開往新宿的電車。

千穗盯著真奧的臉看了一會兒。

「你有好好塗到脖子嗎？」

「……沒有。」

「襯衫的衣領和安全帽的面罩，在脖子上留下了奇怪的曬痕。」

「……呃，感覺塗脖子有點浪費。」

真奧尷尬地摸著脖子，千穗見狀便笑了出來。

之後真奧在脖子上摸到一根漏刮的鬍子，害他的表情變得更加尷尬，此舉又再次將千穗逗笑了。

「你的這種地方……」

此時開往新宿的電車正好進入月臺，低沉的停車聲蓋過了千穗的低喃。

「真的一點都沒變呢。」

勇者，找出答案並決定方針

在前往佐佐木家道歉的當天下午四點時，真奧已經上了兩個小時的班。

「真奧，打擾一下。」

真奧知道自己現在狀況不好，但幸虧今天客人不多才總算撐過去，此時岩城和利比科古一起過來找他。

麥丹勞幡之谷站前店二樓的咖啡區現在只有零星的幾個客人。

「二樓接下來交給利比處理。」

「我知道了。不過是耳機電池沒電了嗎？難不成有外送訂單？」

因為戴在耳朵上的耳機沒有任何聯絡，所以真奧差點以為是自己漏聽了。

「不對，不是那樣。總之可以跟我過來一下嗎？」

「好、好的。利比科古，接下來就交給你了。」

「……喔。」

利比科古簡短地回應後，就擔心地看著腳步不穩的真奧離開。

之後真奧被帶到員工間。

「這是店長命令。真奧，你今天早退吧。」

「好的……咦？」

「晚上川田會在尖峰時段過來幫忙，所以不用擔心。你先回家好好休養，讓身體恢復吧。」

「這是店長命令。」

「呃，可是店長，我……」

岩城難得以嚴厲的語氣下令。

「真奧，你現在正面臨重要的時期，所以今天才會去佐佐木小姐家吧？」

這麼說來，岩城之前似乎有看見真奧他們在千穗家下跪。

「因為你說一下子就會好，所以我才決定先觀察狀況，但你好像沒發現自己的臉色變得愈來愈糟。我不能讓看起來好像有感冒的人繼續接近食物。」

「……好的，非常抱歉。」

說到這個地步，真奧也無法反駁。

「你有辦法一個人回去嗎？」

「嗯，應該沒問題……騎自行車一下就到了。」

說著說著，真奧搖搖晃晃地走進更衣室。

「哇？」

在外面等待的岩城，被更衣室內傳來的劇烈聲響嚇了一跳。

「喂，你沒事吧？」

「沒、沒事。」

真奧慌張的聲音感覺是從低處傳來。

過不久，或許是因為擺脫了工作的緊張感，真奧換完衣服後臉色變得更加糟糕。

「你要不要休息一下再回去？」

「不用了……雖然不太可能，但如果真的是感冒就糟了……不好意思，請幫我跟小川問聲好。我先告退了。」

「……嗯，路上小心。」

岩城沒有多說什麼，只能默默看真奧踩著搖搖晃晃的腳步離開。

確認彷彿隨時都會跌倒的真奧踏上傍晚的街道後，岩城回頭去找利比科古。

「惡魔真的會感冒嗎？」

「不，我從來沒聽說過。不過魔王大人當人類已經很久了……他前陣子也發生過類似的狀況，真的一下就變不舒服，然後一下就好了。感覺也沒有發燒，只是變得很疲憊。」

「不是發燒？」

「嗯。雖然我不太懂什麼是發燒，但他最後一回到魔界就好了，我想這次也不會持續太久吧。」

「那就好。」

岩城有些不安地說道。

「如果單純只是身體不舒服……就表示原來惡魔也會得感冒呢。利比，你可千萬別被他傳染了。」

「請別講得好像原來笨蛋也會感冒似的。」

「看來利比也愈來愈習慣日本了呢。」

以最近才知道真奧和利比科古真實身分的人來說，岩城的說法算是相當耐人尋味。

「這麼說來，魔王大人和艾謝爾好像都沒看過醫生……這個身體會生病嗎？」

聽了岩城的話後感到有些不安的利比科古，決定回家時要繞去便利商店買口罩。

然而兩人討論的惡魔之王，至今仍未離開麥丹勞的自行車停車場。

他的腳使不出力氣，只能蹲在杜拉罕二號的旁邊。

就連左手都抓不住自行車的握把直接揮空。

「這下……麻煩了。」

真奧也開始覺得想吐，但他唯獨不想回店裡。

然而這樣下去只是時間的問題。

「真沒用……我可是惡魔之王，快點鼓起幹勁啊……」

居然只因為回應了一個人類女性的心意就變成這樣，丟臉也要有個限度。

「……你真的很沒用耶。虧你還是魔王？」

有人聽見了他的自言自語。

「來，抓住我。振作一點。站得起來嗎？自行車今天就先放這裡吧。」

「嗯……嗯。」

某人握住真奧的手，讓他靠在自己的肩膀上。

真奧覺得模糊的視野開始往上升，然後馬上坐到一個柔軟的東西上面。

「不好意思，雖然距離很近，但請先往笹塚站的方向開……」

真奧聞到一股獨特的味道，並察覺自己上了一輛車，他用力吐了口氣，然後就像昏迷般墜入夢鄉。

※

等睜開眼睛時，已經是晚上了。

真奧仰躺著，燈泡的橘光看起來非常刺眼。

「嗚……」

他在清醒的同時吐出一口溫熱的氣息，儘管身體還沒康復，但已經不像剛走出店時那樣連手都抬不起來。

「現在……幾點……」

真奧想看手錶，但發現手錶已經被摘下。

「嗯？奇怪……我什麼時候脫掉的？手機……手機在哪……」

他頂著朦朧的意識，轉動身體尋找平常放在枕邊的手機。

「嗯……」

一道輕微的呻吟聲，讓他察覺有人躺在旁邊。

真奧眨著總算習慣光亮的眼睛——

「……嗯？」

然後發現躺在旁邊的人是惠美，這讓他不由得倒抽了一口氣，而那口氣又害他嗆到並輕輕咳了起來。

「嗯……」

真奧咳嗽的聲音讓惠美稍微皺起眉頭，但她立刻吐了口氣，翻身似的轉向另一側。

「……這是……」

真奧剛才躺在墊被上，惠美則是枕著坐墊直接睡在榻榻米上。

他拚命用朦朧的意識思考，扭動無力的脖子確認周遭，但不管看幾次這裡都是Villa・Rosa笹塚二〇一號室，睡在旁邊的也是惠美沒錯。

此時真奧總算在離枕頭有段距離的地方，發現正在充電的手機和插座上的時鐘。

「啊……七點。」

看來從店裡早退後，並沒有經過多久。

從身體的狀況來看，岩城要他早退的判斷是正確的，但為什麼會發展成現在的狀況？

真奧隱約記得自己走出店後變得動彈不得，然後被某人給救了。

那個人應該就是惠美，但真奧不曉得她為何會剛好出現在那裡，更不曉得她為何會睡在自己旁邊。

「……」

因為曾經在惠美的公寓和她短暫同居過，真奧大概能看出惠美是否正在熟睡。

而無論惠美原本是否熟睡，她都清醒得很快。

他曾聽惠美不經意地提過農家出身的人都起得很早，以及在討伐魔王的旅程中有時必須露宿或住在治安不好的地區，如果不能馬上清醒會有生命危險。

特別是自從和阿拉斯・拉瑪斯一起生活後，就常常必須應付阿拉斯・拉瑪斯的夜哭等各種狀況，所以她現在即使熟睡，也不會像以前睡得那麼沉。

真奧只要遇到和阿拉斯・拉瑪斯有關的事就會變得既弱勢又卑微，所以自然養成了在惠美睡著後就盡可能不發出聲音的習慣……

「……好想去廁所。」

真奧就像剛睡完午覺般突然很想上廁所，但他知道惠美很少有機會能夠熟睡，所以不好意思打擾她。

Villa・Rosa笹塚只有舊式廁所，沖水聲大到甚至可能吵醒隔壁房間的人。

話雖如此，如果再回頭睡覺，他一定會憋不住。

就在真奧面對這場孤獨的戰役，煩惱該前進還是撤退時，某處傳來手機震動的聲音。

「嗯……？」

真奧連忙確認是不是自己的手機，但震動的頻率和他的手機不同。

「嗯……呼啊……」

看來是惠美的手機在震動。

惠美打了個小呵欠起身——

「喔，你醒啦。身體還好嗎？」
然後自然地轉向真奧問道。
「……呃……那個……」
反倒是真奧回答得小聲又窩囊，相較於惠美自然的表現，他明顯既不自然又很緊張。
惠美在不知該如何回答的真奧面前伸了個懶腰，揉著還很睏倦的眼睛自然地將手伸向真奧的額頭。
「啊，妳……」
惠美用手指撥開真奧的前髮，將手掌貼在額頭上。
「果然沒有發燒，不如說是發冷。該不會血壓下降了吧？」
「呃……那個……」
「你在緊張什麼啊。」
或許是覺得真奧慌張的樣子很滑稽，惠美在燈泡的燈光底下輕輕微笑。
如果是前陣子的真奧，或許還會怕惠美這個勇者危害自己並講幾句難聽的話，但從目前的狀況來看，應該是惠美救了離開店裡後就累倒的自己，再加上身體不適讓他無法好好思考。
「我開燈嘍。」
惠美起身拉了兩下繩子開燈。

「考慮到你那也可能只是普通的感冒，所以我和阿拉斯・拉瑪斯融合了。不用擔心會傳染給她。」

「喔，嗯……唔嗯。」

即使只是日光燈，也足以讓真奧感到刺眼想吐。

「太亮會不舒服嗎？」

「……不，那個，只要稍微調暗一點……」

「好好好。」

惠美再拉一次繩子，關掉兩個圓環日光燈中較大的那一個。

「……為什麼……」

「千穗聯絡我了，說你的樣子很奇怪。」

即使真奧問得非常簡略，惠美仍回答得毫不猶豫。

「……怎麼可能……」

「你跟她分開時還勉強沒事吧，但千穗仍覺得你看起來不太對勁。畢竟你明明看似做好了覺悟，最後離開時卻像是在逃跑一樣。」

「不，那是……」

「你好好回覆千穗了吧？」

「……不用特別確認吧，妳應該早就知道答案了。」
畢竟惠美之前才在笹塚站批評過真奧的西裝。
「我並不是知道，只是想不到其他可能性。」
除了向佐佐木家道歉以外，說到真奧為了預防之後喪命還必須另外做的了斷，惠美只想得到一個可能性。
而她預料的沒錯，被看穿的真奧也覺得惠美說的話很有說服力，才急忙回家換回對他與千穗來說最自然的打扮。
「我之前就經常這麼覺得，你這個人真的很喜歡從形式開始著手耶。」
「……」
「雖然這不是什麼壞事，但長大成人後如果不先從形式開始著手，就很難鼓起幹勁。我自己有時候也會這樣。」
「少裝大人了，妳和小千只差一歲吧。」
「這是度過的時間與文化的差異。」
惠美面不改色地說完後，扠腰嘆了口氣。
「按照千穗的說法，像你這種一到關鍵時刻就會想要帥的人，居然一回覆完就落荒而逃實在很奇怪。」

「小千才不會用那種充滿惡意的說法……」

「她是沒這樣說，但大概是這個意思。除此之外……」

現在光是小燈就讓真奧覺得刺眼，所以也看不清楚背光的惠美。

「她好像對我知道你回覆她告白的事情感到震驚。」

真奧努力在頭暈狀態下思考，但還是不曉得千穗為何要震驚。

惠美似乎也知道真奧理不出頭緒。

「……啊？」

「因此她在你做出回覆立即逃跑後，比起喜悅的心情，更優先想到阿拉斯・拉瑪斯的事。」

「……抱歉，我有點不太明白，為什麼會突然提起阿拉斯・拉瑪斯？」

「我比較佩服你居然聽到這裡還不明白。」

惠美看起來是真心覺得傻眼。

她起身到真奧枕邊重新坐下，然後用抵在腿上的手撐著臉，俯瞰真奧的表情。

「這讓我有點生氣呢。不管是對你還是對千穗。」

「啊……？」

「千穗大概是覺得如果你選擇了她，就會搶走阿拉斯・拉瑪斯的父親吧。」

「……為什麼？」

「千穗有時候真的很麻煩。該說是她太過在意別人，還是想太多又顧慮太多，反而讓人覺得失禮呢。」

惠美說千穗壞話的樣子，讓真奧感到非常驚訝。

「她好像因為我比較了解你，所以就算獲得回覆依然沒什麼自信。她擔心如果跟你在一起，會破壞你、我和阿拉斯・拉瑪斯的家庭。」

「……那種事。」

「簡單說起來就是這樣。所以她一看見你逃跑，就開始擔心你是不是還隱瞞了其他事。」

惠美在真奧頭上露出可怕的微笑。

她看真奧沒有回應，就維持笑容平淡地說道：

「既然逃跑後就變成這樣，表示你的身體不適和千穗有關吧？我知道你不想讓千穗擔心，但我可不希望一直被千穗誤會。如果要在你跟千穗之間選一個，不用想也知道我會以千穗的心情為優先吧？」

「喔、喔……」

「我說啊，你真的明白再過幾天我們就要在滅神之戰中打前鋒了嗎？給我好好考慮一下時期。既然知道自己會變成這樣，為什麼不早點做好對策，或是稍微錯開回覆的時期。不管再怎麼不情願，我都得把性命託付給你，和你一起進攻天界。然而你卻向我這個夥伴隱瞞自己因為莫名原因身體不適的事實，你有考慮過我的感受嗎？你真的明白我們接下來要去打一場關係到孩子性命的戰役嗎？」

惠美依然維持笑容。她的臉上從頭到尾都掛著笑容。

所以才可怕。

「仔細回想，你在魔王城起飛前也曾身體不適吧。我可不允許你保持沉默，快點說清楚你到底為什麼會變成這樣。」

「……好啦。」

拚命躲避惠美笑容的真奧，只能死心招認一切。

「喔～～～嗯…………」

真奧拚命耐著疲憊說明高峰會結束至今發生了哪些事，以及為何會因為千穗而身體不適。

包含被千穗親了。

還有真奧想認真回應千穗的心意，所以身體才突然變得不舒服。就連曾被沙利葉照顧的事情都毫無隱瞞地說了。

結果只換來惠美冷淡的反應。

「我說妳啊……我可是拚命忍著羞恥在說明……」

「可是這怎麼聽都是在秀恩愛啊。能若無其事開啟這種話題的，有我爸一個人就夠了。」

惠美像是真的覺得傻眼般，對真奧做好許多覺悟才道出的事實一笑置之。

「你剛才說我和千穗只差一歲，所以把我當成小孩子看待吧？」

「……那又怎樣。」

「你才是只因為和可愛的女孩親吻，還有回覆別人的告白就興奮到臥病不起，我才不想被你這個小孩子說教呢。」

「…………嗯唔唔……」

因為惠美說的沒錯，所以真奧完全無法反駁。

「唉，算了。總之只要你毫不隱瞞地將這一切都告訴千穗就行了吧。」

「就算說了，這也不是現在就能解決的問題。」

「這跟問題能不能解決無關，重點是好好溝通和面對事情的態度……真是的，為什麼連這種事都要我一一向你說明……」

「是這樣嗎？」

「你想懷疑也行，這是你和千穗的事情，隨你們高興怎麼處理吧。反正很多事要等打倒伊古諾拉後才能塵埃落定，你就慢慢煩惱，然後趕快被甩吧。」

「我說啊……」

「唉，真是白擔心一場。千穗也差不多該明白你就是這種不乾脆的傢伙了吧。」

「妳這個人……唔噁。」

一直被數落的真奧想起身抱怨，偏偏肩膀和手肘都使不出力氣，又再次倒回墊被上。

惠美看也不看真奧。

「話說你吃過飯了嗎？冰箱裡看起來沒什麼適合病人吃的東西，都是一些事先炸好的熟食。」

「…………因為最近……都是由利比科古做飯。」

被惠美教訓到很煩躁的真奧，將臉埋在枕頭裡隨口應道。

「啊，有冷凍米飯。你吃得下稀飯嗎？」

「我才不吃。」

「你在不高興什麼啊。」

真奧已經完全放棄起身，將臉埋在枕頭裡嘟囔，而惠美抱怨歸抱怨，看向真奧的表情卻不知為何顯得相當溫柔。

「等你晚點有食慾的時候，如果又吃冰過的油膩食物可是會吃壞肚子喔。我會幫你做能重

新熱的稀飯，你就乖乖接受我的好意吧。」

「嗚～～……」

真奧只能以呻吟回應。

惠美擅自拿出味噌和剩下的蔬菜，準備做簡單的稀飯。

「等體力恢復後再吃吧。還有要記得補充水分。我幫你冰了幾瓶運動飲料在冰箱裡，枕頭旁邊也會放一瓶。」

「……嗯。」

不曉得是不想起來還是起不來，真奧從剛才開始就一直趴著。

「這樣會窒息喔。」

「……」

「就算你因為在意千穗的事情而影響到戰鬥時的表現，我也不會幫你喔。」

「……我才不會那樣。」

「這就難說了。」

不管真奧再怎麼逞強，惠美都是笑容以對，看來這次明顯是他輸了。

「不過你還能這樣賭氣，就表示應該沒事了。我先回去了，你自己多保重。」

惠美確認瓦斯有關好後，就拎起放在房間角落的側肩包。

「啊，頭髮好亂。」

她用手梳理睡覺時變亂的頭髮，走向玄關。

「……喂。」

「幹嘛？」

「……妳剛才為什麼在睡覺？」

「啊？」

正在穿鞋的惠美回頭一看，就發現真奧恢復仰躺的姿勢，只移動視線看向這裡。

「為什麼妳剛才要睡在我旁邊？」

「原本睡在你旁邊的是阿拉斯．拉瑪斯喔。」

「咦？」

「她看爸爸不舒服，所以想貼身照顧你。我本來怕她被傳染感冒，但她根本不聽我的勸。」

「……這……這樣啊。」

「所以我只好無奈地躺在阿拉斯．拉瑪斯旁邊，看準她睡著的同時與她融合。不過之後你還是沒有清醒的跡象，我又剛好有點睏，就直接睡著了。我有先設鬧鐘，這樣就算你沒醒，我也可以在八點前回家。畢竟我回去後還要餵阿拉斯．拉瑪斯吃飯和幫她洗澡。」

惠美的回答極為合情合理，讓真奧只能茫然地嘆了口氣。

「……原來如此，那就好，不好意思叫住妳。」

「我可不是在陪你睡喔。」

「我又沒這麼說。」

「你就是因為誤會了，才會不放心地這樣問吧。」

看來真奧完全被看穿了。

「抱歉啊，因為我最近實在是猜不透女性的想法。」

「你該不會面對貝爾時也這樣吧？」

再次被戳到痛處的真奧這次完全放棄抵抗，坦率地回答：

「我不知道。雖然最近有跟鈴乃說上幾次話，但沒有獨處的機會，我在今天跟小千談起回覆的事情前也都能正常和她對話，妳應該也都有看見吧。」

這句話讓惠美停下穿鞋的動作。

「意思是即使獨處，只要沒想到『那方面』的事情就沒關係嗎？」

「……大概吧，我自己也還不太確定……」

惠美脫掉穿到一半的鞋子，再次回到真奧枕邊坐下，然後將手放在他的額頭和胸口上。

「惠美？」

「安靜一下。我不是專家，要集中精神才能確認。」

真奧無法反抗突然做出神祕舉動的惠美，反倒開始擔心身體不適造成的心悸會不會造成奇怪的誤會。

「嗯……果然不行，如果是貝爾應該用摸的就知道。接下來會有點麻麻的喔。」

「咦？嗯喔？」

真奧全身突然竄過一陣觸電般的衝擊。

他的頭髮像帶有靜電般豎立，就連指尖都覺得麻麻的。

「妳、妳這是在幹什麼！想殺了我嗎？我剛才真的差點死掉！」

惠美剛才直接用手將聖法氣的聲納打進真奧體內。

惠美無視真奧的抗議，淡淡地宣告結果：

「果然……魔王，你有發現自己體內的魔力亂成一團嗎？原本就會讓我們感到噁心的魔力，在你體內變得異常紛亂。」

「我想也是。所以之前帶虛原回魔界後，我很快就恢復了健康。話說如果要用這種方式調查，至少也先說一聲。」

「說了你會不高興吧。這樣看來就算身體不適，只要好好補充魔力就能恢復。」

「這我也有想過，但我現在不像之前那樣毫無魔力，明明體內存有一些魔力，卻還是變成

這樣，看來要有像回到魔界時那樣，充沛到能恢復惡魔型態的魔力才行……」

「喔，原來如此。」

惠美將手抽離真奧，開始翻找側肩包。

「那事情就簡單了，雖然無法徹底解決千穗那邊的問題，但只要有足以讓你恢復成魔王型態的魔力，就能讓你恢復健康吧。」

「妳在說什麼啊，問題是在日本辦不……」

真奧無法把話說完。

他現在連翻身都有點困難，完全無法抵抗。

只知道嘴唇那裡傳來一股溫熱的柔軟觸感，甘甜的液體不斷流進嘴裡。

真奧從來沒在這麼近的距離聽過惠美喉嚨蠕動的聲音。

頭被確實壓住，嘴巴也被塞住，讓真奧想逃也逃不了，只能任由液體流進嘴裡。

「嗯唔……喔……」

惠美的臉只有貼近幾秒鐘，真奧卻覺得這段時間漫長到彷彿看見了人生的走馬燈。

「噗哈……喂，這……」

真奧在重新變開闊的視野中，發現惠美將一瓶已經開封的營養補充飲料握在手裡，接著她剛才用嘴巴餵給真奧的液體，開始在他體內化為炙熱的火焰翻騰。

在真奧的喉嚨與胃裡翻騰的力量並不全是來自保力美達β。

就連惠美回到安特・伊蘇拉時補充的強大聖法氣也一起流了進來。

原本就相當紛亂的魔力遭到驅除，彷彿體內所有細胞都被粉碎的感覺流竄全身。

「放心吧，我有好好設下結界。」

等正在用手帕擦嘴的惠美聲音離開真奧的耳邊時——

「……惠美，妳……」

他已經變回全身充滿魔力的魔王型態，從墊被上起身。

「之前就有實驗過一次吧。」

這麼說來，確實是這樣沒錯。

真奧與同伴們都知道只要對人類的肉體灌注超越負荷的聖法氣，就會在體內反轉成強大的魔力。

實際上真奧也曾藉由惠美和鈴乃的幫助變回惡魔。

「我、我不是這個意思……」

但問題並不是出在這裡。

惠美剛才——

「你幹嘛用那麼高大的身體慌成那樣，你的身體狀況已經恢復了吧？」

「咦？呃，那個，嗯，已經沒事了。」

惡魔型態的真奧愣愣地點頭，同時肚子開始發出響亮的聲音。

「那我這次真的要回去了。」

明明剛發生過那麼重大的事情，惠美卻平靜地將保力美達的空瓶子扔進魔王城專門裝瓶罐的垃圾袋，快速穿好鞋子。

「……呃，惠美，妳……！」

「你好像從剛才就一直在誤會，所以我先跟你說清楚，我可沒打算加入千穗和貝爾的戰局，你千萬別搞錯了。」

「咦，呃，可是，剛才……」

「可是剛才怎樣？你該不會以為我想要後續參戰吧？就算這樣也是我個人的問題，你只要放著不管就好吧？」

「呃，可是……那個……」

「除了我以外，應該沒人有足夠的聖法氣抵銷並蓋過你的魔力吧？不好意思，就算是貝爾或艾美也辦不到。現在決戰將近，我只是因為沒有其他更快的方法才這麼做。」

魔王撒旦茫然以對，身體也像洩了氣般開始縮小，變回名叫真奧貞夫的健康人類。

「這件事如果被別人知道對我們都不太好，所以你最好拚命尋找對策，不要再讓自己陷入

那種狀況。」

從魔王型態變回真奧後，就只剩下一個被女性下定決心的行動搞得十分狼狽的男人，落魄地坐在一堆衣服碎片與墊被上，惠美側眼看了他一眼說道：

「不然只會讓千穗變得不幸。」

惠美丟下這句話後，看也沒看真奧就直接走出二〇一號室。

「…………」

真奧獨自整理混亂的思緒。

但他愈整理愈不曉得該如何解釋剛才發生的事情。

最後真奧決定丟掉損壞的衣物，換件運動服，在吃完稀飯後睡覺。

他什麼都沒說。

什麼都沒想。

這是惠美的希望，也是她的要求。

即使現在只剩真奧一個人，他也完全不思考，不留下任何記憶，純粹在心裡感謝不僅救了站不起來的自己，還幫自己煮了稀飯的惠美。

「……好吃。」

不過稍微這樣想應該沒什麼關係吧。

真奧說完這句話後就專心吃完稀飯，將鍋子仔細洗乾淨，打算再次躺下。

「果然還是想去廁所。」

他重新想起因為接連不斷的衝擊而遺忘的感覺，去過廁所後重新關燈，再次躺下。

「看來在一切結束前，還是減少打工比較好……不然會撐不住。」

真奧嘴裡嘟囔著，看向剛才被惠美當成枕頭的坐墊。

「扶養費該怎麼辦呢……唉。」

※

惠美下了公共樓梯後，發現伊洛恩站在那裡。

「剛才怎麼了？為什麼要設結界？」

「嗯，發生了一點事。魔王身體不舒服，然後恢復成惡魔型態。因為事出突然，所以只能這樣。」

「原來如此，他還好嗎？」

「沒事，大概是他一直以來都太健康，所以身體突然受到驚嚇吧。」

「這樣啊，那就好……艾米也要注意身體喔，我很高興你們願意救我們的兄弟姊妹，但要

是你們因此出事，我會難過的。」

惠美像是要讓有所顧慮的伊洛恩放心般，笑著撫摸他的頭髮。

看來伊洛恩比真奧還要會關心別人。

「放心吧，我不是為了你們，我只為阿拉斯．拉瑪斯而戰。」

「唉，原來是這樣啊。」

伊洛恩也接受惠美的體貼，露出微笑。

「我知道艾米的手很溫暖。即使我不是『基礎』，也知道妳真的深愛阿拉斯．拉瑪斯。」

「那當然，只要是為了阿拉斯．拉瑪斯，我什麼都願意做，所以我感覺今天……已經決定好一切結束後的方針了……伊洛恩，我跟你說。」

惠美突然對純真的少年說道：

「長大後不能變成像魔王那樣的大人喔？」

「為什麼？我覺得他是個了不起的人。」

「他是個好人，但我果然不希望你變成會讓女孩子擔心和哭泣的男人。」

「……我覺得撒旦不是會做那種事的人……」

「等你長大就會懂。」

即使這只是大人狡猾的說法，伊洛恩還是坦率接受並曖昧地點頭。

「那我差不多該走了。伊洛恩也小心不要感冒喔。」

「嗯……掰掰。再見了。」

即使遇到出乎意料的反擊，惠美還是努力跨越難關並踏上回家的路，她稍微集中精神，確認阿拉斯．拉瑪斯是否仍在熟睡。

然後，她用指尖摸了一下自己的嘴唇，沮喪地說道：

「這樣下去果然不行……我會做出蠢事。」

惠美停下腳步——

「我必須事先做好準備，讓自己隨時都能在關鍵時刻做出了斷，即使……」

用力握緊剛才觸摸嘴唇的手，下定決心。

「那麼做會違反千穗的意願……」

只有笹塚街道的夜空，聽見了惠美陰暗的決心。

◇◇◇

在親子咖啡廳．基楚一如往常順利開店，請假的木崎真弓抱緊獨生女的時候。

距離笹塚十分遙遠的西邊。

在兵庫縣神戶市的ＪＲ新神戶站前面的圓環，將長髮綁成一束的遊佐惠美和揹著放鬆熊包包的阿拉斯．拉瑪斯，正從一輛小轎車的後座走了下來。

「阿拉斯．拉瑪斯，我要去後車廂拿行李，妳先在這裡等我一下。」

「媽媽，快點進車站。外面好熱。」

「再等一下喔。妳有跟梨香姊姊說謝謝嗎？」

「下車時說了！」

「認真一點，不可以那麼隨便。」

「算了啦，惠美，別這麼古板。妳有好好道謝對不對？」

「妳看！梨香姊姊也這麼說。」

「真是的。」

惠美苦笑著從後車廂拿出一件大行李箱，確認沒有遺漏東西後才關上後車廂。

「途中國道塞車時我還緊張了一下，這樣時間應該很充裕。惠美，路上小心喔。」

鈴木梨香走下駕駛座，拿高開車時戴的太陽眼鏡眨了一下眼。

「嗯，還好有妳開車載我們。謝謝妳，梨香。」

「別這麼見外啦。我們都什麼交情了。下次別只來三天兩夜，待更久一點吧。阿拉斯．拉瑪斯妹妹也要再來喔。我等妳們。」

「嗯！我們明天再來！」

這個孩子氣的回答讓梨香笑了出來。

「明天媽媽可能沒辦法帶妳來，但妳的心意讓我很開心。」

「欸～媽媽，那我們下次什麼時候來！」

「之後再好好規劃吧。妳這張嘴真的愈來愈會說話了。」

「這表示她成長了很多。實際上我沒想到才一年半沒見，她就長大這麼多。她現在已經是個小美女了，有姪女一定就是這種感覺……」

梨香像是覺得刺眼般瞇起眼睛，看向阿拉斯．拉瑪斯的腳邊。

「下次見面時，妳應該就穿不下這雙鞋子了吧。」

阿拉斯．拉瑪斯穿的是相當透氣的夏季兒童鞋。

梨香的老家是製造鞋子零件的工廠，但這幾年也開始做鞋子，經營自己的品牌，阿拉斯．拉瑪斯穿的就是他們家的新產品。

「這次受到妳如此熱情的招待，真的很不好意思。也請幫我向妳的家人道謝。這個鞋墊穿起來真的很舒服。」

惠美穿的是自己的鞋子，但內側的鞋墊是拜訪鈴木家時，他們特地依照她的腳底板量身訂作的特製品。

「那真是太好了，我爺爺一定會很開心。我最近也要去東京工作，還會去真奧組跑業務，到時候有空再一起玩吧。」

「當然好啊！我們再聯絡！」

梨香兩年前搬出高田馬場的公寓，回到位於神戶市須磨區的老家。

她目前正在老家跟爺爺和雙親學習工作，繼承家裡經營的製鞋產業的經驗。

惠美直到這次造訪神戶，才知道梨香當初為什麼既沒有讀大學也沒有找正職工作，卻還是住在遠離老家的東京。

雖然在神戶遭遇震災時，梨香家裡經營的製鞋工廠並沒有建築物或機械受損，但經營狀況還是因為許多老客戶倒閉而受到影響，再加上之後經濟不景氣，等梨香高中畢業時家裡已經瀕臨破產。

於是梨香的奶奶為了脫離困境，決定採取現代人難以接受的方法。

那就是讓家裡的長女梨香，和鄰近地區財務狀況較好的製造商之子訂婚，好讓工廠能夠存續下去。

梨香當時正值即將從高中畢業的敏感時期，明明光是被擅自決定結婚對象就已經足以造成心靈創傷，對方甚至還比她大二十五歲，這根本就是虐待。

即使是為了讓老家存續下去，犧牲自己的孫女還是太過強硬，於是梨香的爺爺和父母一同反抗奶奶的支配，讓梨香一畢業就到東京避難。

當初似乎是爺爺讓梨香住進高田馬場的公寓，理由是住在學生租屋區比較不容易被奶奶找到。

惠美認識梨香時，她的奶奶已經因為年邁和生病退下前線，但奶奶在家族裡的權力依然很大，也還沒有放棄梨香的婚事。

結果梨香一直沒有和奶奶和解，奶奶也在兩年前撒手人寰。

梨香就這樣在葬禮後回到神戶的老家。

在那之後過了一段期間，真奧經營的公司開始跟梨香家進餐飲人員用的工作鞋和相關道具，這一切只能說是緣分。

惠美是梨香在與家裡狀況無關的東京認識的朋友，所以擺脫奶奶陰影後的鈴木家都非常歡迎她。

尤其是梨香的妹妹鈴木梨奈，更是將阿拉斯．拉瑪斯當成自己真正的妹妹般疼愛，阿拉斯．拉瑪斯也盡情跟她撒嬌。

「我還收到了好多土產，下次必須回禮才行。」

「不用了啦。如果真的那麼在意，下次我妹去東京時就帶她去觀光吧。她說過想去東京工作。」

「這樣啊。她還在念大一吧？這裡好像是叫做新鮮人？她已經在想求職的事情啦。」

「畢竟老家是那樣的狀況，曾經親身體驗過困境後就會變得很堅強呢。如果我沒回家，可能真的會由她來繼承家業。」

梨香曾對丟下妹妹，把她留在奶奶身邊這件事抱持罪惡感。

但妹妹梨奈——

『我本來是因為姊姊不在才只好勉為其難地繼承家業，但其實我原本有更遠大的夢想。如果姊姊不繼承，我一定會去更寬廣的世界賺大錢！反正像奶奶那種小格局的想法，遲早也會害工廠滅亡。』

卻像這樣發下豪語。

「她比我要有活力多了，遲早會成為大人物。」

「妳可別告訴梨奈安特·伊蘇拉的事情。」

「嗯，不然以她的性格，一定會認真利用在自己的生意上。」

梨香開心地笑道，接著突然抱起阿拉斯·拉瑪斯。

「大人聊得太久了。天氣很熱，差不多該說再見了。阿拉斯·拉瑪斯，要再來玩喔，還有要乖乖聽媽媽的話。」

「好！梨香姊姊再見！」

惠美從梨香手裡接過阿拉斯．拉瑪斯——

「那麼，再見嘍。」

「嗯，路上小心。」

惠美在揮手道別後，就單手抱著阿拉斯．拉瑪斯，拖著行李箱走進新神戶站。

此時，惠美背後再次傳來一道和以前一樣充滿活力的聲音。

「對了！記得幫我跟在妳面前抬不起頭的『老公』問聲好！」

「真是的！妳很囉唆耶！」

難得能夠帶著笑容道別，這句話又讓惠美必須板起臉回頭。

陽光下的梨香像是就想看惠美的這種表情般，笑容滿面地朝她招手，然後回到駕駛座開車離開。

「真是的……妳才是一直不肯老實交代你們最後到底有沒有結果。」

「媽媽，好熱！我要喝果汁！」

「啊，說得也是。我也買點什麼來喝好了。離新幹線開車還有一段時間……去商店買點東西吧。」

「吃冰吧！我要吃冰！」

「妳剛才不是說要喝果汁嗎？冰會融化，所以不行！」

「欸～吃冰比較好啦！果汁和冰都買！」

「為什麼增加了！咦，奇怪？」

此時惠美發現側肩包口袋裡的手機在震動。

她一看見通知，就因為想起梨香剛才說的話而露出複雜的表情。

「媽媽，怎麼了？」

惠美讓阿拉斯・拉瑪斯看自己的手機畫面。

「千穗姊姊傳訊息過來了。等買完果汁再回覆她，妳先等我一下喔。」

惠美自然地省略買冰的事情，替阿拉斯・拉瑪斯買了她最近喜歡的含果粒柳橙汁，然後靠在剪票口旁邊的牆上回覆訊息。

「小千怎麼了？」

阿拉斯・拉瑪斯稍微成長後，就自然地開始用「小千」稱呼千穗，惠美煩惱了一下該如何簡短地回答，但最後還是乾脆直說。

「千穗姊姊說她今天回東京。」

「她之前出門了嗎？」

「是啊。我們不是在天氣變熱前，有去一個飛機很多的地方替她送行嗎？」

「嗯～不曉得。」

雖然不知道阿拉斯．拉瑪斯是真的不記得還是單純隨口回應，但她有時候會清楚記得惠美也忘記的事情，或是想不起來大人認為印象深刻的事情，惠美到現在還無法理解幼兒記憶能力的奧妙。

「所以啊，或許……」

惠美抬頭看向剪票口後方的電子布告欄顯示的時刻表，輕輕微笑。

「爸爸又要開始辛苦了也不一定。」

魔王，與人合作開創未來

在北大陸連合首都菲恩施的西方，有一座叫靈峰費戈的山。
菲恩施原本就是在高海拔地區開闢的都市，但靈峰費戈又比那裡還要更高。
千穗和蘆屋等人以前帶木崎和其他麥丹勞員工參觀安特．伊蘇拉的地方，就位於費戈半山腰的平地。
離真奧被惠美的「暴行」嚇破膽的那一晚，已經過了三天。
艾伯特．安迪正和迪恩．德姆．烏魯斯一起仰望夜空。
兩個月亮之間的距離快超出安特．伊蘇拉人民的常識，月亮本身看起來也變小了。
「蘭卡小子，你有害怕過月亮嗎？」
「這什麼問題，我完全聽不懂妳在說什麼。」
「我氏族的牧草地曾在我小時候經歷過一場小旱災，當時我們必須移牧到其他地方，因為缺乏人手，就連我都得拖著嬌小的身軀幫忙趕羊……我當時發現無論自己怎麼走，白天的月亮都會立刻跟上。」
「啊，原來是這個意思，這我也不是不能理解。」
發現不管怎麼跑都無法甩掉天上的太陽和月亮，這是每個人小時候都有的神奇經驗。

「而現在那個魔王小子居然讓月亮動了起來，人果然該活久一點。」

「我實在搞不懂妳的感慨。」

「實際上是怎麼樣？會造成什麼影響嗎？」

「唔～好冷。一定要在這裡談嗎？」

「你就當作是在孝順來日不多的老人，陪我露營一下吧。」

「像妳這種人一定能活特別久啦。」

艾伯特隔著火堆與身穿厚重衣物的老婦人相對，遠處傳來騎乘用山羊的叫聲。

「實際上艾美和艾謝爾當初擔心的潮汐力變化，最後都沒有發生。不過我有隱約聽說中央大陸周邊的海流都明顯改變了。」

「聽起來真可怕。講起來很簡單，但海流改變可是件大事。」

「那當然，這才是真的只有神明做得到。」

「但那個神明目前毫無動靜吧？該不會已經死了吧？」

「神明已死嗎？」

艾伯特笑著戳起了火堆。

「沒錯，即使紅月動了起來，世界依然相當平穩。受到貝爾授秩為大神官的影響，在聖征時也順便提出了韋斯·夸塔斯的復興計畫。拜此之賜，我們才能聚集足夠的人員與物資去應付中央大陸周邊的異常狀況。大家都不曉得該對哪個部分感到慶幸。」

「只要活得夠久，自然就能體會禍福難辨的道理。但我實在無法理解敵人為何到這時候都還沒出手。」

「嗯……按照常理，無論對手再怎麼強，應該都會覺得在自己的地盤開戰很麻煩。魔王、貝爾、艾美和艾謝爾也都很在意這件事。」

「你們可別大意了。幫我轉告魔王他們，就算對手不是神，也可能遇到無法以常識衡量的狀況。」

「唉，我想他們應該也明白這個道理。」

「就算知道，還是要有人再提醒他們一次。」

「有這個必要嗎？」

「別嫌麻煩啊，實際再聽別人提醒一次還是很重要，如果有人笨到嫌這種事麻煩而充耳不聞，那他一定活不久。」

老婦人沙啞的聲音與火堆的燃燒聲混在一起，艾伯特感覺她應該已經親眼看過許多「笨蛋」離世。

「唉，除了路西菲爾以外應該都會乖乖聽吧。不然叫艾美幫忙傳話吧……」

「你就以我代理人的身分，去告訴能自由出入魔界的人吧。要讓他們明白不聽老人言，吃虧在眼前。這樣……」

老婦人宛如眼前那座熊熊燃燒的小火堆般，瞪向高大的艾伯特。

「在事成之後就可以得意地說果然是老太婆想太多了。等你們因此活到變成老人後，再對年輕人做相同的事。這樣事情才算告一段落。」

「……我知道了。真是的，老人就是這樣才麻煩。」

「你遲早也會變成這樣。無論是艾米莉亞、那個魔王小子，還是千穗都一樣。你年紀也不小了，應該差不多能對父母在你小時候發的牢騷感同身受了吧？」

「說得沒錯。最近比起吃飯，我更喜歡酒呢。」

「岳仙的首領別說這種不中用的話。」

老婦人態度轉變得很快，但艾伯特還是苦笑應對。

從能夠笑著應付老人的牢騷和反覆無常來看，艾伯特也算是有所成長。

「需要我把妳當成年邁的長輩送妳回家嗎？」

「我留在這裡看一下星星，你快去快回。」

「結果還是要我送啊。不過這下麻煩了，魔界沒什麼人認識我呢。」

艾伯特笑著抱怨，從懷裡掏出天使羽毛筆刺向空中，消失在「門」的另一端。

他大概是去中央大陸找艾美拉達和鈴乃了。

艾伯特消失後，迪恩・德姆・烏魯斯吐了口白色的氣息，仰望藍色月亮。

「不合理的行動啊……先不管神其實是人類這種麻煩事……」

老婦人的單眼鏡片閃耀紫色的光芒，對準月亮。

「如果不是活膩了，就應該會藏一手年輕人想不到，在事與願違時能夠使用的王牌吧。究竟是如何呢？」

儘管這副眼鏡能透過靈魂的顏色看穿謊言，面對不可能有所回應的藍色光芒，還是無法做出任何判斷。

※

「所以……妳來這裡是為了幫老太婆玩傳話遊戲？」

「有什麼關係，不然我也沒什麼機會來魔界。哎呀，這裡真的比從地上看時壯觀許多呢。」

鈴乃好奇地觀察周圍，出來迎接她的則是為了逃避前天那段與惠美的記憶回到魔界的真奧。

艾伯特到中央大陸幫迪恩・德姆・烏魯斯傳話，之後又換鈴乃幫忙把話傳給真奧。

鈴乃就這樣成為繼惠美和艾美拉達之後，第三個踏上魔界土地的安特．伊蘇拉人。

她從魔王城的陽臺仰望天空，看見一個巨大的天體。

那是夜空。

總是被紅色沙暴掩蓋的魔界，天空還是能看見點點繁星和巨大的藍色月亮。

不過面對如此龐大的存在，渺小的人類是否依然能夠稱其為「月亮」呢。

人類所知的月亮，是無論何時都能用拇指與食指圍成的圓容納的存在。

但眼前那個龐然大物足以占據超過一半的視野。

正因為形狀單純，才能散發出與人類想像的所有概念都不符合的魄力，心裡只剩下看見巨大存在的感慨。

那種感覺就像絕望，或是被迫認知到自己的渺小。

「雖然無法好好形容，但如果突然在海裡遇見藍鯨，應該就是這種感覺吧。」

「啊……嗯……大概吧。」

這個好像能理解又好像不太能理解的比喻，讓真奧露出苦笑。

「所以呢？既然都靠這麼近了，有辦法過去嗎？不如說都來到這麼近的地方，對方還是沒有攻擊嗎？」

「蘆屋也覺得不可思議，甚至就連加百列都無法理解。有天禰小姐在，加百列應該無法隨

便說謊，該不會天使勢力真的只剩下拉貴爾、卡邁爾和伊古諾拉了吧？」

真奧本人並不這麼想，只是單純與鈴乃閒聊。

天界勢力有一段期間甚至能夠自由使喚伊洛恩。

之前從惠美那裡奪走阿拉斯・拉瑪斯的神祕太空人，也很可能透過某種方式取得質點的力量。

「不過伊洛恩也沒有積極與我們為敵，從艾契斯與天使之間的互動來看，他們也有可能無法像惠美與阿拉斯・拉瑪斯那樣合作無間。」

「換句話說，就是目前完全想不出能讓敵人獲得絕對優勢的要素吧。話說回來。」

「嗯？」

「不覺得有點遠嗎？」

「……嗯。」

真奧和鈴乃正一起從魔王城走廊的窗戶仰望夜空，但兩人看的是不同窗戶。

鈴乃轉為看向魔界天空以外的景色，真奧立刻拉開與她的距離。

「因為意外聽說魔王大人想單獨跟我聊私人的事，我本來還期待會是什麼開心的話題呢。」

「現在別開這種玩笑啦。」

鈴乃露出壞心眼的笑容說完後，真奧就連忙再次與鈴乃拉開一個窗戶的距離。

或許是早就預料到真奧的行動，鈴乃看起來並未特別不悅，甚至改以坦率的笑容問道：

「你跟千穗小姐之間發生了什麼事？還是和艾米莉亞吵架了？」

「為什麼……」

「我大概猜得出來，反正一定是不能告訴艾謝爾的事情。如果我是艾謝爾，一旦知道你又在這種時候惹出和千穗小姐與艾米莉亞有關的麻煩，一定會狠狠教訓你一頓。」

鈴乃趕在真奧反駁之前繼續說道：

「感覺只要抓到一次訣竅，就會發現你非常好懂。明明個性這麼單純，真虧你之前能當魔王呢。」

「別講得好像妳很了解我。」

「是嗎？如果是我講錯就不好意思了。所以呢？你有什麼不想被我以外的人知道的事？」

「……」

真奧不悅地陷入沉默，鈴乃看著他的側臉輕輕嘆了口氣。

「好，不然這麼辦吧。」

真奧看向鈴乃，發現她正背對自己。

「不看臉會比較好說話吧。」

「……嗯。」

真奧明白鈴乃的意思後，也跟著背對鈴乃。

這從以前就是兩人之間最適當的距離。

「……呃，不好意思。我有點不曉得該怎麼辦，所以情緒不太好。」

「這樣啊。」

「該怎麼說才好，我好像總是在你們面前表現得很難看。」

「從我們的立場來看，惡魔不管做什麼都很難看。」

「原來如此，還有這種說法啊。」

「雖然我也喜歡那樣的你。」

或許是人類社會的常識讓真奧在心裡產生了罪惡感，他一聽見鈴乃的話就心跳加速，連血壓也跟著下降。

「然後呢？」

「……我想聽聽妳的意見……妳覺得為什麼惡魔能夠不限種族，將所有人類的恐懼都轉變為魔力？」

「為什麼突然問這個？我想想，如果志波小姐說的沒錯，那應該是魔力、聖法氣和星體之間的關係造成的吧？」

「這是什麼意思？簡單來講就是因為神祕的力量嗎？」

「應該是有什麼我們還不清楚的生理作用吧。你覺得我們為什麼能夠站在月亮和星球的地表上？即使具備萬有引力和重力方面的知識，但究竟有多少人能用公式以外的方式來理解這些力量在物體之間是如何作用？」

「……嗯。」

「很多人都知道腦細胞和突觸等專業名詞和示意圖，也有許多人會觀察人在記憶事物時大腦的變化，但沒有人能夠客觀審視『記憶』本身究竟是如何存在。」

「……這些都是電視上看到的？」

「就是在電視上看到的。」

因為鈴乃舉的例子明顯是基於在日本獲得的知識，所以真奧忍不住開口吐槽。

「既然如此，認為所有惡魔都具備某種能夠探測人類腦部和細胞運作的器官，並藉由那個器官攝取某種能量，這樣假設應該是沒什麼問題。」

「真的沒問題嗎？」

「只要觀測這個現象並證明能夠重現，就算無法特定出原因也能研究其經過和成果。你知道嚴格來講，光靠柏努利原理並無法說明為什麼飛機能在天空飛嗎？」

「真的嗎？唉，這部分講到這裡就夠了。」

雖然不曉得鈴乃的話究竟有多少說服力，但這樣下去就無法讓應該要繼續的話題有所進展，因此真奧下定決心說道：

「之前發生了一些事情。我現在……無法接近小千和妳。」

「艾米莉亞呢。」

「她目前……沒什麼問題。」

真奧在最後關頭將「目前還」的「還」字吞了回去。

不曉得是有注意到，還是認為真奧只是習慣性地對惠美逞強，總之鈴乃並未特別追問。

「其實這個距離也微妙地有點難受。最討厭的一點是，某方面來說這會逼我從客觀的角度去審視自己……」

「嗯，原來如此……………嗯～」

至今一直背對真奧的鈴乃突然轉頭，若無其事地問道：

「如果我現在突然抱住你，會發生什麼事？」

「啊？」

「呃，因為決戰的時刻就快到了，所以我擔心會害你身體變差。我是考慮到之後的事情才忍耐。」

「喂…………鈴乃。」

「嗯？」

「那個，妳怎麼知道我是因為那方面的原因變得身體不舒服？」

「嗯……嗯～？」

動搖的真奧在挑選用詞時有些不自然。

鈴乃這次也有注意到。

「居然用這種方式問我……原來如此，所以你剛才提到艾米莉亞時才遲疑了一下。」

「咦？」

「……哼。」

「喔哇！」

因為是背對鈴乃，所以真奧的反應慢了一拍。

伴隨著一陣輕微的衝擊，被鈴乃從後面抱住的真奧瞬間失去血色。

「我原本只是推測而已。在察覺自己喜歡上你後，我馬上就注意到這個問題——靠我們的恐懼增強力量的惡魔，如果被我們愛上會怎麼樣？」

「呃，那個，鈴乃！」

「你問我為什麼會知道吧，那我就告訴你，只要一直看著你、想著你，又經常跟你在一起，大概就會知道了！艾米莉亞一定也是如此。」

這段話充滿怒氣，真奧在獲得釋放的同時還被人順道踢了一腳。
隨著真奧被踢得往前移動，兩人又再次回到一開始背對背的距離。
「反正你在面對千穗小姐時一定為了耍帥什麼都沒說，然後給艾米莉亞添麻煩了吧。」
「妳、妳怎麼知道……」
「因為我很有經驗！都怪你面對千穗小姐時總是優柔寡斷，她經常會來找我們商量，或是害我們被捲入麻煩的事情！」
無論擁有多麼強韌的精神，千穗終究是個十幾歲的少女，正因為真奧沒有專心只看千穗一個人，所以千穗也沒有真奧將心放在自己身上的感覺，這樣她心裡當然會不安。
而真奧明明沒有徹底消除對方內心的不安，表面上卻還對她十分關心，這樣千穗當然會在他不知道的地方鬧彆扭。
回想起來，鈴乃最早就是在那個冬天得知千穗的這份心意。
「千穗小姐從很久以前就傾心於你，無論是在你沒有魔力的時候，還是在你有魔力的時候都一樣。所以即使心裡有點在意……我還是覺得這不會對你造成影響。直到千穗小姐被法爾法雷洛綁架的那天，我和艾米莉亞用聖法氣協助你產生魔力的時候。」
鈴乃剛才說只要是和真奧來往密切的人，都會注意到這點。
但既然她握有和惠美一樣的線索，就表示只有當天在場的人能夠察覺真奧身體不適的根本

原因吧。

「惡魔能夠從人類身上攝取與心密切相關但性質完全相反的能量，並轉變成符合自己性質的能量。然而卻只有被人類恐懼時會受到影響，被人類所愛時卻什麼都沒發生，這樣太奇怪了。」

「……」

「最後果然不出我的所料。」

鈴乃沉默了一段時間後——

「唉，看這個狀況，我應該是……」

就在鈴乃快要把話說出口時，真奧突然大喊：

「等等，等一下，鈴乃。」

如果沒仔細看，或許不會發現鈴乃看起來有些沮喪，而真奧在這時候打斷了她。

「為了……能讓這件事好好完結，就由我來開口吧。」

「嗯。」

鈴乃點頭等待真奧開口。

「……雖然我叫妳等一下，但我也不曉得這樣回答對不對……呃，那個……鈴乃，啊，克莉絲提亞・貝爾，我……」

「叫我鈴乃就好。」

「嗯？」

「鈴乃就好。」

第二次的語氣顯得更加強硬。

「嗯，鈴乃。」

真奧尊重她的意思，重新說道：

「鈴乃，妳是魔王軍的惡魔大元帥，是我的好鄰居兼可靠的夥伴……但我無法回應妳那天的感情。」

「理由應該和你是惡魔以及我是人類無關吧。」

「嗯，我無法回應妳那天對我傾訴的愛意。」

鈴乃稍微抬頭看向如此斷言的真奧，露出微笑。

這道笑容讓真奧動搖了。

因為他沒預料到這個反應。

「謝謝你。」

「咦？」

「你的誠意讓我很開心。」

微笑變成滿面的笑容。

「明明我對你來說只是突然從周圍多出來的一個人，甚至還曾經盯上你的性命。」

「都過去那麼久了。」

「還只是一年前的事情喔。對壽命很長的惡魔來說，根本就像是昨天的事情吧。」

「妳也不想想這一年發生了多少事，現在只覺得已經過很久了。」

「呵呵……這樣啊，嗯。」

鈴乃輕輕點頭，等她重新抬頭後，臉上還是一樣掛著溫柔的笑容。

「抱歉。」

「這有什麼好道歉的，只要看你今天的樣子就知道了，明明當初被我告白時還顯得若無其事，現在卻無法靠近我，光是這點就讓我覺得獲得回報了。」

鈴乃緩緩舉起手指向真奧的胸口。

「至少這表示你有好好用心思考過我的事情吧？」

說完後，她往前走了一步。

真奧這次沒有退開。

「但這下麻煩了，連面對我時都會這樣，在面對千穗小姐時應該更辛苦吧？」

真奧的額頭冒出冷汗。

鈴乃眼尖地察覺，並看穿真奧目前面臨的問題。

「我真的在各方面都很丟人呢。」

在回應千穗的心意後，真奧的身體狀況就惡化到連利比科古都能一眼看穿的程度。

但最丟人的部分，或許還是被自己剛拒絕的鈴乃察覺，並讓她替自己擔心。

「確實很丟人，而且這還不光是你甩了我這麼簡單的問題，與安特．伊蘇拉的未來也息息相關。」

「……妳說的沒錯。所以不管再怎麼羞恥，我還是只能來找妳商量。」

明明千穗和鈴乃已經喜歡真奧很長一段期間，真奧的身體卻直到最近才突然開始出狀況，這當中的原因只有一個。

唯一的可能性就是真奧這邊也開始對她們這些人類產生了相同的感情。

就連魔王撒旦都變成這樣。

如果是一般的惡魔與人類，惡魔那邊甚至可能會直接喪命。

而滅神之戰結束後，預定到安特．伊蘇拉各處殖民的惡魔們也會像真奧或蘆屋那樣，與人類產生交流，等過了幾十年或幾百年後，或許惡魔與人類之間也會正常地萌生愛意。

但如果這兩種生命體原本就無法相容，這樣不僅會失去交流的機會，還可能會讓人類與惡魔的生活再次出現決定性的分歧，發展成種族之間的戰爭。

「這不是能夠馬上解決的問題，即使想要探究原因，樣本數也太少了，也有可能只是你個人體質的問題，無論如何……都少不了千穗小姐的協助。」

「嗯……」

「千穗小姐知道這件事嗎？」

「不知道，我打算等正式回覆時再告訴她。」

「原來如此，我知道了。雖然現在還沒辦法做什麼，但我會把這當成未來必須解決的問題好好想一下。然後呢？」

「嗯？」

「如果我設法處理這個問題，能獲得什麼獎勵？」

「……啊？」

「我接下來可是得費心讓甩掉自己的男人能夠和情敵在一起，如果沒有任何回報未免太悲慘了吧。」

「啊，不，這是……」

「正常人都不會想干涉其他夫妻的事情，為了成全你們兩人，我到底該去哪裡找誰研究才行，光想就頭痛呢？」

「呃，那個……」

「……呵呵。」

鈴乃側眼看向慌張的真奧，輕輕笑了出來。

「我答應你會為了將來的世界和平認真處理這件事，但我也很期待能獲得滿意的獎勵喔，親愛的魔王大人。」

「唔，我、我知道了……」

真奧終於忍不住後退了一步。

鈴乃再次有些心癢癢地看著他。

「那麼，我差不多該回去了。我可是很忙的，艾謝爾去參加滅神之戰後，中央大陸和艾夫薩汗都必須由我來照料。」

「……這、這樣啊。」

「雖然沒想到會變成這種奇怪的發展，但我這次只是來幫迪恩・德姆・烏魯斯大人傳話而已。目前看起來無論伊古諾拉做了什麼準備，我們的勝利都無可動搖，但還是千萬不能大意。」

鈴乃只有這時收起笑容，嚴肅地看向真奧。

「你可別讓千穗小姐的人生背負那樣的後悔。」

「……我知道，我也跟她父親約好了。」

「那就好，我走了。」

鈴乃說完後，就穿過真奧身邊準備離開。

真奧正要回頭看向她時——

「唔。」

從背上傳來的輕微重量，讓他無法繼續回頭。

「魔王。」

即使看不見鈴乃的臉，還是能聽見她的聲音從背後傳來。

「你絕對要平安無事地回來，大家都在等你。」

兩人之間的接觸只有一瞬間。

就在真奧想要回應的瞬間，背上的重量已經消失，等他回過頭時，鈴乃的身影已經消失在天使羽毛筆開出的「門」內。

「……真是對不起她。」

鈴乃的氣息消失後，真奧蹲在原地懊惱了一會兒，直到嘟囔完這句話才踩著搖搖晃晃的腳步回到寶座大廳。

一道視線望著真奧的背影。

「喔，原來現在是這樣的狀況。」

那個講好聽是有興趣，講難聽是看熱鬧的笑容明明是漆原的臉，但漆原平常不是會在意別人關係的類型。

「惡魔這個種族真是神奇，抑或是受到了樹的影響……或許再觀察一下也不錯。」

虛原自言自語地說完後，從和真奧相反的方向離開。

就在他往魔王城樓下走的途中——

「呀啊！」

「喔，抱歉，是我沒注意。」

差點在走廊上撞到惠美。

「你不是漆原，是虛原吧。」

「沒錯，怎麼了嗎？撒旦剛剛往那個方向走了，至於克莉絲提亞・貝爾則是已經回安特・伊蘇拉。」

「喔，這樣正好。我找你有事，我想在魔王發現前，帶你去一個地方。」

「找我有事？什麼事？」

「請你跟我去一趟安特・伊蘇拉。你說貝爾剛才回去了吧，那現在立刻追上去就不會錯過她了。」

「不用先通知撒旦嗎？」

「不如說希望你能保密。詳情我想等回安特．伊蘇拉和貝爾與艾美會合後再說……但在那之前，我要先跟你確認一件事，這都是為了滅神之戰結束後的世界和平。」

「聽起來很嚴重呢。」

「你是從千穗持有的『基礎』碎片誕生的吧，那你大概從什麼時候開始有記憶？」

「如果是佐佐木千穗得到那個碎片之後的事情，我幾乎擁有和你們相同的記憶。」

惠美聽了便滿意地點頭，直接拿出天使羽毛筆開「門」，像是連一秒鐘都不想浪費般抓著虛原的手跳進去。

「那我問你一個問題，千穗一開始戴著鑲有那個碎片的戒指時……」

下一個瞬間，兩人的蹤影已經和剛才的鈴乃一樣消失在「門」內。

「……剛才有人在這裡嗎？」

等真奧感覺到能量的殘渣蹣跚地走出來確認時，已經完全看不見惠美和虛原的痕跡。

※

鈴乃像浮在水面那樣任由「門」內的奔流推動自己。

和日本不同，從魔界到安特．伊蘇拉只需要不到五分鐘的時間。

鈴乃在這段期間拚命整理內心的情緒。

在她閉上的眼睛裡，浮現出在艾夫薩汗時和真奧一起眺望的火堆。

回想起來，現在懷抱的這份心意真正的開端，就是那天從他背上感受到的溫暖。

「幸好我不用進攻敵陣。」

在連繫兩個星球，沒有天地概念的「門」內。

從鈴乃眼角流下的淚水宛如被她斬斷的思念殘渣般，在流向剛才離開的魔界後消失無蹤。

「唉～！等一切結束後，去香川旅行吧！」

◇◇◇

白天的東京車站。

平日的東海道新幹線剪票口外人來人往，惠美在那裡目睹異常的景象。

「妳到底都去了哪些地方……」

惠美半是佩服，半是傻眼地看向眼前的鎌月鈴乃。

「很多地方。」

「這我知道，但我只看得出來妳有好好享受這趟旅程。」

「好久不見了，阿拉斯・拉瑪斯。妳長大了不少呢。」

「小鈴姊姊，那是什麼？」

「這叫斗笠。」

「是傘嗎？今天沒有下雨喔？」

「這和雨天撐的傘不同，比較像是帽子。」

鈴乃頭戴斗笠，身穿白衣，肩膀上還披了一條紫色的布。

她一注意到惠美的視線，就得意地拉起那塊紫布。

「我買了一條不錯的輪袈裟，很時髦對吧。」

「我才不懂那種東西……妳怎麼又變回像剛來日本時那樣啦。」

她去了遍路巡禮吧。

鈴乃不管怎麼看都是一身四國遍路參拜巡禮的打扮。問題在於這裡是東京車站，而且兩人都是剛從新幹線下車。

「先不管我們居然搭了同一班新幹線，妳從四國開始就一直是那副打扮嗎？」

「因為我想搭搭看新幹線。」

這根本不算答案。

按照鈴乃的說法，四國遍路似乎也有適合新手的行程，她是從德島阿波舞機場出發，然後從第一座靈山寺一路走到第二十三座藥王寺。

「之前去香川展開烏龍麵周遊之旅時，我發現四國與岡山意外的近，以及這個遍路巡禮的事情。難得有這個機會，我就搭飛機去德島，再從岡山坐新幹線回來，沒想到艾米莉亞也搭同一班車。」

「是啊，雖然我們是從新神戶上車……」

惠美稍微鬆了口氣，如果在車上就遇見打扮成這樣的鈴乃，她實在不曉得該用什麼樣的表情面對。

「雖然遍路巡禮一直都帶有旅遊的色彩，但依然是思索自己與這個世界的未來，領悟佛心的神聖巡禮。所以從出發到歸來都打扮成修行的樣子也很正常。」

「……全世界的大法神教會信徒聽了都會昏倒吧。」

在經過了三年後，身為六大神官之一的鈴乃現在已經成為君臨安特．伊蘇拉西大陸的頂尖人物之一。

然而這樣位居高位的人物居然在這裡宣揚佛道，行李箱上還載滿了不曉得要送誰的土產，怎麼看都像是個已經還俗的人。

「對了，我一直都想把這個送給阿拉斯．拉瑪斯。阿拉斯．拉瑪斯，我把糖果交給妳媽媽，晚點再跟她拿吧。」

「哇！太棒了！」

「正式的土產等要回去時再給妳。」

鈴乃側眼看著開心的阿拉斯・拉瑪斯，將一個叫「讚岐烏龍麵牛奶糖」的「神祕糖果」交給惠美。

「……唉……就跟蒙古烤肉牛奶糖一樣，只要不知道就還算能吃……」

儘管惠美對所謂「正式的土產」也抱著一絲不安，但還是將那盒牛奶糖放進側肩包。

就在這時候。

「啊！找到了！我們在這裡！」

惠美聽見熟悉的聲音回過頭，發現真奧和千穗也正好抵達。

「不好意思，讓你們在這麼熱的天氣過來。」

「遊佐小姐，午安！阿拉斯・拉瑪斯妹妹也好久不見！妳長大了呢！」

「小千！午安！」

阿拉斯・拉瑪斯挺直腰桿，抱住蹲下的千穗。

而千穗直到蹲下後，才注意到惠美旁邊的鈴乃身上的打扮，仰望著她斗笠下方的臉龐。

「咦？那是？鈴乃小姐嗎？」

「鈴乃？妳怎麼在這裡，那是什麼打扮？妳好好說明一下這是怎麼回事。」

鈴乃之前明明不怎麼在意惠美的視線，被真奧吐槽自己的打扮後卻突然變得一臉不悅，簡潔地回答：

「只是偶然。」

「……妳該不會又去四國旅行了吧？然後從岡山搭新幹線回來時，碰巧遇到遊佐小姐她們。」

「你看，千穗小姐馬上就看出來了。」

「我覺得是千穗比較特別。」

「妳也太強人所難了。還有妳在得意什麼啊，什麼叫又去了，我怎麼不知道妳已經去過四國很多次！」

「因為我沒有告訴過你，也沒有買你的土產。」

鈴乃若無其事地回答，伸手拉起了行李箱。

「所以今天大家聚在一起是要做什麼？我以為千穗小姐還在安特．伊蘇拉，原來已經回來啦。」

「是的，我才剛回來。至於今天聚在一起的目的，我嚴格來說算是局外人，該怎麼說才好呢。」

千穗看向真奧和惠美，於是真奧代為說明：

「我來這裡是為了幫惠美和阿拉斯・拉瑪斯提行李，但基本上是工作的事情。」

「這樣啊。那就不好意思打擾你們了，我今天先告退吧。」

鈴乃得知是工作的事情就一臉正經地回應，但惠美制止了她。

「妳不用迴避啦。要見的人妳也認識，如果沒有急事就一起吃個飯吧？按照預定，對方應該快到了。」

「是這樣嗎？」

即使如此，鈴乃的態度還是顯得客套，但真奧也跟著邀約。

「如果沒其他事就留下吧，我們在蕎麥麵店預約了一個包廂，只要不介意沒有烏龍麵，就算多一個人也完全沒問題。」

「那我就不客氣地同行了。對方也是搭新幹線嗎？」

「不，應該已經為了工作來東京了。我也很久沒跟對方見面，所以就算知道可能會妨礙到大家的工作，還是一起跟來了。」

不僅和千穗很久沒見，而且就算讓她跟來也沒關係，再加上與真奧的工作有關。

鈴乃一時想不到符合條件的對象，露出困惑的表情，但答案馬上就從對面過來了。

「啊，找到了。喂～遊佐小姐！千穗！真奧先生……還有？」

那是一個男人的聲音。

一時想不出是誰的鈴乃轉頭看向聲音的方向，看見由意外人物組成的意外組合。

「妳是鎌月小姐吧，為什麼打扮得像剛結束遍路巡禮回來？」

「居然是一馬先生！」

佐佐木一馬是千穗住在長野縣駒根市的堂哥。

真奧、蘆屋和漆原曾在千穗父母的介紹下到佐佐木家經營的農家幫忙，惠美和鈴乃追著惡魔們到那裡後，也自然地受到他們的照顧。

「好久不見，之前真的非常感謝。原來貞夫先生談公事的對象就是一馬先生啊。」

「是啊，還有這兩位。」

一馬指向對鈴乃來說也十分意外的兩人。

「……諾爾德先生和萊拉？嗯？今天這到底是什麼聚會？」

「哎呀，千穗小姐和貝爾小姐也在啊，好久不見。」

「咦？貝爾小姐？為什麼妳打扮成那樣？」

和千穗的堂哥佐佐木一馬同行的人，是惠美的父母。

這個過於意外的組合，讓鈴乃完全無法想像接下來要做什麼。

「唉，有話晚點再聊，既然人都到齊了就先去店裡吧。今天預約的蕎麥麵店是批發商介紹給我的，真的非常好吃。一馬先生，我幫你拿行李吧。」

「喔？是嗎？這個沒有很重，不過就麻煩你了。」

「嗯。阿拉斯．拉瑪斯，我們要去蕎麥麵店，妳想吃什麼？」

「拉麵！」

這個無視接下來目的地的要求，將大人們都逗笑了。

「爸爸預約的是蕎麥麵店，所以這次先忍耐，晚上再吃拉麵吧。妳可以點喜歡的飲料來喝。」

「欸……媽媽，拉麵。」

惠美笑著安撫阿拉斯．拉瑪斯，但她看起來還是有點不滿。

※

那間蕎麥麵店就在離東京站不遠的大樓裡，是間裝潢內斂的高級店。

鈴乃忍不住按照以前的習慣詢問真奧：

「來這麼高級的店沒問題嗎？」

「可別小看開公司的人，我還不至於沒出息到無法帶客人來這種店。妳也可以點喜歡吃的。」

「喔、喔。」

真奧自信滿滿地回答，但鈴乃還是很不安。

「放心啦，這還不算什麼。」

惠美像是清楚真奧的財務狀況般輕聲說道，鈴乃點頭回應後，決定靜觀其變。

在一個寬廣的包廂內點完餐後，一馬向鈴乃說明為什麼會和諾爾德與萊拉一起行動。

「喔……原來如此，諾爾德先生在駒根的佐佐木家種小麥啊。」

「嗯，我半年前搬到長野，受佐佐木家的照顧。」

「不如說我們才是被關照的一方，我們家新種的小麥幾乎都是多虧了諾爾德先生的管理才能順利成長。」

打從真奧等人去駒根的佐佐木家幫忙時起，一馬的妻子陽奈子就提過想自己種小麥。

他們第一年就成功種出高品質的小麥，等事業上軌道後，就改由諾爾德負責生產管理。

「原來如此……諾爾德先生也正式在日本找到容身之處啦。」

鈴乃明白狀況後，小聲向真奧確認一件事。

「嗯？這樣萊拉怎麼辦？現在Villa・Rosa笹塚不是有……」

真奧和萊拉目前共同面臨一個棘手的問題，鈴乃以一馬聽不見的音量詢問該怎麼處理後，

真奧有些疲憊地回答：

「萊拉現在是笹塚和駒根兩邊跑。她在這裡的醫院有工作，至於那件事原本就是採輪班制，目前是由我和利比科古負責。」

「所以有點像是我爸獨自去外地出差，從新宿搭高速巴士去駒根其實不用很久。」

惠美聽見鈴乃的疑問後，從真奧的對面回答。

「原來如此……現在世界真的不同了……對了，是叫一志吧。他現在應該長大很多了？」

鈴乃一提起一馬兒子的名字，一馬就開心地亮出手機給她看。

「他現在已經變得很囂張。也經常在阿拉斯・拉瑪斯來找諾爾德先生時，和她一起玩呢。」

「原來如此…………嗯，啊。」

此時鈴乃臉色突然變得慘白。

他們之前曾對一馬和駒根的佐佐木家說明阿拉斯・拉瑪斯是「真奧的親戚」。

如今阿拉斯・拉瑪斯卻更像是惠美和諾爾德的家人，這樣一馬應該會覺得奇怪。

接著一馬那邊主動開口：

「放心吧，大家都已經知道真奧先生、遊佐小姐和阿拉斯・拉瑪斯的關係了。」

「咦？」

萊拉也像是要讓鈴乃放心般說道：

「我們已經跟一馬先生和陽奈子小姐等佐佐木家的成員說明了一切。既然是家族之間的來往，總不能不告訴他們阿拉斯．拉瑪斯的事情吧？」

「唉，我一開始也嚇了一跳。在知道實情後，才察覺之前的狀況真的很驚險。」

雖然一馬花了一段時間才接受這件事，但因為千穗、里穗、千一和駒根佐佐木家的精神支柱──千穗的奶奶佐佐木榮已經認同真奧他們，其他家族成員最後也都接受了。

「原……原來是這樣啊，害我嚇了一跳……！」

「嗯？雖然真奧先生現在面臨的狀況好像有點複雜。」

一馬說完後看向真奧，後者有些尷尬地聳了聳肩。

「哎呀，不好意思。我真的覺得你很了不起，真要說有什麼問題，就是我還在猶豫該不該將這些事告訴一志吧。」

「等一志長大後，還不曉得狀況會怎麼改變呢。」

「我不覺得會發生比這三年還要大的變化。」

「說得也是。」

鈴乃和真奧感慨萬千地說道。

「真要說起來，感覺千穗才是變化最大的人吧？里穗伯母很擔心妳會不會跑去安特．伊蘇拉工作呢。」

「咦？媽媽連這些事都跟一馬哥說了嗎？真是的……對不起。」

千穗皺起眉頭說道。

「唉，父母親無論何時都會擔心孩子的未來，更何況是孩子有可能跑去他們不了解的世界。」

「這句話由諾爾德先生來講實在太沉重了。」

諾爾德的女兒從小就被栽培成拯救世界的勇者，他話裡帶有的分量讓千穗只能投降。

「結果都沒談到什麼公事呢。我明天會重新去真奧先生的公司拜訪，到時候請多關照。諾爾德先生、萊拉小姐，還有遊佐小姐，再見了。」

「嗯，那就拜託了。」

「辛苦了。」

「好的，一馬先生之後也要加油。」

尤斯提納家與一馬道別後，他很快就消失在人群當中。

「哎呀，真是意外……沒想到一馬先生會變成你的生意夥伴，而且商品還是諾爾德先生的小麥……」

一馬拜訪真奧組的主要目的是和他們締結契約，讓親子咖啡廳．基楚採購佐佐木家製造的麵粉當成新麵包產品的材料。

明天雙方還會在公司那裡針對各種成本進行協商，直到雙方都能接受才會締結契約。

「我們公司才剛起步，所有人脈和關係都要好好利用。必須先盡可能壓低我們這邊的成本，之後才能輪到我們『給予』別人。」

鈴乃看著一馬消失的方向微笑道：

「我一開始還擔心會怎麼樣，看來你幹得還不錯嘛。」

說完後，她輕輕拍了一下真奧的背。

「對吧。」

真奧也有些得意地回應。

「唉，如果不曉得實際狀況，或許看起來會像是那樣。」

但惠美在他後面露出壞心眼的笑容。

「遊佐小姐，還是說到這裡就好。」

千穗則是板起臉勸阻惠美。

「情況大概就是這樣。不用妳擔心，我從一開始就有好好握緊轠繩。」

在鈴乃面前，真奧的影子看起來又變得更有分量。

「現在是雌伏的時候。我遲早會掙脫所有的枷鎖。」

「你雌伏得還真久呢。你從來到日本以後就一直在說這種話吧？」

鈴乃明顯沒把真奧的話當一回事，讓他再次皺起眉頭，但此時阿拉斯．拉瑪斯突然拉住他的褲子。

「爸爸……我累了，快點回家吧。」

「好，我知道了。各位，阿拉斯．拉瑪斯開始想睡了，差不多該走了。」

真奧一看見阿拉斯．拉瑪斯睏到瞇起眼睛，表情就瞬間變溫柔。

「那麼，阿拉斯．拉瑪斯妹妹，媽媽他們有行李要拿，跟我牽手好嗎？」

「嗯，跟小千牽手，一起去廁所。」

「咦？廁所？這樣啊。遊佐小姐，阿拉斯．拉瑪斯妹妹好像想要上廁所，我帶她去廁所喔。」

「謝謝妳，千穗。可以拜託妳嗎？」

「好的。阿拉斯．拉瑪斯妹妹，為了怕包包弄髒，先交給爸爸保管吧。」

千穗將阿拉斯．拉瑪斯揹在肩膀上的放鬆熊包包交給真奧。

「爸爸，給你保管。」

「喔。」

「那我們走吧。人很多，要好好牽手喔？」

確認千穗和阿拉斯・拉瑪斯巧妙地穿越人群後，鈴乃再次抬頭看向真奧。

「這方面也有好好在處理嗎？」

真奧沒有反問是哪方面。

相對地——

「有取得周圍人們的諒解。」

「……唉，沒辦法。先不論一馬先生，如果只看表面，確實可能會引來一些倫理方面的流言蜚語。」

「如果被我家的打工人員知道真相，下次走夜路時或許會被偷襲呢。」

「哈哈哈。」

真奧這句話讓鈴乃忍不住笑出來。

「你的狀況聽起來不像是開玩笑呢。明明實際上根本就不是那樣。」

「這也是我身為魔王的器量。」

「少瞎扯了，居然開始會說這種得意忘形的男人才會說的話。」

「是妳變得太少了。妳到底在搞什麼啊，居然像剛來日本時那樣打扮成奇怪的樣子跑來東京，哪有這種大神官啊。」

「我已經決定這輩子都要自由地過。工作歸工作，私人時間歸私人時間。」

「在異世界度過私人時間啊。其他年邁的大神官應該沒辦法像妳這樣吧。」

就在兩人說話時，千穗帶著阿拉斯・拉瑪斯回來了。

阿拉斯・拉瑪斯手上拿著手帕。

「千穗，謝謝妳。阿拉斯・拉瑪斯，把手帕折好還給千穗姊姊。」

「嗯，謝謝小千。」

「不客氣。」

阿拉斯・拉瑪斯按照吩咐盡小孩子的努力將手帕折好還給千穗後，有些困惑地跑向惠美。

「媽媽，小千的手帕顏色和媽媽的不同。」

「咦？」

「嗯？遊佐小姐，怎麼了嗎？」

「咦？呃，沒事！沒什麼啦……喂，你這個人。」

「嗯？」

「怎麼了，艾米莉亞。」

惠美拉住正在和鈴乃說話的真奧手臂，輕聲用嚴厲的語氣問道：

「喂！你之前送的那條手帕該不會……！」

「咦？啊，妳是說我母親節送妳的禮物……」

「就是那個！你該不會也送了一樣的東西給千穗吧！」

「……咦，啊。」

真奧似乎直到看見惠美的反應才發現自己不自覺做了相當糟糕的事情，瞬間陷入動搖。

「……不，不完全一樣喔……」

「只有顏色不同就等於是一樣了！你到底在想什麼！」

「抱、抱歉。我以為只是手帕就沒想那麼多……」

「你給我多注意一點啊，真是的。」

「對不起……」

總算理解自己幹了什麼好事的真奧愧疚地向惠美道歉。

然後正在和諾爾德與萊拉說話的千穗側眼看向兩人——

「大概是遊佐小姐也收到了只有顏色不同的手帕吧。」

千穗摸了一下側肩包，不由得輕輕嘆了口氣。那裡面裝著阿拉斯・拉瑪斯稍微弄溼後還給她的手帕。

魔王與勇者，挑戰神明

雖然事前準備愈周全愈好，但如果要處理的事情規模太大，那無論如何都會有疏漏。

距離真奧等人去佐佐木家道歉已經過了一個多星期，時間來到七月底。

那個日子終於到了。

紅月和藍月之間的距離，從三天前開始就停止縮短。

按照當初的預定，等兩個月亮最為接近，敵我雙方的距離不再改變時就是進攻的時刻。

雖然不曉得現在的距離是否就是蘆屋和艾美拉達擔心的洛希極限，但總之真奧等人還是在天界與魔界之間的距離停止縮短後的一個星期出發。

進攻的成員有真奧和艾契斯，蘆屋和漆原，惠美和阿拉斯・拉瑪斯，萊拉和加百列，虛原和天禰，以及卡米歐和法爾法雷洛。

天禰只是來監視虛原，所以除非是為了保護自己，否則不會參與戰鬥。

魔王城再次從魔界起飛，就連真奧等人攻進天界時，天界也沒有任何反應。

相較於魔王城從安特・伊蘇拉起飛時所花費的時間與勞力，這次在太空中移動的魔王城可說是毫不費力地就在天界著陸。

「離開魔界後，身體狀況怎麼樣？」

「別鬧了，當然是萬全狀態。」

惠美和真奧環視天界的地表，悠閒地對話。

兩人之後都沒再提起那天晚上的事。

雙方都默默在心裡決定以後見面或對話時，對於那晚發生的一切絕對隻字不提。

所以他們現在才能完全保持平常心觀察敵人的基地。

彼此都以行動讓對方也跟著這麼做。

真奧眼前的景象，只能用冰原的夜晚來形容。

這片冰冷的蒼藍大地，彷彿連時間和內心都能加以凍結。

「意外地很輕鬆就到了。」

「也沒人出來迎接。虧我還這麼緊張。」

寧靜的天界大地表面鋪滿淡藍色的岩石，看來從安特．伊蘇拉的地面看見的月亮顏色，就是構成月亮的岩石顏色。

「這再怎麼說都太奇怪了……我本來以為至少會造成一點騷動……但甚至連天兵大隊都不見人影。」

平常總是吊兒郎當的加百列也疑惑地探查周圍的氣息。

真奧等人甚至還帶了帕哈洛．戴尼諾族和由法爾法雷洛率領的馬勒布朗契族一起來，讓他

們在真奧等人戰鬥的期間保護魔王城，但這裡實在安靜到讓人懷疑是否有這個必要。

「姑且說一下，生命之樹和伊古諾拉與我們居住的管理研究基地是在那個方向……」

「魔王，怎麼辦？」

「那還用說，去生命之樹那裡。我們的目的不是殲滅天使，而是釋放阿拉斯・拉瑪斯的家人。只要有虛原在，應該有辦法應付其他質點吧。」

但漆原不贊同真奧的方針。

「伊古諾拉可能有培育像伊洛恩那樣的部下。如果『基礎』、『嚴峻』和『知識』以外的質點化身全都一起攻過來，那我們可能很難說服他們。你覺得這種事有可能發生嗎？」

漆原最後一句話是對加百列說。

「到頭來守護天使們的現況究竟是如何？你是負責『基礎』，『嚴峻』則是由卡邁爾負責吧。坦白講，我不太明白守護天使的制度，但其他人後來怎麼了？那當中有我認識的人嗎？」

「呃……反正現在也沒什麼好保密的了，另外只剩下一個守護天使，除了剛才提到的質點以外，只剩下一個質點有人形的化身。」

「……是『王國』吧。」

「嗯？妳早就知道了嗎？」

加百列很驚訝惠美居然說中了，但惠美本人卻不怎麼意外。

「因為阿拉斯．拉瑪斯從以前就經常提起『王國』。她也喜歡『王國』象徵的亮黃色。唉，真要說有什麼奇怪的地方，就是那個質點之子不像阿拉斯．拉瑪斯和伊洛恩那樣有跟質點本體不同的名字吧。」

阿拉斯．拉瑪斯從住在Villa．Rosa笹塚時起就經常提起「王國」。

「『王國』啊……我也沒實際接觸過。雖然守護天使是叫聖德芬，但他和我與卡邁爾不同，不太擅長戰鬥。」

「聖德芬？雖然我不太記得，但他年紀很大了吧？」

「年齡也會對天使造成影響嗎？」

加百列意外認真地回答惠美單純的疑問：

「即使獲得不老不死，也不等於返老還童。聖德芬在離開母星時就已經是個老人了。」

加百列一提起母星，真奧就好奇地問道：

「我從之前就有點在意。加百列，為什麼你們會用法術？」

「咦？怎麼現在才問這個？」

「房東太太曾說過等人類這個種族變成熟後，法術和魔法都會消失。雖然你們的星球爆發了風土病，但文明應該相當進步。而且既然有辦法使用法術，難道不能直接用『門』探索其他星球嗎？」

「啊～這方面的原理我也不太懂，但不用『門』的理由很簡單，因為當時還沒有開門術，就算有也無法用。畢竟我們不曉得哪裡有能夠居住的星球。」

「是這樣嗎？」

「沒錯。你能從安特．伊蘇拉漂流到日本真的超幸運。本來開門術必須先設定好出入口的地點，距離愈長也需要愈強的力量。如果法術失控，就算掉到火星或土星也不奇怪。」

「原來如此。」

仔細想想或許的確是這樣，反過來講，以宇宙的規模來看，地球和安特．伊蘇拉或許算是相當近。

如果使用「門」單程只要四十分鐘，就連應該沒有天使羽毛筆的奧爾巴都能追蹤真奧和蘆屋的「門」，靠自己的力量帶漆原過去。

「至於為何能用法術，雖然這方面不是我的專業，但至少我們一出生時就會用了。大概……是因為我們星球的質點從很久以前就知道母星會陷入危機，並且判斷如果無法使用法術這種超常力量就無法跨越那個難關。唉……這都只是推測，既然凱耶爾和舍姬娜已死，現在也無從確認了。」

加百列難得露出嚴肅的表情，凝視藍色大地。

「差不多該出發了。我知道生命之樹和質點管理區在哪裡。」

「你當然很清楚。」

難得一直保持沉默的艾契斯，毫不掩飾憤怒地瞪向加百列。

「我們是從碎片當中誕生，所以不清楚你們之前做了什麼，但視其他人的狀況而定，你最好先做好覺悟。」

「真可怕。」

曾在艾夫薩汗慘敗給艾契斯的加百列被嚇得發抖，真奧卻是因為相反的原因跟著擔憂。

萬一伊古諾拉和天使們以某種方式讓質點之子成為同伴，真奧他們就必須與那些擁有可怕力量的存在為敵。

「冷靜點，艾契斯，別殺了加百列，這傢伙活著比較有用。」

「你難得說出像魔王的話呢。真是的，伊古諾拉應該也覺得我背叛了，我現在真的是前門拒虎，後門進狼啊。」

「你們的遭遇確實令人同情，但即使將這點也列入考量，你們對安特．伊蘇拉做的事還是太不人道了，就算被報復也無話可說。」

「就不能用這次的貢獻直接抵銷嗎？」

「啊？」

「果然不行。好好好，我知道了。」

看見艾契斯彷彿隨時都會爆發的表情，加百列沮喪地垂下肩膀。

※

「唔嗯，這是什麼狀況。」
天禰看見那個景象後率先說道。
她的語氣充滿厭惡，讓真奧困惑地回頭問道：
「天禰小姐，怎麼了嗎？」
「真奧老弟和遊佐妹妹看了都沒什麼感覺嗎？虛原呢？」
「咦？那個……我是覺得從來沒看過這種景象。」
「我也……只覺得和加百列說的一樣。」
「我是從出生前就知道是這個樣子。」
「欸～那只有我從生理層面就無法接受嗎……？」
眼前是一片寬廣又寂靜，連風都沒有的荒野。
在這片荒野當中聳立著一棵顏色和大地一樣的巨樹。
從那棵巨樹散發的生命力來看，它應該已經在這片無邊無際的荒野度過漫長的歲月，但給人的印象又像棵枯樹般毫無氣勢。

既沒有能夠蔽日的樹葉，也沒有鮮豔的花朵，更沒有豐碩的果實，就只有一棵樹靜靜聳立在那裡。

彷彿要圍住那棵巨樹般，藍色大地上建了十座祠堂，每個祠堂的入口都刻著不同的名字。

「艾契斯也吵著說想吐，但原因應該和天爾小姐不同吧。」

「拜託現在別放她出來，不然我在見到伊古諾拉前就會被殺掉。」

真奧的話讓加百列嚇得後退半步，看來他真的很怕艾契斯。

「那麼，現在是每座祠堂都有一個守護天使駐守，必須將他們一一打倒才能釋放質點嗎？」

「你以為是遊戲啊。我剛才就說過了，沒有那麼多天使，從我們都來到這裡卻還沒人出現就能猜到吧。」

「那你為什麼會當守護天使啊。」

「我是自願的。卡邁爾是因為伊古諾拉的命令。聖德芬也是自願。」

「是採志願制嗎？」

「沒到制度那麼誇張啦。單純只是因為我既不是科學家也不是醫生，還有不想無聊到死而已。」

加百列露出懷念的表情。

「艾米莉亞、撒旦，你們聽我說，加百列是個普通人，不是科學家。所以他不像伊古諾拉或卡邁爾那樣，覺得讓質點維持現狀是件好事。請你們至少要明白這點。」

「……我只是愛惜自己的性命，不想離開安全的環境，外加還是那種會用『大家的生活』當藉口違背倫理的人罷了。我從以前就只是個會耍小聰明的小市民，完全沒想到自己會活這麼久和來到這麼遙遠的地方。我到現在也還不明白為什麼自己最後會選擇贊同撒旦葉的方針。」

「哪有像你這種能把艾夫薩汗和魔王軍玩弄在股掌之間的小市民啊。」

蘆屋板起臉，像是無法完全認同般問道：

「話說你之前利用馬勒布朗契和奧爾巴．梅亞在艾夫薩汗做的那些事，到底是為了什麼？我知道你是故意想利用魔王大人破壞原本的計畫，但我們還不知道原本的計畫內容，也不知道你妨礙了什麼。」

加百列瞬間想要老實回答，但立刻改變想法看向蘆屋後面的虛原。

「簡單來講，伊古諾拉想要確立一項事實，亦即天使是比安特．伊蘇拉的原生人類還要高等的存在。我只是不贊同而已。」

「不過既然虛原已經出現，感覺那麼做沒什麼意義。」

天禰在加百列應該聽不見的距離低喃。

加百列也完全沒有看向天禰的方向。

「先不管那些複雜的事，總之那座祠堂就是讓阿拉斯・拉瑪斯和艾契斯傷心的元凶吧。那首先就破壞那些祠堂，這樣一直默不作聲的敵人也會出來吧，之後打倒他們就結束了。」

「贊成，快點去釋放阿拉斯・拉瑪斯的家人吧。」

「沒錯，要記得小心那個太空人，如果那座地下設施的主人是撒旦葉，就表示天界也有讓魔力失效的技術。要是我的力量被消除就抱歉了。」

「放心吧，我還得跟你收阿拉斯・拉瑪斯的養育費，所以就算你變成廢物，我也不會讓你喪命。」

「我感動到快哭出來了。艾契斯，要上嘍！」

『嗯！』

下一個瞬間，真奧手中突然多了一把進化聖劍・單翼（better half），頭部側面也長出角。

其他地方只有腳是惡魔型態。

「我還是第一次親眼見到……啊……沒事，沒什麼。」

惠美心想如果自己也和阿拉斯・拉瑪斯一起叫出聖劍，就變成「一對」了。

但惠美對艾契斯沒有成見，所以勉強將話吞了回去。

「……唉，現在才在意這個也太晚了。」

千穗、鈴乃和艾美拉達都不在。

就算用成對的劍也不會有人挖苦惠美。

儘管那天在公寓發生的祕密突然浮現腦中，惠美還是立刻將其塞回記憶深處封印起來。

「阿拉斯・拉瑪斯，一起去救妳的家人吧。」

『喔！』

惠美全身發出光芒，變身成裝備聖劍與破邪之衣，擁有銀髮和紅眼的勇者艾米莉亞。

就在阿拉斯・拉瑪斯的進化聖劍・單翼出現在惠美右手時。

「哎呀！兩人在最終決戰使用成對的劍感覺很棒呢！這樣單翼就湊成雙翼！也就是比翼連枝呢！」

「「……」」

握著背負世界命運聖劍的兩人誇張地差點跌倒，瞪向缺乏緊張感的萊拉。

「咦，什麼，怎麼了？」

萊拉本人不知道兩人為何生氣，顯得相當慌張。

「我最近都忘了……媽媽就是這種人。」

「妳真的該適可而止了。」

「咦？咦？你們兩個怎麼了？」

一開始就被人潑冷水的真奧和艾米莉亞，都因為只有他們知道的原因變得有些臉紅。

雖然詳細說明起來也很愚蠢，但「比翼連枝」這個詞喚醒了兩人基於彼此累積的信賴關係封印起來的那天晚上的記憶。

真奧和艾米莉亞都缺乏氣勢地踩著搖搖晃晃的腳步，走向附近的祠堂。

那座祠堂上用真奧和惠美都看不懂的文字寫著「王冠」。

對應的數字是「1」，顏色是白色，那是象徵鑽石的第一質點的名字。

祠堂裡並不寬廣，內部的狀態和所有人印象中的某個地方很像。

「對了，這裡很像『基礎』之根的生態瓶。」

艾米莉亞的話讓真奧也跟著察覺。

儘管祠堂這邊小很多，但天禰一看見內部那個像大水槽的東西，就更加厭惡地皺起眉頭。

「天禰大姊，妳還好吧？」

加百列關心地問道。

「唔嗯，我也不曉得該怎麼形容才能讓你們理解。」

天禰以複雜的眼神瞪向加百列。

「感覺就像看見親戚被人拷問。」

「啊啊……原來如此。嗯，雖然這時候道歉也很怪，但還是說聲抱歉啦。希望妳能幫忙向小美保密。」

「我怎麼可能說得出這麼殘酷的事情。真奧老弟，遊佐妹妹，快點破壞這裡吧。」

「好、好的。不過沒關係嗎？那裡有個像樹根前端的東西……」

祠堂和魔界生態瓶最大的不同點，就是魔界的斷根是連土一起被裝在與外部隔絕的瓶子裡，但祠堂是直接在地上設置了一個密閉艙。

從艙體內的土能夠隱約看見像是樹根前端的東西。

「放心吧，這個設施是事後硬蓋上去的。小心不要傷到根，依序破壞掉吧。」

加百列擔心地看了天禰一眼後說道。

「但記得保留五號、九號和十號的祠堂，就是我接下來指的那三座。應該不用我說明理由吧？」

「……這表示十的『王國』……」

五是伊洛恩的「嚴峻」，九是阿拉斯．拉瑪斯和艾契斯的「基礎」。

「千萬別大意，我和『王國』沒交集，也沒看過對方的長相，知道其『化身』的人只有……」

「伊古諾拉和可能藏在某處的聖德芬吧。」

阿拉斯．拉瑪斯常說「王國」教過她很多事情。

雖然阿拉斯．拉瑪斯和艾契斯等質點之子可能是最近才獲得肉體，但從兩人的發言推斷，她們的人格或自我似乎在更久以前就已經存在。

「天禰大姊好像很難受，快點開始吧。注意不要傷害到根。」

「沒想到抵達天界的第一件事就是拆房子。唉，看來是無法期待壞人早就嚴陣以待那種淺顯易懂的發展了。」

「就這點來看，你就是那種很好懂的典型魔王呢。」

「別一一拿我來比較啦。」

真奧突然對過去在魔王城的寶座大廳等待勇者到來的經歷感到很難為情——

「喂，艾契斯！要動手嘍！」

他刻意提高音量大喊，先破壞了「王冠」祠堂的密閉艙。

※

「做到這種程度都沒人過來，未免太扯了吧？」

「嗯……真奇怪……再怎麼說都不應該這樣……乾脆把剩下那三個也破壞掉？好像不會怎麼樣呢。」

「實際上我是沒怎麼樣，從聖劍的狀況來看，阿拉斯．拉瑪斯和艾契斯也沒事，應該可以破壞吧。」

一直在後面觀看真奧等人破壞祠堂的盧原，若無其事地說道。

『我一點事也沒有，快點動手吧，真奧！』

真奧體內的艾契斯也很衝動。

「……那就動手吧。雖然都已經破壞到這種程度了，但這些祠堂到底是用來做什麼啊？」

「伊古諾拉說是用來固定認知的錨。」

「用來固定的錨？」

「沒錯，這些祠堂就像是讓生命之樹無法正確觀察世界的眼罩。我曾聽說那個像生態瓶的密閉艙裡面會源源不絕地提供聖法氣，讓生命之樹誤以為星球和人類還需要超常的力量。」

「你說提供聖法氣？」

「我最早是在撒旦葉分割天界前聽說這個計畫，當時裝置也還沒有完成。」

「……用來讓生命之樹誤解世界的現況……為什麼要做這種事？」

各種和天界與質點有關的情報在真奧腦中錯綜複雜地展開，但每項情報都微妙地無法銜接，讓他找不到滿意的答案。

接著一直在旁邊觀看他們破壞祠堂的天爾低聲說道：

「我大概可以理解。既然如此……伊古諾拉應該已經趕在最後一刻前達成她的企圖了。」

「咦？」

天爾並未看向真奧。

她以銳利的視線凝視虛原。

虛原知道天爾正在看自己，但還是望著惠美說道：

「沒錯，已經達成了，但她會讓那一切變得毫無意義。對吧，天爾小姐？」

「咦？我嗎？」

突然被點名的惠美大吃一驚，但天爾像是沒什麼興趣般聳肩。

「別人家的事情，我怎麼會知道。就算是親戚，家庭環境也不一樣。」

「說得沒錯。那把剩下三座祠堂也破壞掉吧，這樣狀況應該會有所改變。既然都來到這裡了，就乾脆做到底吧。」

在虛原的指示下，所有人即使一臉無法釋懷，依然缺乏幹勁地開始行動，按照十號、五號、九號的順序破壞祠堂。

在球形的障壁被破壞後，安特．伊蘇拉生命之樹的樹根睽違幾百、幾千，或甚至可能是幾

萬年重新接觸外面的空氣。

下一個瞬間，裸露的樹根開始震動，生命之樹的樹枝也跟著產生劇烈的變化。

真奧等人聽見了宛如泡沫破裂般的獨特聲響。

聲音是來自生命之樹的樹枝前端。

「對生命之樹來說應該是久違的春天吧。至今累積的分，一瞬間就都展現出來了。」

虛原視線的前方是花蕾。

所有祠堂被破壞後不到一個小時，樹上就冒出了無數的小花蕾。

「這樣其他兄弟姊妹總算也能誕生了，只是順序早就都亂了。」

「生命之樹的花？」

「沒錯，總算開花了。如果不開花，就沒辦法結果。」

「咦？你是說生命之樹的果實嗎？而且還要先開花……」

「『王國』和『嚴峻』的職責是保護樹，所以性質上會比較早熟。『王冠』則是來不及趕上。」

「有順序嗎？」

「只要沒出什麼大問題，最先覺醒的就會是『王國』。之後視周圍的狀況而定，『王冠』、『嚴峻』和『基礎』其中一個會先覺醒。掌管物質的『王國』是器皿，之後會看器皿優先需要什麼，來決定先讓掌管靈魂世界的『基礎』、負責防衛的『嚴峻』，還是用來攻擊的劍『王冠』覺醒。看這狀況，這次是特別偏向防衛呢。」

惠美對所謂「樹的判斷」感到有些不太自然，低頭看向手裡的聖劍。

「唉，現在想這個也太晚了，畢竟樹也算是生物。」

畢竟那棵樹可是人格如此豐富的質點之子們的「母樹」。

就算再多一點神奇的特性也不會影響大局。

「但就算做到這種程度，還是什麼事都沒發生耶？」

事實上，現在已經連生命之樹的本體都落入真奧等人的手裡。

如果其他質點之子也在開花後誕生，真奧等人當初想要奪回阿拉斯・拉瑪斯家人的目的就等於已經達成了。

事到如今，就算不和伊古諾拉等天使交戰也無所謂了。

「說不定對方單純只是沒幹勁。做到這裡就行了吧？要是再拖下去，感覺只會增加不必要的風險。」

漆原坦率說出心裡的想法，蘆屋立刻表示反對。

「不，魔王大人。既然已經知道敵人的根據地，就應該立刻進攻。我們不曉得質點要到何時才會結出果實，也不知道結果後要花多少時間才能變成像阿拉斯・拉瑪斯他們那樣。現在應該立刻斬斷所有的後顧之憂。」

「……我就知道會這樣，真是麻煩。」

「如果你是真心這麼想，那反倒有點可怕啊。」

「既然你長得跟我一樣，那還是贊同我會比較輕鬆喔。」

「難道不是因為不想與母親為敵才那麼想嗎？」

「我的話應該不會是那樣。」

能夠讀心的虛原這次真的露出受不了的表情。

「感覺他們的對話開始變有趣了。」

「我倒是一點都不覺得有趣。比起這個，接下來該怎麼辦？」

「應該會照蘆屋說的那樣繼續進攻吧。如果他們需要剛才那些設備才能干涉樹，那現在應該可以放著不管了。他們總不可能因為無法達成目的就破壞樹吧。」

「說得也是……考慮到至今付出的辛勞，總覺得很掃興呢……」

或許是因為天界過於安靜，所以才能夠察覺。

「唔！魔王大人！」

蘆屋發出警告，所有人也幾乎在同一時間動了起來。

一個鐵塊劃破空氣插在生命之樹的荒野上，那是一把前端分成三叉的巨大長槍。

「是卡邁爾嗎？」

「不對！那是……！」

天空中出現許多像天使的人影，他們全都穿戴著等級不輸卡邁爾的鎧甲。

「是天兵大隊。卡邁爾部下的鎧甲都是特製品，如果太小看他們會吃苦頭喔。」

「我知道，鈴乃之前也吃過他們的虧！」

卡邁爾曾經襲擊千穗在笹塚念的學校。

當時卡邁爾只帶了三名天兵。

但那三名天兵和利比科古會合後，就徹底壓制了鈴乃。

考慮到鈴乃在加百列劫持東京鐵塔時，曾輕易戰勝三名他手下的天兵，可見卡邁爾的天兵和加百列的天兵在戰力方面完全是不同等級。

話雖如此——

「總算有人出來啦，我們這邊正好覺得不夠盡興呢！」

「居然在這種微妙的時間點跑出來，他們到底在想什麼……這樣反而讓人覺得詭異。」

天使們像是看準十座祠堂被破壞的時機般現身，讓艾米莉亞忍不住粗暴地回應，但真奧覺得狀況不太對勁。

「喂，蘆屋，你可以在不取對方性命的情況下，陪他們玩一下嗎？」

「遵命。只要留一口氣就行了吧？」

蘆屋接下任務，露出邪惡的笑容。

「加百列，帶我們去伊古諾拉的所在地。總覺得情況有點詭異，快點打倒他們吧。」

「我知道了。我的天兵一定也在那裡，但現在顧不了那麼多了，把這裡交給艾謝爾處理沒問題嗎？」

「別以為我還跟東京鐵塔那時候一樣。就讓你們這些天界居民見識一下……惡魔大元帥完全取回魔力後的實力吧。」

蘆屋在說話的同時，使出全力變身成惡魔大元帥艾謝爾。

「喂，你的衣服！」

他毫不猶豫地直接扔掉還是蘆屋四郎時穿的衣服。

「這是必要經費！」

鐵蠍族的黑色甲殼化為流星飛向天空。

「趁蘆屋阻止他們時前進吧！加百列！伊古諾拉的根據地在哪裡！」

「跟我來！用飛的一下就到了！」

「小加！我要留在這裡！我不能放著這個狀態的生命之樹不管！」

「了解，天禰大姊！放心吧！我不會背叛小美！」

一行人快速飛出去後，魔力與聖法氣在他們背後的天空激烈衝突。

「大家小心點！不曉得卡邁爾會從哪裡發動攻擊！」

「我們這麼多人，不管他從哪裡來都會被發現！還有多久才會到？」

「用這個速度應該再飛十分鐘！」

「這麼近啊！這樣愈來愈搞不懂為什麼他們要放任我們破壞祠堂了！喂，萊拉！伊古諾拉是笨蛋嗎？還是科學家對科學以外的事情都一竅不通！」

「怎麼可能！伊古諾拉的謀略可是不輸撒旦葉啊……！」

「我想也是！所以我才覺得莫名其妙！但既然到現在都只有卡邁爾的天兵出來，表示敵人應該沒有藏什麼王牌！頂多只有我們至今看過的人！」

「希望是這樣！畢竟天兵的人數應該很充裕！」

真奧一抬頭，就發現前方的天空出現許多紅色的亮光。

「好，這次換我上！艾契斯！一擊將他們打飛吧！」

『交給我吧！看我怎麼把他們切死！』

「等等！還是由我來吧！還有妳是要說切絲吧！」

真奧只要使用艾契斯的聖劍戰鬥，艾契斯就會變得像這樣好戰。

畢竟她可是能一對一擊敗卡邁爾。

如果就這樣與天兵們交戰，或許會直接把他們殺掉。

『為什麼！讓我砍他們！』

真奧將講話變得像連環殺人犯的艾契斯聖劍藏到背後，將力量灌注在拳頭和腳裡。

他集中的力量既不是魔力也不是聖法氣。

和在笹幡北高中戰鬥時一樣，只是純粹的壓倒性「力量」。

『真奧！讓我砍他們！』

「……看來只要用這股力量她就會開始鬧，這樣實在不太好……呢！」

真奧用現在是獸足的腳往空中一踢就爆出劇烈聲響，他的身影也瞬間消失。

與此同時，一道原本從正面逼近的紅光當場墜落。

「好快……！」

艾米莉亞等人追上真奧時，天兵們已經墜落地面動彈不得。

「我沒殺人喔。」

「我什麼都沒說吧。」

真奧這個像在找藉口的回應，反倒惹惱了惠美。

「我最近應該很少對你做的事情抱怨吧。」

艾米莉亞一臉不滿地說道，但真奧更加不滿地回答：

「這是因為長期培養的信賴關係。」

這句話讓艾米莉亞更加不悅，但她也明白現在不是吵架的時候，所以直接飛到加百列身邊朝目的地前進。

「看這狀況，蘆屋應該馬上就能跟來。喂，加百列，快到了吧？」

「嗯，就是那裡，已經看得見了吧？」

加百列指示的前方地平線上確實有個巨大的人造物。

但即使親眼看見，真奧和艾米莉亞還是難以置信。

「真的都沒什麼變呢，那裡從很久以前就不能動了。」

漆原搶先打消兩人的疑心。

「我的記憶裡也大概是那個樣子，有一半以上的燈都熄了。」

損壞的大圓盤。

這是那個人造物給人的第一印象。

一個散發黯淡金屬光澤、外型破爛的巨大圓盤型飛碟半埋在地下，確實有點像是在廣大的宇宙四處流浪過後才漂流到這裡。

真奧對那個金屬光澤有印象。

「原來我這輩子一直都在他們的操控底下扮演魔王啊，真是丟臉。」

過去被稱作撒塔奈斯亞克的古代大魔王的城堡。
真奧統一魔界時最後遇到的強敵——銀腕族的住處就是與天界分道揚鑣的撒旦葉的據點。
「真奧，我懂你的心情。我的狀況更複雜，也差不多想離開父母獨立了。」
漆原似乎也想起了同樣的事，不悅地哼了一聲。
「在蘆屋追上前，把一切都破壞掉吧。」
「他說這話是認真的喔。」
虛原也跟著替漆原的話掛保證。
「這才是因為長期培養的信賴關係，讓我一點都不懷疑。要上嘍！萊拉！最讓人擔心的就是妳！關鍵時刻別害怕了！」
「怎、怎麼這樣！等、等等我啊！」
只有萊拉對漆原那不惜與父母為敵的氣勢感到動搖。
其他同伴則是只想著要攻進敵人破舊的陣地。
「不想死的傢伙就別出來！我們會一直戰鬥到徹底破壞你們老大的計畫為止！」
真奧的怒吼響徹天界的天空。
「喂，加百列、萊拉！這個城市的名字叫什麼。」
「城市啊，我們從來沒把這裡當成城市，畢竟這裡原本是研究基地，而且名稱對你們來說還滿諷刺的。」

「這裡是人類為了驅除母星的風土病，寄託了夢想與希望的最後堡壘……」

這個地方的名字確實只能用諷刺來形容。

「阿爾·亞·利捷。用你們的語言來說，就是『希望之船』的意思。」

說這句話的人既不是加百列也不是萊拉。

所有人瞬間圍住並非戰鬥人員的萊拉，擺出警戒的架勢。

宣告答案的男子穿著紅色鎧甲，浮在空中俯瞰真奧等人。

「總算輪到幹部登場了，你這次應該認得出我是誰了吧？」

大天使卡邁爾。

全罩式頭盔的底下看起來一片漆黑，無法看出對方的真意。

※

「嗨，卡邁爾。好久不見，你在那之後過得好嗎？我們是來見伊古諾拉。」

「……」

「你應該不會帶我們去見她吧。看起來也不是想來談和，不過你一個人應該不是我們這些

人的對手……」

「加百列，退下！」

「咦？哇？」

卡邁爾緩緩舉起長槍，真奧見狀便抓著加百列的脖子用力將他往後拉。

下一個瞬間，從卡邁爾的長槍放出的火焰掠過加百列的鼻尖，那和他之前在笹幡北高中使用的火焰顏色完全不同。

「咦，奇怪？」

加百列的長袍至今只有被自己的杜蘭朵之劍劃破過，現在上面卻開了個洞。

「咦？你，咦？那是……！」

卡邁爾的三叉槍散發出之前沒有的金色光芒。

「那傢伙的火焰還滿厲害的，或許有點棘手。」

曾親自和卡邁爾戰鬥過的漆原也表現出緊張的態度。

「看來沒辦法像蘆屋對付天兵那樣輕鬆解決。這裡交給我，我因為小千學校那件事跟他有點過節，他似乎對撒旦這個名字很有意見。」

真奧要兩人退下，謹慎地舉起聖劍。

雖然是過去的手下敗將，但真奧還是不敢小看對方。

「喂，卡邁爾，你還記得我嗎？」

「……魔王，撒旦。」

「很好，到了這個地步我真的很好奇，你到底跟撒旦這個名字有什麼仇。笹幡北高中那時候應該是我們第一次見面吧。」

「……撒旦。」

「搞什麼，結果你還是沒辦法正常對話啊。」

「撒旦……是背叛者的名字……無法理解伊古諾拉理想的愚昧之徒……我妻子的仇人……」

卡邁爾以沉悶的語氣揭露了超出現場所有人預料的事實。

「我絕對不會忘記，那場戰爭害我只能將妻子的屍體留在紅月。」

「你說妻子？」

「毀滅吧，你們這些妨礙我們，妨礙伊古諾拉的障礙。你們一個都別想靠近……為了理想犧牲一切的伊古諾拉崇高的意志。」

「唔喔喔？」

說時遲，那時快，真奧用艾契斯接下卡邁爾神速的一槍，然後被衝擊力道推向地面。

「真是的！我還以為你總算能正常說話了，結果一下就停了！」

真奧在空中展開翅膀抵銷衝擊力道，繞到卡邁爾背後揮下聖劍。

卡邁爾輕鬆用長槍前端擋住聖劍，但對真奧來說，只要有一瞬間就夠了。

「各位！要上嘍！」

艾米莉亞沒有漏看真奧用眼神做出的暗示。

進化聖劍．單翼對實力增強的卡邁爾依然有效。

所以他才用長槍抵擋。

既然如此，卡邁爾絕對不會將視線從劍上面移開。

艾米莉亞立刻明白真奧的企圖，她將萊拉抱在腋下筆直飛向像是阿爾．亞．利捷中樞的建築物。

「難得有機會殺死礙眼的『撒旦』！你可別左右張望啊！」

真奧趁卡邁爾轉頭的瞬間，一腳踢向他的胸部。

儘管那一腳看起來沒造成任何傷害，但已經足以吸引卡邁爾的注意力。

「喂！我的部下馬上就會擊潰你的天兵過來幫忙！如果你還想活命！最好是像加百列那樣投降，下半輩子才能過得安樂些！」

「我早就……將生死置之度外！」

「那還真是了不起！這表示你已經徹底做好……喪命的覺悟了吧！」

魔王的聖劍與大天使的長槍只短短交鋒了十幾個回合。

「看來你這條命是白死了！」

『去死吧！！！』

真奧聽著艾契斯在腦中大喊，瞄準卡邁爾的胸口中央刺出一劍。

「唔？」

聖劍的尖端被一隻嬌小的手制止。

真奧的進化聖劍．單翼裡寄宿著艾契斯．阿拉，至今還沒有輸過任何人。

然而一隻宛如幻覺般從卡邁爾胸口伸出的人類手掌居然擋下了聖劍，而且那明顯不是卡邁爾的手。

『喂……喂喂喂，妳到底在幹什麼啊……我們明明才離開這裡一陣子，妳居然就背叛了……！』

「喔哇啊？」

接著真奧手中的聖劍突然消失，艾契斯擅自與真奧分離。

與此同時，真奧也從半人半魔的姿態恢復成充滿魔力的魔王型態，一旁的艾契斯用和過去看向艾夫薩汗的蒼天蓋上空時一樣憤怒的表情，瞪向卡邁爾的胸口。

「真奧！事情變得有點麻煩了！」

「看就知道了。」
卡邁爾的胸前像是有扇連結其他空間的門一般，讓那隻擋下聖劍的手後面的本尊緩緩出現。
那是一名外表稍微比艾契斯年長，年齡和千穗差不多的少女。
在宛如水晶般透明的白色短髮當中，摻雜著一撮由亮黃色和黑色組成的前髮。
眼睛則是同樣搶眼的黃色。
身上的衣服則是和頭髮一樣，是接近透明的白色。
「艾契斯，我對神學沒什麼研究，但從顏色來看應該就是那個吧。」
「嗯？哪個？什麼意思？」
果然不應該在緊張的氣氛中問艾契斯不夠具體的問題。
真奧緊盯著新出現的少女問道：
「她是『王國』吧。」
「咦？真奧不知道嗎？」
「我知道啦對不起是我問的方式不夠好妳給我暫時閉嘴！」
「明明是你先問我……不對，現在不是在意這個的時候……『王國』，妳現在有名字嗎？還記得我嗎？」

「『基礎』的妹妹，艾契斯．阿拉。」

「王國」的少女首次開口。

發出缺乏感情的聲音。

「既然是姊妹，那我就直接問了。妳叫什麼名字，為什麼要保護我們的敵人？妳最好在我把那副鎧甲切死前，給我一個滿意的答案。」

「我叫艾蕾歐斯。他是我選擇的宿木，所以要保護他。」

「別開玩笑了！『王國』，妳到底是哪裡不對勁！不對，艾蕾歐斯！他們是妨礙我們成長，拆散我們兄弟姊妹的惡魔啊！」

「我知道。」

「他們可是在之前的星球做出蠢事，並差點被那裡的質點毀滅的傢伙喔！為什麼要保護他們！」

「我直到前陣子都還沒打算這麼做。」

「啊啊？」

「艾契斯，妳應該也知道。剛才和妳的同伴一起飛走的『知識』是我們最後一個家人。」

「妳幹嘛提他？我當然知道！他長得和路西菲爾一模一樣，害大家差點笑死！」

「才沒笑到那麼誇張。」

然而完全沒有人理會撒旦的吐槽。

「問題就出在那個路西菲爾身上。艾契斯，妳知道路西菲爾是什麼樣的存在嗎？」

「是尼特族！」

「呃，他最近還滿認真在工作喔？」

「那不然要叫他什麼！」

儘管這次艾契斯有理會真奧，但他也不曉得該怎麼回答。

「……到底是什麼呢。天禰小姐也對盧原長得和漆原一模一樣這件事非常困惑，難道這當中有什麼重要的意義。」

「『知識』是挑選的結果。」

艾蕾歐斯現身後，卡邁爾首次開口說話。

「伊古諾拉一直在等待挑選的結果。耗費漫長歲月，遭遇許多妨礙，經歷了背叛與挫折。不過……在經過漫長到讓人受不了的時間後，我們再次獲得了棲身之所。」

「你在說什麼啊？棲身之所？你們對生命之樹做的掩飾已經全被破壞。安特・伊蘇拉的地上世界也不會任由你們擺布。就算你們現在才開始迎擊我們，也無法改變大局。你真的以為拉攏了一個『王國』就能對付我們嗎？是什麼讓你的態度這麼有餘裕……」

「路西菲爾是天使第二世代的代表，而『知識』選擇他代表這顆衛星的主星上的人類。這表示路西菲爾所屬的物種，才是應該進化並統治這顆星球的種族。」

卡邁爾絲毫沒將撒旦膚淺的挑釁放在眼裡。

「你的同伴好像去伊古諾拉那裡了……但事到如今即使殺了我或伊古諾拉……依然無法動搖我們的勝利。」

撒旦第一次從卡邁爾的表情感覺到類似感情的東西。

雖然那是侮辱敵人的笑容，但同時也讓人覺得空虛又冰冷，彷彿早已心灰意冷。

※

「這裡到底是什麼地方，感覺魔王城還比較好呢。」

「沒想到居然變成這樣……」

這裡是阿爾．亞．利捷的中心，艾米莉亞和萊拉都一臉愕然地皺起眉頭。

被加百列稱作研究區的場所，看起來實在不像是世界的敵人或統率天界天使的頭目會待的地方。

這裡的空氣混濁又充滿霉味，走廊角落還積了厚厚的灰塵。

散發金屬光澤的建材，看起來確實是先進文明的產物。

但這裡明顯沒人管理，與他們事先想像的「滅神之戰」的舞臺並不相稱。

「從以前就是這樣嗎？」

「自從撒旦葉搶走研究區的一部分並帶去魔界後，應該就沒什麼改變，不過……」

萊拉困惑地在研究區的入口四處張望。

「之前應該更有活力。雖然我離開很久了……但當時阿爾·亞·利捷就已經抵達這裡了。這裡的人居然在這麼短的期間內就消失了……加百列，這到底是怎麼回事？」

「雖然確實沒有足夠的人力管理……但還是太奇怪了。因為我是從最近一年才開始跟你們扯上關係，但至少我第一次去笹塚時還沒變成這樣……不對，別說是一年，艾夫薩汗的事件離現在也還不到半年……對了，我的天兵上哪兒去了……」

就連加百列也難掩動搖。

加百列曾說過自己是收到祕密命令才被派去艾夫薩汗。

當時阿爾·亞·利捷應該還是正常狀態。

「伊古諾拉平常都在哪裡？」

「她在綜合研究大樓有個自己專用的樓層，不過……」

既然連加百列都這麼動搖，他對阿爾·亞·利捷的認識應該已經派不上用場。

再加上研究大樓終究是給普通人使用的建築物，無論是用多麼高科技的建材都無法承受激烈戰鬥的衝擊，一下就會崩塌。

「拉貴爾到底在哪裡？不然先找到聖德芬也好，他們應該知道發生了什麼事。不好意思，艾米莉亞，我可以去找我的天兵和拉貴爾嗎？」

「……意思是你想分開行動？」

加百列像是早已預測到艾米莉亞的反應般接著說道：

「拜託了，我之前也跟天禰大姊說過，我不會背叛小美。」

「不然我也一起去吧，我一個人就能搞定拉貴爾，加百列底下的天兵也沒辦法忤逆我。」

就在艾米莉亞猶豫時，漆原也跟著開口勸說。

「好吧，那就拜託你了。相對地，要是弄清楚了什麼就立刻回來。」

「我也一起去吧，只要試著尋找天使們的心聲，或許就能知道哪裡有人。」

「知道了，那就拜託你了。」

艾米莉亞不想浪費任何時間，乾脆地同意慮原的毛遂自薦。

「太好了，即使外表一樣，妳還是願意信任我呢。」

「別每次都讀我的心。」

「加百列，那我們就走吧。」

「嗯，拜託你們了。不過這裡到底是怎麼了……」

確認路西菲爾、虛原和加百列的身影消失在建築物深處後，艾米莉亞對萊拉說道：

「我們也去其他地方找吧。雖然加百列說這裡沒有人在，但還必須考慮到卡邁爾的部下，千萬不能大意。」

「嗯……我也還記得這裡的構造，知道哪些地方可能有人在。研究大樓旁邊就是居住區。跟我來！」

艾米莉亞跟隨萊拉的引導。

兩人警戒地探查周圍的氣息，配合兩人的腳步聲，廢墟特有的潮濕又缺乏流動的空氣裡稍微掀起塵埃。

「為什麼都沒有人！太奇怪了……走了這麼久都沒看見人……」

「加百列不是說倖存者原本就不多嗎？」

「但還是有將近一千人在正常生活。雖然並不是所有人都擁有像加百列和卡邁爾那樣的力量，但大部分的人都擁有能夠承受漫長的壽命和太空旅行的堅韌精神。大天使們從安特·伊蘇拉找來的天兵也是差不多的人數。」

「這樣沒人確實是很奇怪。既然是研究大樓，至少應該要打掃……嗯？」

艾米莉亞瞬間追上萊拉，並用力抓住她的腰不讓她繼續前進。

「危險！」

「呀啊？」

伴隨著一陣劇烈的聲響，萊拉旁邊的走廊牆壁瞬間開了個大洞，撒旦和艾契斯從那裡跌了進來。

「可惡……真強。」

「這到底是怎麼回事！」

「撒旦！」

「魔王？艾契斯！怎麼了嗎？」

「惠美，快退下，那傢伙很強。不要讓阿拉斯．拉瑪斯出來……」

撒旦巨大的身體緩緩從瓦礫堆中起身，但他看起來遍體鱗傷，明顯處於劣勢。

惠美警戒地舉起聖劍，從撒旦等人進來的洞看向外面，在空中發現兩道人影。

「卡邁爾旁邊那個是誰？」

「麻煩的是，那是我們要救的目標。」

「難道是『王國』？」

「好像是叫艾蕾歐斯，她比卡邁爾要棘手多了。」

「要換手嗎？」

「艾契斯也對她束手無策，看來『王國』的實力比『基礎』強，但他們終究只是軍隊。你

們快去找伊古諾拉。」

「搞不懂她為什麼要幫那些傢伙！艾蕾歐斯！妳快點清醒啊！」

「我知道了。艾契斯，魔王就拜託妳了！」

「真是抽到了下下籤！艾蕾歐斯！接下來是第二回合！唔！」

艾契斯比撒旦還早起身衝向卡邁爾，但艾蕾歐斯擋在兩人之間，輕鬆接住艾契斯的拳頭。

兩名少女的打鬥發出從她們嬌小的身軀難以想像的劇烈聲響，惠美也覺得艾契斯明顯居下風。

艾契斯拚命想攻擊卡邁爾，但都被艾蕾歐斯阻止。

「卡邁爾和『王國』融合了嗎？」

「有可能。但這裡先交給那兩個人，我們去找伊古諾拉！其他人可以晚點再處理！先去問伊古諾拉這裡到底發生了什麼事！」

「嗯，說得也是！」

萊拉在艾米莉亞的催促下，跨越瓦礫堆衝向研究大樓。

背後持續傳來劇烈的聲響，應該是艾契斯和艾蕾歐斯，或是撒旦和卡邁爾在戰鬥吧。

「我已經完全搞不懂了！伊古諾拉到底在想什麼！現在到底是什麼狀況！」

萊拉像是再也受不了般大喊。

「喝啊啊啊啊啊啊！」

「速度和力量很重要，但如果缺乏技術和冷靜，在實力不如對手時瞬間就會落敗。」

「唔喔？」

艾蕾歐斯毫不畏懼地接下了許多快到連撒旦都看不見的拳頭，在空中拉住艾契斯的腳。

「妳看，如果對手不是我，艾契斯早就完蛋了。」

艾蕾歐斯對著艾契斯門戶大開的側腹——

「哇哈哈哈哈？」

快速搔癢。

艾契斯發出少根筋的笑聲，但立刻一臉憤怒地用力揮舞手臂，只是當然一樣打不中艾蕾歐斯。

「艾契斯，如果妳也是質點之子，就應該早點認清事實。事到如今，就算和伊古諾拉戰鬥也毫無意義。『知識』已經下達裁定了。」

「我才不管那麼多！妳以為我和姊姊被拆散了多久！妳不可能不知道『嚴峻』，不知道伊洛恩遭受到什麼樣的待遇吧！」

「……」

「幫助天使就等於是背叛大家！艾蕾歐斯！如果妳沒打算協助我們，至少別妨礙我揍那個天使！」

「不行。」

「為什麼！」

「艾契斯。妳知道鏡子嗎？」

「啊？妳在說什麼……」

「掌管靈魂世界的『基礎』如果被魔力或負面感情污染，並露出像妳現在這樣的眼神，那所有質點都會去阻止。」

「什麼？」

「妳和那個惡魔展現出強烈的親和性。惡魔力量的根源是憎恨，如果『基礎』被負面感情囚禁，會對所有質點造成不好的影響。無論妳再怎麼恨天使，如果放任現在的妳不管，所有天使可能會和那個惡魔一起滅亡。」

「那又怎樣！我要親手將所有天使……！」

「『知識』選擇了路西菲爾的姿態。身為『基礎』的妳應該要思考這代表什麼意義。『基礎』的艾契斯，好好聽我說話……唔！」

「呃……唔！」

艾蕾歐斯毫無預警地將手掌抵在艾契斯的額頭上。

光是這樣就讓艾契斯的視野變模糊，意識也逐漸遠去，最後全身都使不出力氣。

「我們的生命之樹選擇了路西菲爾。安特．伊蘇拉的『人類』是天使。」

「……妳……說什麼……！」

「所以不能讓身為質點的妳殺害剛被選上的天使。」

就在艾契斯的眼神即將失去光芒前——

「嗯。」

她的身影突然消失。

艾蕾歐斯一轉頭，就看見正朝上伸出手的撒旦。與艾契斯融合後變回半人半魔外表的撒旦亦即真奧，用發出紅光的眼睛瞪著艾蕾歐斯和卡邁爾，語氣低沉地說道：

「喂，妳對我們魔王軍的小妹幹了什麼好事。」

「在那之前，她是我的妹妹。」

「吵死了。看來不論是伊古諾拉、安特．伊蘇拉的人類，還是你們這些質點，都只會居高臨下地輕視我們。」

真奧吐掉嘴角的血，擺出架勢。

「就算選了漆原又有什麼好囂張的！他夏天只會窩在壁櫥裡打遊戲，你們到底想把什麼樣的未來託付給他！」

「唔！」

伴隨著一陣劇烈的聲響，真奧用力從瓦礫堆上跳起抓住艾蕾歐斯。

「我可是清楚得很！無論我、你們、天使還是勇者擁有什麼特別的力量！」

「唔……！這股力量！」

「到頭來都只是不吃飯睡覺就無法發揮實力的普通『人類』！」

「你說什麼……可惡！」

「既然是人類就別小看人類！你們到頭來不過是被天使恣意利用的臭小鬼！」

真奧用右手抓住艾蕾歐斯的臉，直接將她撞上地面。

阿爾·亞·利捷的堅硬地面在發出巨響後出現裂痕。

「呃啊！」

『喂……！真奧你做得太過火了……！』

「如果要讓不聽人說話的小鬼乖乖聽話，我只知道這種方法！」

『可是……』

「我也想知道其他方法，只是這些傢伙！」

「唔！」

真奧在艾蕾歐斯起身前再次跳起，逼近上空的卡邁爾。

「就是因為你們這些大人無法為孩子做出示範，他們才會受苦！如果你們想懷抱野心，就別給孩子們添麻煩！」

「閉嘴，撒旦！真要說起來，都要怪撒旦葉把你們這些惡魔……！」

「你們這些逼孩子背負父母爛帳的笨蛋少在這邊廢話了！」

真奧躲過散發金黃色光輝的長槍，一拳打在卡邁爾的下巴上。

頭盔意外輕鬆地被打飛。

「唔呃！」

瘋狂大天使的長相首次攤在陽光下。

銀髮紅眼的男子有著一張粗獷又精悍的臉龐。

但臉上有一半是觸目驚心的燒傷痕跡。

「頭盔是用來遮掩那個傷痕嗎？如果要解說原因就趁現在喔！」

「可惡……可惡的撒旦……撒旦！」

「等事情全部結束後，我再慢慢聽你講解以前的那場戰爭！我現在只想快點結束，回去吃飯洗澡睡覺！」

卡邁爾架開真奧接著揮出的拳頭，將長槍收回使出一記橫掃，真奧也立刻叫出聖劍格檔。

「看來你好像是『王國』的宿木。我是『基礎』的宿木，這樣條件應該算對等。是吧，卡邁爾！」

「撒旦！殺了你！絕對要殺了你！」

「是啊！希望這是這個世界最後一次互相殘殺！」

撒旦的聖劍與卡邁爾的長槍激烈衝突，寧靜的星空下接連響起殺氣騰騰的金屬碰撞聲。

那張躺椅看起來很硬。

這是艾米莉亞腦中首先浮現的印象。

「真是個不錯的早晨呢，萊拉。」

那個人仰望著透明的天花板，或許是因為上面有些細微的破損，從那裡透進來的白光顯得略微朦朧。

即使眼前是宛如反映天界藍色大地般冰冷的夜空，那個人仍將其稱為「早晨」。

從那張用來仰望天花板的堅硬躺椅起身的人物，與惠美過去想像的「天使的老大」、「歷史背後的支配者」或「應該討伐的神明」形象大相徑庭。

那個人實在太瘦，眼神也十分無力。

沙利葉、加百列、拉貴爾和卡邁爾。

之前見過的那些天使雖然任性妄為，但終究是基於自己的想法活躍地戰鬥，為什麼他們會聽從這個人的指示呢？

「妳就是萊拉的女兒吧。」

「咦？」

「萊拉，當媽媽的感想如何。有小孩是件很棒的事吧？是不是感覺無論面對什麼樣的難關都能夠跨越？」

那人的聲音十分沙啞。

加上緩慢的語調，讓人聽得很辛苦。

「所以妳應該也明白失去孩子時的絕望有多大吧……？」

「伊古諾拉，妳聽我說……」

「但經歷的絕望愈大，再次發現希望時……」

「唔呃？」

「就會產生無限的喜悅。」

「媽、媽媽，妳怎麼了……」

伊古諾拉朝萊拉伸出枯瘦的手。

光是這樣就讓萊拉跪倒在地，從喉嚨發出痛苦的呻吟。

「艾米……莉亞……」

「媽媽？」

「抱歉，是叫艾米莉亞吧？阿姨有重要的事要和妳媽媽說。妳先乖乖在旁邊玩吧。」

「什麼，那是！」

伊古諾拉的外表像重新吸滿水的海綿般，瞬間恢復年輕。

不對，是她的外表開始變得模糊、重疊，然後分離。

「倪克斯，去陪艾米莉亞玩吧。」

「是的，媽媽。」

伴隨著一陣金色的光芒，一個前髮有撮由橄欖色和紅褐色組成的頭髮，眼睛是金黃色的嬌小少女突然現身。

「什麼？」

「艾米莉亞。把我家的倪克斯介紹給阿拉斯．拉瑪斯認識吧。倪克斯之前……」

「媽媽！我上了！」

「唔！媽媽！」

「我完全不想跟你們玩！」

另一個叫倪克斯的「王國」化身一逼近艾米莉亞，艾米莉亞的額頭前方就凝聚一束紫色的光芒，接著阿拉斯·拉瑪斯用額頭接住了倪克斯的拳頭。

「嗯唔！」

「喝啊！」

倪克斯一臉痛苦地甩了一下手，阿拉斯·拉瑪斯儘管淚眼汪汪，但還是努力忍著淚水瞪向倪克斯。

「不可以鬧得太過分喔。萊拉，跟我來。」

「嗚，啊……」

伊古諾拉似乎用了類似念動力的能力。

她一揮手，萊拉就動彈不得地浮了起來。

「媽媽！」

兩人就這樣當著艾米莉亞的面離開。

「唔！」

「媽媽剛才叫妳先跟我玩吧！阿拉斯·拉瑪斯也一起來玩吧！」

「倪克斯……妳也是『王國』的化身嗎？」

艾契斯已經確認過卡邁爾旁邊的那位叫艾蕾歐斯的少女是「王國」。

「沒錯！艾蕾歐斯是姊姊！我是妹妹！」

「阿拉斯・拉瑪斯，妳還好嗎？她真的是『王國』嗎？」

「不知道。我只知道艾乙歐斯，不過……」

「她也一樣吧。仔細想想也很合理。既然阿拉斯・拉瑪斯和艾契斯是姊妹……那應該不會只有『基礎』是例外。」

「那麼，要玩什麼呢？媽媽叫我跟你們玩『鬼抓人』。」

艾米莉亞從頭到尾都沒有移開視線。

但倪克斯一眨眼就衝進她的懷裡，將手抵在破邪之衣的胸甲上。

只見艾米莉亞全身的破邪之衣在發出紫色光芒後化為光點消失，接著倪克斯的手上就多了一顆能握在手裡的小石子。

除了「基礎」象徵的銀色以外，那顆銀色的小石子裡還摻了一點和阿拉斯・拉瑪斯前髮一樣的紫色，艾米莉亞第一次看見那麼大的「基礎」碎片。

那是「進化天銀」。

「唉，居然變成這樣了……但反正『知識』已經現身。所以……應該馬上就能恢復吧？」

「用摸的就把破邪之衣……變成碎片……倪克斯，妳該不會！」

倪克斯笑了。

她的眼神黯淡無光，彷彿正望向某個遙遠的地方。

「嗯！這是我第三次和大姊姊妳見面。」

除非同為質點之子，否則無法僅靠觸摸就讓質點與宿木解除融合。

「妳就是那個太空人！」

「是媽媽叫我穿的，這樣出門時才不會碰到壞東西！大姊姊……」

倪克斯把玩著手上的天銀，露出缺乏感情的笑容。

「可以把阿拉斯．拉瑪斯和『基礎』還給我嗎？」

「雖然我不太想干涉別人的家庭……但看來妳缺乏管教呢。」

「阿拉斯．拉瑪斯原本就是我的家人。而且妳以為自己有辦法阻止我搶回阿拉斯．拉瑪斯嗎？」

倪克斯帶著詭異的笑容逼近艾米莉亞。

「什麼搶不搶的，為什麼大家連這麼簡單的事情都不明白？」

阿拉斯．拉瑪斯可能會被敵人搶走，這是所有人都擔心過的事情。

這在還不曉得太空人身分時確實是個問題，但儘管萊拉被抓走，現在伊古諾拉和卡邁爾都不在場。

「阿拉斯．拉瑪斯，我會救妳的家人。妳先乖乖待在旁邊吧！」

「喔！」

「嗯？」

惠美和阿拉斯．拉瑪斯的額頭發出紫色光芒後，阿拉斯．拉瑪斯就不自然地瞬間移動到房間角落。

「咦，啊！」

原本打算觸摸艾米莉亞的倪克斯驚訝地睜大眼睛，艾米莉亞沒有放過這一瞬間的動搖，將聖法氣集中在掌中。

「光爆衝破！」

「唔哇！！！」

強烈的閃光和衝擊在倪克斯的面前炸裂，讓她整個人往後翻。

「媽媽，好刺眼。」

「抱歉，阿拉斯．拉瑪斯。妳沒事吧？」

「嗯！」

艾米莉亞和阿拉斯．拉瑪斯依照各自的意志分離。

對艾米莉亞來說，就算阿拉斯．拉瑪斯或艾契斯被敵人搶走，也只有從魔界或安特．伊蘇拉被帶到天界時會造成問題。

「阿拉斯．拉瑪斯和艾契斯絕對不可能背叛我和魔王。既然現在是在天界戰鬥，那麼不管是否分離都無所謂。畢竟我們……」

艾米莉亞溫柔地抱起已經被震暈的倪克斯。

「原本就是來救你們。既沒有打算殺害你們，也沒有那個能力。只要能像現在這樣讓妳失去戰鬥能力，就是我們贏了。」

這是艾伯特以前教她的法術，能在不取敵人性命的情況下制伏對方。

雖然這招原本是靠強光和衝擊驅散敵人，但艾米莉亞在製造強光後，將衝擊集中到倪克斯的下巴。

艾米莉亞等人透過經驗得知，無論阿拉斯．拉瑪斯、艾契斯和伊洛恩擁有多強的力量，身體構造上終究還是「人類」。

儘管質點之子們的所有器官都遠比地球或安特．伊蘇拉人強韌，但只要艾米莉亞使出「全力」，還是剛好能在不取性命的情況下讓他們腦震盪，達到「手下留情」的效果。

倪克斯原本確信只要搶走阿拉斯．拉瑪斯就能削弱艾米莉亞的力量，沒想到卻被強光奪走視力，然後因為下巴遭到強烈打擊而腦震盪。

「這下該怎麼辦才好。雖然很在意伊古諾拉把媽媽帶去哪裡，但也不能放著倪克斯不

管……」

「媽媽。」

「什麼事，阿拉斯・拉瑪斯？」

「倪各斯，現在是分開的。」

「咦？」

「艾乙歐斯和天使在一起，但是，倪各斯是分開的。」

「呃，換句話說，她現在和伊古諾拉不是融合狀態？那又怎麼樣？」

接著阿拉斯・拉瑪斯笑著將手抵在倒地不起的倪克斯額頭上。

「媽媽，過來。」

「咦，什麼事……哇！」

艾米莉亞按照指示靠近阿拉斯・拉瑪斯的臉，阿拉斯・拉瑪斯分別將右手和左手貼在倪克斯和艾米莉亞的額頭上。

阿拉斯・拉瑪斯像是將自己的身體當成通路般，讓倪克斯的身體發出金光，自己的身體發出紫光。

「咦，啊，等等！」

艾米莉亞透過感覺理解阿拉斯・拉瑪斯和倪克斯一起流入了自己的體內。

「喂，等等，阿拉斯·拉瑪斯！這是！」

『……大家都能讓別人分離，但是……』

阿拉斯·拉瑪斯的笑容透過感覺傳了過來。

『只有基煮能把大家的心連在一起。』

「呃，等等，雖然我能理解原理，但這樣做沒關係嗎？」

確實沒有人說過一個人身上只能寄宿一個質點。

儘管的確不能把倪克斯一個人丟在這裡，但考慮到阿拉斯·拉瑪斯的日常生活……

『啊嗚……嗚啊……咦？我好像寄宿在某人身上？』

『倪各斯，這裡是我媽媽。』

「果、果然！」

艾米莉亞腦中開始響起倪克斯和阿拉斯·拉瑪斯的交談聲。

『喂！阿拉斯·拉瑪斯，妳怎麼可以擅作主張！我要和媽媽在一起！讓我回媽媽那裡！』

『不要，一起玩，一起吃點心吧。』

「阿拉斯·拉瑪斯，這裡可沒有超商或超市！而且點心時間還沒到……」

『大姊姊先不要說話！「基礎」的阿拉斯·拉瑪斯！快點放我出去！』

『不可以任性！』

『放我出去放我出去放我出去啦！』

『媽媽！任性不好！不可以放她出來喔！』

「呃、嗯，是這樣沒錯，但請你們稍微安靜一點……！」

雖然一個人身上可以寄宿不只一個質點，但腦中有複數人格一起大吼大叫，會對精神造成很大的負擔。

「呃，阿拉斯‧拉瑪斯，等一切結束後，應該可以再分離吧？」

『不行喔。』

「饒了我吧！快、快點去找伊古諾拉做個了斷吧！我看看該往哪裡走。」

『啊，喂！妳是想對媽媽出手吧！不准去不准去不准去！』

「啊～這到底是怎樣！受不了！頭好像快裂開了！」

艾米莉亞明知這麼做沒有意義，仍摀著耳朵逃離現場，開始尋找伊古諾拉和萊拉的行蹤。

※

踏入那個寬廣的房間時，她沒想到已經有人先到了。

而且還是三個人。

「哎呀，沒想到居然被你們先繞過來了。」

「嗚、呃……加百列……」

能夠提早過來這裡的，應該只有加百列他們。

「……伊古諾拉，這到底是怎麼回事？」

加百列看也沒看正在呻吟的萊拉，殺氣騰騰地逼問伊古諾拉。

「你為什麼這麼問？我們不是從之前就開始這麼做了嗎？這次只是為了應急才請他們幫忙而已。」

「等等，聽我說，伊古諾拉。妳這樣實在太過火了……！」

加百列背後的人是拉貴爾。

但他正以喪失意識的狀態，被封印在密閉艙內，外面還纏繞著生命之樹的樹根。

旁邊另一位年齡明顯比其他天使大上許多的年邁老人，也被用相同的方式封印。

「為什麼連聖德芬都不放過……！他是一直支持妳到最後的穩健派吧！做出這種事，妳到底是想怎樣！妳好好看仔細！明明好不容易……『知識』按照妳的計畫選擇了我們！」

「……」

對加百列的話有反應的人，看不出來是漆原還是虛原。

「加百列，你在說什麼？」

伊古諾拉輕輕微笑——

「呃啊……！」

她將萊拉甩到地上。

加百列等人完全沒有看向在地上呻吟的萊拉。

「被選上後才是關鍵吧？你不可能不知道安特·伊蘇拉的世界現在是什麼情況，畢竟你一直都在觀察那些『沒被選上』的人們是如何壯大吧？萊拉也一樣。」

萊拉仍趴在地上，但伊古諾拉揪著她的頭髮往上拉。

「萊拉，是妳幹的好事吧？」

「妳說什麼……啊！」

「妳漂亮地利用了我費心進行的準備，掩飾自己的企圖。要不是因為妳的妨礙，事情就能更早結束了……也不會搞到所有人都變得這麼辛苦。」

「好、好痛！」

「這都要怪妳，或許加百列和那個人也有參與……」

伊古諾拉看著萊拉的背影，露出卑微又冷淡的笑容。

「明明沒有那個必要……只要稍微展示一下就好，你們卻讓『大法神教會』成長……害我多費了這麼多工夫。我說的沒錯吧？」

「啊！」

伊古諾拉鬆開萊拉的頭髮，將腳踩在她背上後抬頭說道：

「對吧，寶寶。」

男子面無表情。

他簡短地回答：

「或許吧，媽媽。」

◇◇◇

「嗯？」「哎呀？」「奇怪？」

「怎麼了嗎？」

從東京車站回去的路上。

真奧、惠美和千穗在新宿站從ＪＲ轉搭京王線的途中各自隨意看了一下自己的手機，然後一同發出驚呼。

萊拉一問發生了什麼事，三人就面面相覷了一下，最後由真奧代表大家確認。

「該不會是漆原？」

「嗯，這時間應該是剛出東京車站的時候。」

「我也是在那個時間收到了好幾通來電……」

三人的手機都收到了漆原打來的電話。

「我也一樣。是有什麼緊急的事情嗎？抱歉，我打回去看看。」

真奧請同行的萊拉和諾爾德留步，試著回電給漆原，但一直沒有人接聽。

「搞什麼，明明十分鐘前打了那麼多通。」

「他沒有傳郵件或簡訊嗎？」

「沒有，這種情況還是第一次，讓我有點在意。」

儘管現在連真奧都在用薄型手機，但漆原所使用的依然是採用懷舊的摺疊式設計的功能型手機。

當然那也是真奧買給他的，所以漆原曾因為不是薄型手機而抱怨了很久。

漆原不是會積極與別人聯絡的類型，就連真奧都只有在有要緊事時才會和漆原通話。

惠美和千穗是因為和漆原認識夠久才有他的聯絡資訊，但其實兩人都沒跟他通過電話。

而那樣的漆原居然會打電話給惠美和千穗，讓人覺得事情應該相當緊急。

「怎麼辦？」

「還能怎麼辦，等到了笹塚再打一次電話吧。」

「說得也是。」

但惠美和千穗看起來都不怎麼著急。

「真拿他沒辦法，姑且先傳封簡訊給他吧。」

除了搭上此時正好入站，開往八王子的京王線電車以外，真奧也沒有其他能更快抵達漆原身邊的方法。

這時段的電車沒什麼人，所以帶著許多行李的尤斯提納一家和打扮得像個修行者的鈴乃都能輕鬆找到位子坐。

「話說你們去神戶時有見到梨香小姐吧，她過得還好嗎？」

「嗯，她還是一樣很有活力。她最近會來東京一趟，如果千穗到時候也有空，就一起吃個飯吧。」

「好啊！我沒去過神戶，所以也好想去那裡玩。」

一行人搭電車時完全沒提到漆原，開始聊其他話題。

當電車抵達下一站的曙橋站時，真奧的手機突然震動。

「喂，別在電車發車時回電啦！」

漆原似乎發現真奧的來電，在這時候回電了。

但真奧也不能在這時候下車好好講電話。

他稍微環視車內的狀況，按下通話鍵。

「不好意思，我在搭車。等到笹塚站再打給你。」

『呃，等……！』

漆原的聲音似乎相當焦急，但真奧還是毫不留情地掛斷電話。

畢竟他正在搭車。

「話說我也沒去過神戶呢，聽說神戶牛很好吃，你們有吃到什麼高級肉嗎？」

「我們主要是去觀光和拜訪梨香家，所以只有吃到火車便當裡的神戶牛肉。倒是那裡的西式料理歷史悠久又非常好吃……」

漆原的話題再次被忽略，之後惠美一直在講神戶的美食。

又過了一會兒，真奧在抵達笹塚站時重新打電話給漆原。

『你看我連艾米莉亞和佐佐木千穗都打了就知道我現在有多急了吧？』

電話立刻就接通了。

『我在車站前的烤肉店！現在快點過來！』

真奧看著馬上就被漆原掛斷的電話，困惑地說道：

「那傢伙搞什麼，烤肉能有什麼好緊急的。話又說回來……」

真奧將手機塞回褲子口袋，皺起眉頭。

「他什麼時候回日本了。」

「跟烤肉有關的緊急狀況……該不會！」

相較之下，千穗則是有點緊張地看向眾人。

「漆原先生該不會帶艾契斯一起來了……！」

「緊急狀況」和「烤肉」這兩個詞瞬間在真奧等人的腦中連在一起。

「……走吧。」

真奧沮喪地說著，同時開始擔心起自己的錢包裡還剩下多少錢。

「喔！真奧！」

「萊拉，諾爾德，好久不見。」

「咦！是魔王哥哥！哈囉～」

「……阿拉斯．拉瑪斯，各位，大家好。」

真奧讓千穗等人在外面等，獨自進入笹塚站前面的烤肉店，然後在那裡看見宛如地獄般的景象。

在一張六人桌上，艾契斯、伊洛恩、倪克斯和艾蕾歐斯正以各自的方式烤肉，漆原則是拿

著裝烏龍茶的杯子趴在最裡面的位子。

剩下那個位子的桌面疊了滿滿的空盤。

「漆原……你明知道會變成這樣，為什麼要帶這些人進烤肉店啊？」

不過漆原明顯是遭到艾契斯等人的強迫。

「這些傢伙怎麼可能會聽我的話……」

漆原的表情像是失了魂一樣。

「話先說在前頭，我身上完全沒錢喔。」

「啊？我應該有好好付你薪水吧。」

「那些薪水可沒多到付得起他們吃的神戶牛套餐！」

「不、不會吧！他、他們到底吃了多少錢。」

因為沒想到會在這時候聽見剛才聊的神戶牛，讓真奧也跟著慌了起來。

「我從中途就沒在算了……但那些盤子全都是神戶牛的高級部位。」

那些盤子的數量多到就像吃下了一頭牛的結果，讓真奧戰慄不已。

「你們……既然知道不是花自己的錢，至少客氣一點吧。」

真奧忍不住開口抱怨——

「對、對不起。」

但只有艾蕾歐斯表現出愧疚，其他三人完全沒有停止動筷。

「哎呀，雖然對岩城不好意思，但我已經吃膩麥丹勞了。」

「難得來到異世界，每餐都吃一樣的東西也太無趣了。」

「我也想久違地吃點麥丹勞以外的東西，嘿嘿。」

艾契斯和倪克斯兩人講得臉不紅氣不喘，伊洛恩則是露出遠比以前開朗的笑容，幸福地吃著白飯。

「喂，漆原，我們一人付一半夠嗎？帳單是放這裡？」

真奧一拿起夾在桌子旁邊的帳單就被厚度嚇了一跳，他看著店員的潦草字跡和價目表，感覺自己的臉色逐漸變蒼白。

「你覺得夠嗎？」

「光靠我應該是不夠……但不幸中的大幸是我有帶救兵過來。」

真奧丟下不安的漆原跑到店外，然後立刻拉著一臉不情願的萊拉回來。

「你拉我幹什麼！」

「妳也要負責幫忙出錢，別以為妳能置身事外。」

「烤肉店裡到底發生了什麼事……咦咦？四個人？咦咦？這帳單怎麼回事！」

萊拉被桌邊的成員嚇了一跳，在看過帳單又被嚇到第二次。

「三個人分應該勉強夠吧。」

「……各位，拜託你們吃到這裡就好。」

萊拉死心似的垂下肩膀。

結果三個大人的錢包裡就這樣減少了難以想像是平民一餐的金額，罪魁禍首們卻不滿地表示還想再吃。

※

「不過你為什麼要一次帶四個人過來？」

三名連一口肉都沒吃到的大人帶著有些疲憊的表情走出店裡，直接踏上前往Villa・Rosa笹塚的歸途。

「其實本來只有要帶艾契斯，因為她又發出之前的餓肚子光線。」

艾契斯只要肚子一餓就會發出的紫色光線，不知何時被取了這個奇妙的名稱。

最後從滅神之戰結束到現在，她的症狀還是沒有好。

「艾蕾歐斯和盧原說三年多的時間還不足以讓『基礎』適應安特・伊蘇拉的現狀，所以不會那麼輕易就停止，但對管理她的人來說，動不動就有東西被破壞實在很麻煩。」

「你明明也可以跟著吃一點。」

「感覺只要稍微碰到他們的盤子就會被咬。」

可怕的是，這句話聽起來不像是在開玩笑。

「伊洛恩，你有好好向漆原先生道謝嗎？」

「諾爾德，我從以前就一直有記得說『我開動了』和『謝謝招待』吧。」

「只有伊洛恩和艾蕾歐斯會遵守餐桌禮儀，剩下兩個人根本是野獸。」

漆原聽著諾爾德和伊洛恩的對話，聳肩說道。

「我本來只想偷偷帶狀況不好的艾契斯過來，結果被倪克斯那個笨蛋發現……哇！」

「喂，路西菲爾哥！你剛才罵我笨蛋對吧！」

接著倪克斯突然從後面跳到漆原的肩膀上。

「我一直都覺得很奇怪，為什麼只有艾契斯會定期不見，而且每次路西菲爾哥一定會跟著消失，所以我就逼問了好像知道真相的伊洛恩。不可以只偏袒『基礎』啦！」

「這才不是偏袒！這是基於長期培養的信賴關係，具備正當性的請客！」

「妳講的話還是一樣亂七八糟。」

艾契斯說的話荒謬到連惠美都忍不住吐槽。

「艾契斯，妳吃了很多肉嗎？」

被惠美抱在懷裡，看起來有點睏的阿拉斯．拉瑪斯一問，艾契斯就用還有點散發油光的嘴唇笑道：

「神戶牛超好吃！原來和牛的油脂真的是甜的！」

「呼……媽媽，我晚餐想吃神戶牛……」

「妳之前不是說要吃拉麵？」

艾契斯的感想只能用挑釁來形容，讓惠美被阿拉斯．拉瑪斯認真的語氣嚇了一跳，至於千穗則是愧疚地向漆原搭話：

「我也幫忙出一點錢吧，畢竟這都要怪我當初把麥丹勞介紹給艾契斯……」

雖然漆原對這提議有些心動，但他認真想了一下後還是拒絕了。

「妳就不用出了，我本來就有拿到艾契斯的伙食經費。這次會被倪克斯發現，都要怪我自己沒盡好管理監督的責任。」

「我也很抱歉，作為倪克斯的姊姊，我明明應該阻止她，但我從來沒吃過那麼好吃的東西，所以就忍不住以本能為優先。」

只有艾蕾歐斯有表現出一點反省的態度。

「下次再來吃吧。」

「嗯，我也想再吃。」

伊洛恩和倪克斯甚至開始討論起這種事。

「……漆原，既然你都說是經費了，那應該有好好要收據吧，我們去找另一個金主討錢，我記得他今天應該放假在家。」

真奧聽著質點之子們的對話，如此嘟囔。

「那真是太剛好了，早知道也打電話給他。」

漆原似乎也察覺金主是指誰，露出邪惡的笑容。

「真要說起來，他才是最應該負責的人。」

漆原從錢包裡拿出收據，用指尖把玩。

他的眼神散發出邪惡的光芒。

「喂喂喂，這玩笑開得太大了吧。」

像是剛睡醒般從Villa・Rosa笹塚一〇三號室裡現身的，是身上還穿著T恤配短褲，頭髮也隨便亂綁，看起來相當邋遢的加百列。

「才剛睡醒就要面對這麼熱的天氣和這份帳單，就算我的心跳突然停止也不奇怪啊。」

「等幫忙平攤完這份帳單後再去死吧。」

「平攤啊……四個小孩到底吃了多少。路西菲爾，我不會付你的份喔。」

「我只有喝烏龍茶！這才不是我期待的烤肉！」

「喂，下次把他們引去我推薦的內臟烤肉店吧。我之後再告訴你店名。」

「我早就帶去過，然後被店家列入黑名單了，而且那次只有艾契斯一個人。」

「不會吧！」

「不過大家怎麼都聚在一起。這樣的人數，努力一點應該能吃到這個價格吧。」

加百列看向惠美、阿拉斯·拉瑪斯、萊拉和諾爾德，如果再加上千穗一起舉辦烤肉聚餐，確實能吃不少錢。

簡單來講，加百列是在懷疑他們想騙自己的錢，但不知為何生氣的人居然是艾契斯。

「這真的是我們四個人吃的錢，我才沒墮落到需要別人幫我的食量灌水！」

「妳這是在說什麼奇怪的話。」

加百列冷靜地吐槽，儘管艾契斯以外的人都表示贊同，但只有艾契斯無法接受。

「好了，快點全額支付我們吃的錢吧！」

「就連惡魔都不會做得這麼過分吧？唉……」

加百列死心似的拿起放在玄關旁邊鞋櫃上的長型錢包，而且那居然還是名牌貨。

「兩萬圓夠嗎？我身上只有這麼多錢。」

「嘖，真是沒用。路西菲爾，拿去吧。謝謝招待！」

艾契斯搶過加百列掏出的紙鈔，雙手遞給漆原。

「你們幾個……可別對其他人這麼做喔。」

就連本來想跟加百列討錢的漆原都不禁覺得艾契斯有點誇張，轉過頭一臉嚴肅地提醒另外三個人。

「哎呀，路西菲爾哥，別把我們當笨蛋，我們才不會那麼做。」

「艾契斯，作為一個人，妳那樣有點太過火了。」

「我第一次覺得加百列很可憐。」

倪克斯、艾蕾歐斯和伊洛恩接連說道，讓漆原鬆了口氣。

看見他這個樣子——

「漆原先生成長了呢。」

「該怎麼說才好，他很會照顧人呢。」

「我好開心，那個路西菲爾！那個路西菲爾居然變得這麼出色……！」

「原來愈不成器的孩子成長後愈讓人高興是真的。」

「路西菲爾好像大家的哥哥！」

千穗、惠美、萊拉、鈴乃，就連阿拉斯．拉瑪斯都感慨地稱讚漆原。

「我現在發自內心後悔接下這份工作！」

漆原激動地大喊。

「呼啊……難得放假，真不想被這樣吵醒……」

「喂，加百列，二樓的狀況怎麼樣？」

真奧指著二樓，向一臉不悅的加百列問道。

加百列跟著看過去後，困惑地回答：

「感覺很安靜。我沒聽見什麼大動靜，希望不是被熱死了。」

儘管有改建過，這裡依然是棟老房子，從一樓就能清楚聽見二樓的聲音。

「這樣啊，不好意思。不過她應該有吃飯。」

「是嗎？明天開始輪到我，這樣就能輕鬆一點了。」

「唉，我之後會去看看狀況。不好意思突然跑來打擾你，回去繼續睡吧。」

「我的神經還沒大條到被人這樣叫醒後還能回去睡。呼啊，流了一身討厭的汗，去澡堂洗澡好了。幫小美工作時，連澡都沒辦法好好洗。」

看起來真的很不高興的加百列揮了揮手趕人後，就立刻關上門。

「最近『慈悲』有在逐漸成長。按照聖德芬的說法，應該只是遲早的問題。但艾契斯餓肚子的次數也因此增加，並導致今天的慘狀。真讓人受不了。」

久違地單獨和漆原待在二〇一號室的真奧，從冰箱裡拿出冰咖啡加了些冰塊進去。

「這是店裡的咖啡嗎？」

「也可以算是吧。我從外面買了一些或許能用在店裡的豆子，試著自己調配。」

「喔，你還是一樣勤奮呢。」

漆原發現廚房角落多了一些以前沒有的陌生機器。

他喝著甚至還特地插了吸管的冰咖啡，理解似的點頭。

「確實很好喝，但即使不用這麼費工，也能在超市買到水準差不多的盒裝冰咖啡吧？」

「你這就叫不解風情，這是關係到我現在工作的興趣，你現在來這邊時都還是會買遊戲和其他東西吧，這和那是一樣的。」

「原來如此，我最近真心覺得實在是不能小看興趣。」

漆原說完後，從關緊的窗戶俯瞰後院。

「沒想到和鈴乃學的園藝會持續這麼久。」

「鈴乃當初也沒想到你後來會照顧質點吧。」

真奧也跟著喝了一口自己的冰咖啡。

「雖然樹和菜園完全不同，但既然都是照顧植物，應該有些根基是共通的。『慈悲』結出小顆果實後我才發現，那和我們在駒根照顧的茄子有點像呢。」

「說什麼照顧，我們當時只有幫忙採收吧。」

「沒錯。當時一馬先生不是把賣相不好的茄子廢棄了嗎？我最近經常想起那件事，覺得不能太嬌生慣養。」

「這樣講有點不太對吧？再怎麼說也不能把質點和茄子相提並論。」

「我覺得沒錯。實際上改交給我管理後，『慈悲』就成長得很順利吧。」

「嗯……唉，這樣啊。」

真奧無法反駁一臉得意的漆原。

實際上既然每天接觸生命之樹的漆原都這麼說了，這就表示有什麼實際的體會讓他如此認為吧。

「人家說的果然都是真的。如果要讓尼特族更生，最好的方法就是讓他按照自己的步調種東西。」

「你很吵耶。」

漆原一口氣喝完剩下的冰咖啡，轉頭看向背後的牆壁。

牆壁的對面是二〇二號室。

是鎌月鈴乃以前住的房間。

「她最近狀況如何。」

「還不是很好，但比以前常吃飯了。你擔心嗎？」

「有一點。」

漆原坦率地點頭。

「……這樣啊。你這次帶倪克斯回來，或許意外會產生好的影響。畢竟某方面來說，倪克斯是唯一站在她那邊的人。」

真奧像是體貼情緒有些低落的漆原般如此說道，但漆原的反應出乎真奧的預料。

「咦？那我只把倪克斯帶回去好了，我不希望她恢復得這麼快。」

「啊？」

「我現在做得正順手，要是她恢復後跑來插嘴不是很礙事嗎？」

「……看來不用虛原幫忙判斷，也能看出你是認真的。」

「要比說謊的話，我怎麼比得上你呢。」

真奧稍微用手扶住頭。

「你……該不會其實是虛原吧？」

漆原本來想否認，但看見真奧慌張的樣子後改變主意。

他露出和以前一樣的邪惡笑容。

「誰知道呢？如果你這麼認為，那還是別想壞事比較好喔？」

「別鬧了，笨蛋。」

漆原以間接的方式威脅過去的主人。

魔王與勇者，擊敗神明

人牆。

那裡只能如此形容。

那些設備與祠堂或「基礎」之根的生態瓶是相同構造，在魔界地下空間內那個讓遺產運作的房間裡也有相同的密閉艙。

艙體內「封印」了許多天使，其中也包含了拉貴爾。

「這不是真的吧，伊古諾拉……這數量……幾乎是所有倖存者……」

「是真的喔。你有看見剛才的倪克斯吧？這些為了她都是必要的。」

「必要……！妳就只為了這個目的，讓卡邁爾以外的同胞都……」

「反正離所有質點出現還需要很長的時間。現在先讓他們睡著，等狀況整頓好後再喚醒不是比較好嗎？」

「可、可是這種作法……！啊！」

此時，卡邁爾和撒旦一起撞破牆壁跌了進來。

「好痛，可惡！惠美，妳別鬧了！話說這間噁心的房間是怎麼回事！」

「唔喔喔啊啊啊啊啊！」

「妳也差不多該死心了吧啊啊啊啊！！！」

「吵死了！妳才該安分一點！」

在兩名大漢撞開的洞外面，艾契斯和艾蕾歐斯正在進行看起來十分粗野的女子混戰，兩人糾纏在一起像顆橡皮球般滾了進來。

「啊～吵死人了！拜託你們也快點做個了斷！該讓我和這孩子分離了吧……吵死了！」

接著艾米莉亞也摀著耳朵，一臉不悅地從那個洞走進來。

在艾米莉亞的背後，有許多撒旦和卡邁爾的打鬥造成的損壞痕跡。

「咦？這裡是哪裡！啊！媽媽，妳沒事吧！喂，魔王，你們去旁邊戰鬥啦！」

因為和倪克斯融合導致腦中吵得不可開交的艾米莉亞有些自暴自棄地說道，只差沒直接過去踢那兩個正在纏鬥的壯漢。

「真是剛好呢！因為發現外觀可疑的建築物就試著攻擊看看，看來是中獎了！伊古諾拉！妳現在做什麼都沒用了！乖乖放棄投降吧！」

「妳講話也太隨便唔喔！」

撒旦因為稍微移開視線而被卡邁爾的斷槍掃到，發出呻吟。

「吵死了！我差不多快氣炸了！只要看倪克斯的狀況就知道伊古諾拉真的不是什麼好傢伙！雖然我不曉得她到底想對安特．伊蘇拉做什麼，但要是像倪克斯或路西菲爾那樣的小孩再

變多，這世界就完蛋了！」

儘管話題的規模很大，聽起來格局卻很小。

「妳突然衝進來亂罵一通就算了，居然還隨便批評別人的親子關係。」

「路西菲爾，你不會現在才開始想家了吧？」

「怎麼可能，你們表現得完全和平常一樣才比較不正常吧……話說我們要打倒的敵人老大直到現在都不怎麼慌張呢，明明人數明顯是我們占優勢。」

「是啊，光看這房間就知道她不正常，但如果我們認真破壞，應該輕易就能把這裡……吵死人了！」

「啊？」

「現在還有一個『王國』在我體內！她真的很吵！安靜一下啦！」

另一個「王國」艾蕾歐斯就連現在都還和艾契斯扭打成一團，撒旦和卡邁爾也仍在互毆。

這裡的空間大到就算有人在打架好像也不會造成什麼影響，惠美忍耐著倪克斯的叫罵，環視被裝在足以組成一面牆的密閉艙內的眾多陌生天使。

儘管男女老少都有，但每個人都不像是神聖的「天使」。

惠美只認得其中一個人，那就是拉貴爾。

「……拉貴爾……」

艾米莉亞依序看向已經不是爆炸頭的拉貴爾，以及正壓制著萊拉，看起來不像準備戰鬥的伊古諾拉，然後發現一件事。

「伊古諾拉……妳的目的已經達成了嗎？所以才完全沒打算抵抗？」

「艾米莉亞，你們不會毫無意義地取人性命吧？」

伊古諾拉說的話完全沒回答到艾米莉亞的問題。

「妳看，『知識』長得和我的寶寶一模一樣呢。」

「雖然我有很多地方想吐槽，但那又如何？」

「坦白講，我本來想說是誰被選上都沒關係。不過最後是自己的孩子……路西菲爾被選上了。作為母親，再也沒什麼比這還要令人高興了。」

這是場毫無幹勁的演說，不對，這只能算是感想。

「大概是看起來沒那麼成熟的大人，比較容易被小孩子喜歡上吧。」

「別用這麼充滿暗示的說法啦。」

「新的星球的生命之樹，已經認同被迫離開故鄉的我們為這顆星球的正統人類……我和那個人可愛的寶寶……就是證據。」

「「……」」

漆原和艾米莉亞都因為「寶寶」這個不太適合本人的稱呼而皺起眉頭，看向一臉陶醉的伊

古諾拉。

「我知道我們對生命之樹做的事情，讓你們這些所謂的『安特．伊蘇拉人』非常生氣……但我們並不是想消滅你們。不如說我們打算用自己的力量監控安特．伊蘇拉的危機並好好管理生命之樹，打造出絕對不會毀滅的星球與人類。為了這個目的，我們必須彰顯自己是這顆星球最上位的存在……」

「最上位的存在？」

「我們要守護這顆星球和人類，我們只是為了這個目的而戰。雖然撒旦葉他們不贊同我們的想法……但妳看，生命之樹終於判斷我們是正確的，所以才以路西菲爾的姿態現身。」

「……讓人類當比人類還要高等的存在，聽起來真是荒謬。」

聽完伊古諾拉漫長的演說後，艾米莉亞比起驚訝更接近傻眼。

然後，她向關鍵的當事人問道：

「實際上是怎樣？你到底是什麼樣的存在？」

「好像也有可能是那樣的狀況呢。」

虛原意外乾脆地承認。

「所以大黑天禰才會那麼著急。她是地球的『理解』的女兒吧？我的外表和你們這些原生的安特．伊蘇拉人不一樣，長得更像與你們為敵的天使後代，這件事讓她相當動搖。地球的質點終究還是因為認為你們占優勢才會提供協助。然而我現身時卻擁有天使後代的外表。」

虛原在佐佐木家現身時，包含天禰在內的地球質點們都盡可能聚集到那裡警戒。

「所以他們將我視為『同伴的敵人』，並判斷有可能演變成生命之樹之間的抗爭吧。他們慌張地想把我送回這裡，還因為擔心而派大黑天禰過來監視，所以伊古諾拉說的話也不是沒有道理。」

「……你又不把話說清楚了。魔王和艾契斯都快把臉打歪了，拜託你快點結束這個話題。」

在這段對話的期間，撒旦對卡邁爾和艾契斯對艾蕾歐斯的戰鬥仍在持續。

因為他們彼此之間的實力都差不多，所以與其說雙方都缺乏致勝的關鍵，不如說是局勢完全陷入泥沼。

姑且不論魔王和卡邁爾，艾米莉亞不希望艾契斯和艾蕾歐斯這兩名少女之後留下傷痕。

「哎呀，抱歉抱歉。伊古諾拉的說法大致正確，只是她對狀況有些誤解。生命之樹和質點們確實選擇了伊古諾拉和撒旦葉的孩子路西菲爾，但這並不表示我們選擇了『天使』。」

下一個瞬間，虛原當著艾米莉亞的面將一個小小的金屬物體戴到她手上。

「我把力量暫時借給妳。既然『基礎』和『王國』都在妳體內，那事情就簡單了。」

艾米莉亞被虛原碰觸的手指上，多了一枚小戒指。

那是之前戴在佐佐木千穗手指上，鑲有「基礎」碎片的戒指。

「這是妳的母親意外藉由佐佐木千穗引導出的力量。勇者艾米莉亞，獲得這股力量的妳才是全宇宙最強的存在。」

沒有發光。

艾米莉亞對這個和阿拉斯・拉瑪斯與倪克斯融合時完全不同的現象困惑了一下，但立刻明白狀況。

「等、等一下，該不會！」

『阿拉斯・拉瑪斯，倪克斯，稍微借用一下你們的力量！』

「三個人……！」

艾米莉亞的腦中另外還有三個人的意識。

明明光是這樣就足以讓人發瘋，她卻在下一個瞬間立刻恢復冷靜。

『媽媽，握住吧。』

阿拉斯・拉瑪斯無視艾米莉亞的意願，讓聖劍顯現。

平常的聖劍看起來像是一把金屬劍。

但這次從劍尖到劍柄都是由紫色的光構成，變成了一把光之劍。

「這是……」

儘管對這把陌生的聖劍感到困惑，但艾米莉亞也曾經看過一次完全由紫光構成的武器。

她回頭看向被封印在艙體內的拉貴爾。

同時產生一股他就是為了讓艾米莉亞想起當時的事才被封印在這裡的錯覺。

『這世界有許多令人難以置信的偶然，但偶然就是偶然，沒有任何意義。這是從佐佐木千穗持有的「基礎」碎片中誕生的我託付給妳的力量。我是「知識」，也是「基礎」，是生命之樹未來的裁定者。我比誰都希望生活在星球上的人們能夠平安。期望生命之樹和質點之子都能正確地發揮機能……！』

艾米莉亞的身體就像是被虛原操縱般自然地動了起來。

但艾米莉亞同時也覺得是自己在動。

因為將世界導回原本的正軌，是身為人類最自然的行動。

而在進攻天界之前，惠美就已經決定要用這股力量替自己做個「了斷」。

所以她毫不猶豫地提前在這個瞬間試用了光之聖劍真正的力量。

艾米莉亞衝了出去。

她像個不懂劍術的外行人般，直接揮下光之聖劍。

瞄準的對象是卡邁爾。

「魔王！閃開！」

這聲警告也是基於艾米莉亞的意志。

「呃……啊！……什麼？」

撒旦和艾契斯即使在融合狀態使出全力也無法破壞卡邁爾的鎧甲，現在那卻宛如豆腐般被光之聖劍輕易刺穿。

然而傷口並沒有流血，被破壞的鎧甲也沒有碎片飛散。

「惠、惠美，妳做了什麼……」

撒旦對艾米莉亞突如其來的介入嚇了一跳。

「這樣就好……這樣應該就能結束一切……只要由我這個和掌管人類靈魂世界的『基礎』最為心意相通的人揮舞聖劍。」

事情發生得非常快。

「什麼，啊……」

僅過了短短三秒鐘。

剛才與撒旦激烈互毆的卡邁爾突然變得腳步不穩。

光之聖劍已經拔出。

「喂、喂，惠美……」

「看著吧。」

艾米莉亞站在原地不動。

她甚至放下光劍，毫無防備地俯瞰跪倒在地的卡邁爾。

「喂、喂，別太大意了！他還沒……」

撒旦開口警告，但艾米莉亞悲傷地搖頭。

「不，已經結束了。」

「咦？」

「怎……怎麼可能……這、這種事……！撒旦……萊拉……撒旦……唔！」

「什麼？」

撒旦大吃一驚。

伴隨著卡邁爾的呻吟，他全身突然爆發出一陣白光。

彷彿體內的聖法氣爆發般的衝擊讓他的身體瞬間彈了起來，但馬上就失去意識癱倒在地。

深紅色的鎧甲也灰飛消散，只剩下一個穿著寬鬆長袍的紫髮壯年男子倒在地上。

從他的身上感覺不到任何聖法氣、精力或體力。

「怎、怎麼可能……這、這是……」

不是只有撒旦對發生在卡邁爾身上的現象感到震撼。

和艾契斯扭成一團的艾蕾歐斯也突然停止戰鬥，即使艾契斯趁機從後面打了她的後腦杓一拳，她還是沒有回頭並陷入慌張。

「喂！我們還沒打完啊！喂！」

「為、為什麼……被切斷了……」

「啊？切斷了？」

「卡邁爾……變得不是卡邁爾了。我寄放在他身上的力量也消失了……到、到底發生了什麼事……？」

艾蕾歐斯慌張到完全對敵人失去戒心，而艾契斯和艾米莉亞則各自以疑惑和悲傷的神情看向她。

「艾蕾歐斯，妳應該知道吧……等人類在質點守護的世界變得成熟……能夠自己保護自己後……就無法再使用聖法氣和魔力。」

艾米莉亞用光劍指向封印著拉貴爾的密閉艙。

「答案之前就已經有提示過了，這是能切除暫時寄宿在人類身上奇蹟的阿斯特拉爾之劍，『基礎』的光劍能夠讓聖法氣消失。」

「拉貴爾和發出紫光的武器……啊！」

撒旦大喊出聲，艾米莉亞也傻眼地回頭看向他。

「小千曾在東京鐵塔對拉貴爾用過吧。」

撒旦想起加百列和拉貴爾之前利用東京鐵塔的電波時，拉貴爾曾被萊拉操縱的千穗擊墜。

拉貴爾在被紫色箭矢射中後，就失去聖法氣變得無法飛翔。

這正是等同於「墮天」的現象，撒旦和艾米莉亞從這個詞聯想到另一個人。

「該不會那傢伙……」

「看來回去後有必要把他抓來安特．伊蘇拉，讓他接受眼科檢查了。如果當初是撒旦葉打碎『質點』，或許還有其他萊拉和加百列也不知道的碎片流落到其他地方。」

那個能從眼睛發射紫光，對天使下達墮天裁定的男人現在應該正在幡之谷辛勤工作吧。

他的眼睛裡恐怕也埋藏了「基礎」碎片。

「『基礎』從很久以前就已經做出裁定，但因為只是碎片……因為與根分離並被打碎，所以才一直無法完成自己的職責。」

「……看來之後要換開始尋找碎片了。」

「沒錯，即使收集完所有碎片，阿拉斯．拉瑪斯和艾契斯應該也不會消失……但接下來可有得忙了……」

「大概掌握到訣竅了嗎？」

盧原不知何時已經抱著倪克斯和艾米莉亞分離。

「嗯，沒問題。」

「我們選擇了他們。換句話說，就是承認他們才是應該保護的人類。而我們認同的『安特．伊蘇拉人』……」

盧原和艾米莉亞一同看向壓制著萊拉的伊古諾拉。

「遲早會失去奇蹟之力。」

「……你們……說什麼……」

伊古諾拉茫然地看向倒在地上的卡邁爾。

「盧原，我問你，這樣卡邁爾是不是已經失去了不老不死的能力？」

盧原簡潔地回答艾米莉亞的問題。

「不老不死是伊古諾拉透過從我們遠親那裡得到的提示開發出來的科學成果，並不是像法術或魔法那樣的奇蹟之力……所以我們也不知道。」

「是嗎？真遺憾，那果然還是只能留他一條命了，這樣才能確認結果。」

「好可怕的勇者。」

「不可能……這不是真的……卡邁爾？怎麼會，『王國』和『知識』不是選擇了我們嗎……」

「妳剛才都沒在聽嗎？就是因為早就選好了，才會變成這樣。」

「路、路西菲爾。」

「妳總算叫我的名字了。」

伊古諾拉慌張到忘了壓制萊拉開始往後退，漆原不知何時繞到伊古諾拉的背後抱住她，限制她的行動。

「路西菲爾，你……」

「我啊，對自己的人生還挺滿意的。但想起以前的事情後，還是有些不滿……」

「咦……？」

「沒有獲得關愛這件事，意外地還挺難受的。」

「路、路西菲爾……！」

「母親只顧著研究，父親則是忙著搞政治和民族救濟。最令人困擾的是，這對夫妻只把我當成用來證明自己正確的道具，這樣我當然會想鬧彆扭。」

「路西菲爾，那是……！」

「我也已經是大人了，知道你們在忙的事情有多麼重要，但這是兩回事。媽媽是為了不老不死的研究，爸爸是為了避免我落入媽媽手中，結果就是你們都一直把我關在奇妙的密閉艙裡。無論你們手中握有什麼樣的大義名分，對當事人來說都只是單純的虐待。」

漆原抱緊伊古諾拉不讓她逃跑。

「我總算知道為什麼以前奧爾巴說能讓我回天界時，我會被他引誘了……因為我想發洩小時候的憤恨。」

雖然漆原正想基於這個世界最私人的感情，來斬斷持續擾亂世界的神明的命運，但艾米莉亞這次提不起勁指責漆原。

當初讓她投身戰鬥的契機，是父親。

之後讓她喪失鬥志的原因，也是父親。

「阿拉斯．拉瑪斯。」

『嗯。』

「要斬斷害你們受苦的罪魁禍首嘍。」

「等、等等。怎麼會。應該不會是這樣……」

艾米莉亞默默將與虛原和倪克斯分離後仍未失去力量的光之聖劍，對準伊古諾拉的喉嚨，以免波及到她後面的漆原。

「……」

兩人之間的距離靜靜地瞬間縮短。

能夠自由使喚眾多天使，甚至還能將他們封印起來的伊古諾拉動也不動，只是茫然地看著

艾米莉亞的劍尖逼近。

花費漫長時間準備的滅神之戰，在正式開戰後一下就落幕了。

艾米莉亞腦中瞬間浮現這樣的感慨——

「惠美，住手。」

「到此為止了，艾米莉亞。」

但兩名惡魔上前阻止，讓光之聖劍的劍尖停在伊古諾拉的額頭前方。

「你們這是幹什麼？」

艾米莉亞瞪向分別抓住她肩膀和手臂的大手。

「已經分出勝負了。」

撒旦抓住艾米莉亞的手臂將劍稍微移開。

「……而且現在消除她的力量並非上策。」

至於按住艾米莉亞肩膀的，是帶著卡邁爾的天兵一起過來的艾謝爾。

惡魔阻止人類的勇者討伐神明。

「……我從卡邁爾的天兵那裡得到了許多消息。在相當於天使長老的聖德芬被伊古諾拉當成生命之樹的祭品後，現在只剩下伊古諾拉了解這裡的機構。」

艾謝爾靜靜說道。

「不只是天兵，伊古諾拉自從幾百、幾千年前開始，就為了被質點『選上的那天』不斷讓人陷入沉睡，現在也只剩她能喚醒那些人。我們不是來殺天使的，所以現在先住手。」

艾米莉亞斜眼看了一下艾謝爾，乾脆地放下聖劍。

「我從一開始就知道了啦……」

「我知道妳本來就沒打算動手，不然我和蘆屋哪能這麼容易攔住妳。」

「你又懂我什麼了。」

「我最明白妳認真時散發的殺氣有多可怕。」

「說得也是。」

艾米莉亞輕輕嘆了口氣，解除變身。

她頭髮和眼睛的顏色都變回平常的遊佐惠美，刺人的聖法氣和殺氣也消失了。

撒旦和艾謝爾見狀，也各自放開手。

但有個地方和平常不同。

惠美一解除變身，阿拉斯．拉瑪斯就從光之聖劍裡現身。

阿拉斯．拉瑪斯搖搖晃晃地跑到伊古諾拉身邊，將茫然自失的伊古諾拉的手貼在自己的額頭上。

下一個瞬間，伊古諾拉的銀髮變成紫髮，當場跪倒在地。

「怎麼，已經結束啦？」

漆原離開伊古諾拉聳肩說道。

「真是的，我本來以為妳會乾脆殺掉她，真是沒勁。」

漆原大言不慚地說道，惠美反過來瞪向他。

「你別想利用我幫你復仇。如果你的人生有什麼怨恨，就靠自己的力量消除吧。」

「但我也能理解漆原為什麼這麼說，畢竟這種結束方式確實有點掃興。」

撒旦抬頭看向背後的牆壁。

那裡封印了多到讓人連數都懶得數的天使。

「感覺我們根本是被迫幫忙收拾殘局。沒辦法直接殺掉敵人就結束，實在有夠麻煩。」

「是啊，你說的沒錯。」

伊古諾拉茫然自失地跪倒在地，卡邁爾則是變質後躺在地上。

另外還有盧原、無法接受卡邁爾已經變質的艾蕾歐斯，以及與惠美分離後就一直在發呆的倪克斯。

「還是討伐魔王比較輕鬆，畢竟只要打倒所有敵人就好。」

「的確。」

撒旦說完後，露出疲憊的笑容。

◇◇◇

艾美拉達和艾伯特的手裡，各握著一枚埃雷尼亞金幣。

一隻豐腴的手收下金幣後，用單筒望遠鏡仔細端詳。

「我確實收到了。你們可以在期限內自由回去，但如果要延長停留的時間，記得通知我或天禰一聲。」

「好的～～不好意思每次都這麼麻煩妳～～」

「唉，真的是有錢能使鬼推磨啊。」

志波美輝將放在桌上的金幣收進手邊的寶石箱，打開陰暗房間的門示意兩人走出去。

「艾美拉達小姐有帶日圓吧？這次需要換錢嗎？」

「是的～～上次來時有先多換一點～～」

「明白了。我姑且提醒你們一下，漆原先生在半天前已經先帶著艾契斯、伊洛恩、艾蕾歐斯和倪克斯來到日本了。」

「喔，居然帶了四個人過來，發生什麼事了嗎？」

這人數讓艾伯特有點驚訝。

「好像是艾契斯又發作，但這次被倪克斯發現了。」

「原來如此～這表示沒發生什麼特別大的變化吧～？」

「姑且還是有發生比較大的變化。聽說『慈悲』即將結出果實。」

「就算結出果實，在質點之子誕生前也不曉得會發生什麼事，就算真的誕生了，我們也還沒辦法有什麼實際的體會，實在沒什麼緊張感啊。」

「沒錯，只是雖然人就算盯著太陽或月亮看也跟不上它們的移動，但那些星體確實有在運轉。知道一切真相的你們，才是維護世界和平的基石。請努力不要遺漏那些細微的變化。那麼，祝你們停留期間一切順利。」

志波家的關門聲，讓兩人覺得比實際聽起來還要沉重。

「……真是的，難怪魔王他們會覺得那個女人詭異。所有質點都是那個樣子嗎？」

「會被她聽見喔～」

「反正不管在哪裡她都聽得見吧。那我寧願坦蕩蕩地活著。」

「志波小姐答應幫忙監護艾米莉亞他們後續的狀況～既然是我們這邊給她添麻煩～態度還是平穩一點比較好～」

「所以我們才會每次往來都要支付埃雷尼亞金幣當過路費吧。有錢能使鬼推磨本來就是這裡的俗話吧。」

「真是的～～」

「比起這個，還是快點出發吧，這天氣實在太熱了。」

艾伯特因為盛夏的陽光皺起眉頭，率先踏出腳步。

「啊～～！等等我～～！到這裡時要先和艾米莉亞聯絡啦～～」

艾美拉達大步追在艾伯特後面，從側肩包裡拿出手機開機。

穿著Polo衫配機能牛仔褲的艾伯特，以及穿著無袖高領上衣配牛仔短褲的艾美拉達，看了志波家旁邊的Villa・Rosa笹塚一眼後，沒有繞去那裡就直接前往笹塚站。

之後他們搭上開往京王新線新宿站的電車，在下一站的幡之谷站下車。

「天氣這麼熱，真不想走路。」

「是啊～～你覺得有什麼變化嗎～～？」

兩人一回到地面就馬上走到幡之谷商店街，發現那裡和上次來時沒什麼變化。

而麥丹勞幡之谷站前店也一樣。

「唉，乍看之下是沒什麼問題。」

艾伯特一臉認真地觀察店面時，一陣引擎聲從兩人旁邊經過。

兩人移動到路邊想躲過機車，結果發現一張熟悉的臉。

「啊，艾美拉達小姐，艾伯特先生，你們好啊。」

「妳好～～岩城店長，好久不見了～～」

正好送完外送回來的幡之谷站前店店長岩城琴美，頂著一張冒出些許汗水的臉從本田GYRO・ROOF的車篷底下探出頭。

「呼～～～～……感～覺～重～新～活～過～來～了～……」

「畢竟這個星期特別熱～艾伯特先生，請用。」

「抱歉，那我就不客氣了。」

兩人進到開了冷氣的員工間，一口氣喝光岩城送來的冰咖啡。

「然後關於上半期，沒什麼特別值得一提的事情呢。」

「是這樣嗎～～？」

「因為這種原因白跑一趟是很讓人高興啦，但真的嗎？感覺從國外來的人好像變多了，都沒有人混在他們裡面嗎？」

「來自國外的客人確實變多了，所以利比一開始也特別警戒，但既然他都說沒事，那我也只能相信了。」

「原來如此～～那我們也能放心了～～然後關於質點之子們的伙食費～～」

「啊，我正想說這件事，其實艾契斯最近這三年變得比較少來了。現在用志波小姐和漆原先生定期支付的錢就已經很夠了，所以這次不需要貼錢給我。」

「欸～～就當作是我們的一點心意～～……」

「收太多反而很難作帳，所以真的不用了。」

「……不好意思～～」

「別這麼說。雖然員工講這種話不太好，但多虧了艾契斯和其他孩子成為常客，業績壓力真的小了很多，不如說希望他們能更常來呢。而且這種時候川田和大木小姐也都會抽空過來幫忙，所以我也做得很開心。只是……」

岩城的表情首次蒙上陰霾。

「我也差不多要被調職了。」

「不會吧。」

「我已經在這間店待了三年。雖然託大家的福讓營業額能維持和木崎小姐時期一樣的水準，但也差不多該警戒一下了。」

「這樣就有點困擾了～～儘管來的頻率減少～～但艾契斯他們好像已經習慣麥丹勞的口味～～」

「所以我打算使出有點強硬的手段。這樣應該能再稍微延長一段期間。」

「強硬的手段～～？」
「是的。他應該差不多要回來了……啊。」
就像是計算好的一樣，員工間的門在這時候開了。
「喔，有客人嗎？失禮了……啊？」
「咦、咦咦咦～～？」
「喂喂喂喂，不會吧！」
進來的男人和艾美拉達與艾伯特對上眼後，雙方都嚇了一跳。
「是你們啊，艾伯特．安迪，你幹嘛穿那麼小件的衣服。」
「利比科古，你別說蠢話了。」
艾伯特的肌肉過於發達，就算穿日本加大尺碼的衣服依然顯得很緊。
「你才是不適合穿西裝！你那粗獷的臉和正式服裝不搭啦！」
而他一看見利比科古穿著全套西裝，就變得一臉愕然。
只有岩城若無其事地用笑容迎接利比科古。
「利比，辛苦你了。研修的狀況怎麼樣？」
「沒什麼大不了的。只是不知為何同期的女同事都很怕我。」
「利比的外表一開始很容易讓人誤解呢。」

本來以為利比科古穿西裝根本是在搞笑的艾美拉達和艾伯特，這下也大概明白狀況了。

「岩城店長～～該不會妳說的強硬手段～～」

「沒錯，我要讓利比擔任這裡的店長。」

「這表示～～他正在參加魔王以前也曾參加過的職員錄用研修嗎～～？」

艾美拉達的疑問，讓岩城和利比科古不知為何尷尬地笑了。

「那個～～？」

「呃，關於這件事。」

利比科古道出衝擊的事實：

「我……已經通過正式職員錄用研修了……剛才說的研修是為了能在明年被正式採用的總公司內部的實習研修。」

現場沉默了一段時間。

「咦咦咦咦咦咦咦咦咦咦咦咦咦咦咦咦咦咦咦咦咦～～？」

「哇哈哈哈哈哈哈哈哈哈哈哈哈哈哈哈哈！」

艾美拉達驚訝地大喊，艾伯特則是大笑出聲。

「啊？不會吧？你通過了魔王以前失敗的研修……！」

「沒錯！所以才尷尬啊！這一點都不好笑！」

「魔王有什麼反應！」

「他用很誇張的表情恭喜我，還請我吃內臟烤肉。」

「啊哈哈哈哈哈！」

「艾伯～～你笑過頭了～～這樣會給店裡的客人添麻煩喔～～？」

「哎呀～艾美，妳有辦法不笑嗎？看來能帶好消息回去給盧馬克了。魔界的惡魔終於在異世界當上了正式職員，這樣應該能激勵分散各地的惡魔們吧？」

「……所以我才不想說。店長怎麼不早點告訴我他們來了，這樣我就能先去其他地方消磨時間。」

「別這麼說嘛，這對你們來說也是重要的定期報告吧？」

「是這樣沒錯。」

「哎呀～～真的沒想到會發生這種事～～」

「平常可是很難看見艾美這麼驚訝呢，光是這樣就值得花大錢來這一趟！」

「吵死了，你們可別在那邊跟其他馬勒布朗契的頭目亂說話喔！店長，我先去準備上班了，請妳在休息時間前把他們趕出去！」

利比科古說完就立刻走進更衣室，迅速換上兩人熟悉的紅色員工制服，看也不看其他人就走到店裡。

「當初想獨立創業的木崎小姐現在也留在總公司努力，所以我們三個人應該能夠建立起接納艾契斯和其他安特．伊蘇拉人的體制。」

「原來如此，雖然剛才笑得很誇張，但真虧他能當上正式職員呢，我記得他的背景是設定成外國人吧。」

「這反倒是有加分效果呢。就像艾伯特先生剛才說的那樣，最近外國的客人變多了，其實在剛大學畢業的新進職員當中，有外國國籍或是國外出身的人也增加了。雖然現在才做有點晚，但這是吸引顧客的國際化戰略，畢竟他是設定成義大利人啊。」

岩城說了個委婉又規模浩大的玩笑話後，眼鏡後面的表情突然變得十分嚴肅。

「但即使讓他當店長，幡之谷站前店還是會變得比以前不方便，木崎小姐也可能被調到與分店業務無關的部門，現在是靠志波小姐的大力協助才能勉強撐過去，我和利比最多只能在麥丹勞支援各位兩年。我們之後也會找真奧商量遇到緊急狀況時的具體交接事宜。」

「……嗯，這我們明白，不好意思啊。」

「話雖如此～在這裡休養還是比在安特．伊蘇拉的任何國家都要安全～～必須盡快擬定對策才行～～」

艾契斯的暴飲暴食和餓肚子光線現在被稱為「發作」，主要是指生命之樹或質點之子們在面臨某種成長或變化時，附隨產生的現象。

但如果讓質點之子依附安特・伊蘇拉的任何國家，在高峰會的成員中或許會有人想將他們打造成像「進化聖劍・單翼」或「勇者艾米莉亞」那樣壓倒性的最終兵器。

所以高峰會的成員們現在有個共識，那就是應該盡可能限制質點之子前往安特・伊蘇拉。

因為艾契斯是在日本獲得人格和肉體，所以比起安特・伊蘇拉，她更習慣日本的飲食。

為了平息她的「發作」，最好的方法就是讓她在日本吃飯。

而現在是由漆原負責管理監督生命之樹與質點之子。

「那麼這次回去後～就來針對這方面的事情進行商討吧～～」

「喔，艾美。艾米莉亞傳訊息過來了。好像有很多相關人士都聚集到Villa・Rosa笹塚了。」

「這樣啊～～真是太剛好了～～那麼岩城店長～～我們下次也可能會突然來訪喔～～謝謝妳的咖啡～～」

「是嗎？就算不是為了公事，也隨時都能過來喔。」

岩城送艾美拉達和艾伯特走到店外。

算準兩人已經進入幡之谷站後，利比科古也來到外面。

「不用對他們這麼客氣沒關係喔？」

「沒關係啦，這都是我自願的。」

「店長不在意就算了，但妳本人並沒有因此獲得任何好處吧。賺錢的是公司，妳自己並沒有賺吧。」

「這不是錢的問題。利比也差不多能理解工作的充實感了吧。」

「充實感嗎？」

在抗紫外線鏡片的後方，岩城的眼神顯得閃閃發光。

「像我這種普通地在日本長大的平凡上班族，居然和擁有奇妙力量的異世界人成為朋友，甚至被他們依賴。你覺得還有其他更能讓人鼓起幹勁的事情嗎？」

「……唉，雖然身為惡魔的我無法理解，但只要店長高興就好。」

「那就這樣沒關係。好了，該回去做平常的工作了。」

「喔。」

送走來自異世界的客人後，人類與惡魔逃離陽光返回店內處理平常的工作。

※

「一枚埃雷尼亞金幣啊。真是暴利。」

漆原一聽見艾美拉達和艾伯特支付給志波的金額，立刻皺起眉頭。

「沒辦法～～只要當成是在那邊的世界跨越國境就還算便宜～～」

艾美拉達和艾伯特在真奧和漆原討論生命之樹的事情時來訪，而如果要討論怎麼處理艾契斯的食慾問題，就少不了惠美、千穗和鈴乃，因此二〇一號室久違地擠滿了人。

樓下的一〇一號室現在仍被諾爾德和萊拉當成在東京的據點保留下來，真奧和鈴乃一聽見樓下傳來質點之子們的騷動聲，就緊張地窺探二〇二號室的狀況。

等所有人都拿到漆原剛才也有喝的真奧特製冰咖啡後，惠美率先開口：

「不過這或許是個好時機。我們早就知道不能一直依靠岩城店長和麥丹勞，所以今晚預定會開一場緊急會議，艾美或艾伯如果有空，要不要來陪我工作？」

「艾米莉亞的工作嗎～～？」

「是啊。唉，與其說是我的工作，不如說是爸爸和那傢伙的工作。」

惠美用下巴指向真奧，後者一臉不悅地回答：

「好好好……反正也沒有其他辦法。我們之前就一直有在和岩城店長討論，這也是個好機會。先去看看永福町總店的狀況吧。我們之前就想過要開二號店，如果總店那裡不行，就得考慮靠新店處理。」

「這樣要請新員工嗎？」

「很遺憾，我們沒有那個餘力。只能讓明明過去，或是由我負責那裡吧。」

「但這樣會增加你們的負擔吧，你們不是經營得還不錯？」

「如果要處理艾契斯的事情，那就只能拜託知情人士，這部分無法靠新員工來處理。坦白講，比起勉強改造店鋪的構造，不如每次都叫外燴還比較好吧？」

「你也看過今天的神戶牛事件了吧。就算短期沒問題，如果每次都要準備食材和人手，長年下來預算還是會很可怕吧？這樣不如考慮僱用新的惡魔。」

「惡魔啊……我想讓他們適應安特．伊蘇拉，外加房東太太也很可怕，我實在不想讓太多惡魔來這裡。」

最後眾人都是在討論怎麼讓艾契斯吃飯，惠美和真奧也商量得很認真。

「千穗小姐～～這樣沒關係嗎～～？」

「怎麼又提這個。」

「不管幾次我都會提喔～～畢竟那個樣子～～」

艾美拉達皺起眉頭用下巴指向真奧。

「怎麼看都是妻管嚴吧～～？」

「這也無可奈何，而且艾美拉達小姐也要負一部分責任吧。」

「被妳說到我的痛處了～～……我也沒想到事情會變成這樣～～」

惠美不斷對真奧組股份有限公司的經營提出意見，身為老闆的真奧不僅認真聆聽，有時候

還會乖乖遵從。

「艾美拉達小姐和聖・埃雷要不要乾脆放棄那件事，這樣至少可以拆散遊佐小姐和真奧哥喔。」

「……妳是明知道我們辦不到才這樣講吧～？」

「是的，因為那麼做會沒有人能夠壓制真奧哥，高峰會和安特・伊蘇拉的人們也會非常不安吧。」

千穗嫣然一笑。

「嗚嗚～這就是所謂的高不成低不就～」

「這樣講好像有點正確又好像完全不對，但總之就是這樣，請妳放棄吧。現在只剩艾美拉達小姐無法接受喔。」

「嗚嗚～～……怎麼可能～～」

「考慮到還有阿拉斯・拉瑪斯妹妹的事情，現在要真奧哥和遊佐小姐徹底切斷關係實在太不負責任了，也不會有人允許。」

千穗看著不斷講輸惠美的真奧，微笑著說道：

「而且我很喜歡看他們這樣。」

「唔～～……千穗小姐每次都這樣～～」

「是的，我就是這樣。而且還是託大家的福才能變成這樣。」

「真是的～～！」

面對千穗純真的笑容，艾美拉達也只能收斂自己的情緒。

「他真是個幸福的傢伙。要是當初能順利殺掉他，不曉得該有多好！」

艾美拉達朝沒人的方向抱怨完後，重新向惠美問道：

「那麼～～你們是在討論什麼事～～？」

「其實真奧組在考慮開一間主打麵包的新餐廳。因為爸爸在長野的佐佐木家種小麥，之後可能會採用那種小麥製作的麵粉。」

「嗯？只是可能？」

艾伯特有注意到惠美委婉的說辭。

「沒錯，這還不是正式決定。今天會詳細檢討預算和各方面的成本，明天要租一間測試用的廚房來進行試做和試吃。到時候千穗的堂哥佐佐木一馬先生也會一起去做最終簡報。一馬先生今天好像有別的工作，所以是住在市內的某間旅館。」

「原來如此～～跟工作有關的事果然沒那麼容易～～」

「那還用說，我們才不會只因為是認識的人就特別採用。必須先好好挑選優良的東西，再來思考該怎麼賣！」

原來諾爾德和萊拉帶的那些行李，都是簡報用的資料。

「但諾爾德先生種小麥的經驗豐富，應該不會有問題吧？」

鈴乃提出的問題，讓真奧露出凝重的表情。

「實際上還是要做過才知道。之前有在駒根試做過一次，但只能做出酸味非常強烈的麵包。儘管也不是不能當成健康食品來賣，但很難作為主力商品。除了改進發酵方式以外，還要考慮到能否和現有的調理器具配合。如果必須買很貴的烤爐，那價格也得跟著調整。」

「原、原來如此……所以不是只要諾爾德先生和一馬先生做的東西好吃就行。」

「做生意時需要考慮的成本可不只有原料的原價。調度成本、作業成本、維護設備的成本、供貨成本和倉儲成本，此外還必須考慮實際作業的狀況和客人的周轉率，將這些全部計算在內後，再選出能夠販賣的商品才叫做生意。反過來講，即使有某部分的成本超出預期，只要有其他能夠讓人接受的要素，偶爾還是能夠加以忽視。所以妳剛才提到的『好吃』只是大前提，如果能夠為客人帶來極大的價值，就能吸引客人購買其他商品。真是的……」

真奧說明完後，接著滿意地說道：

「當這些工作進行得非常順利時，感覺真的很棒，會讓人有種成就感。」

真奧說這話時的表情顯得清爽又純真，讓人覺得他真的非常投入現在的工作。

艾美拉達看著那樣的真奧，以只有千穗能聽見的音量說道：

「這表示總的來看，艾米莉亞的選擇是正確的吧……」

千穗也以只有艾美拉達能聽見的音量回答：

「沒錯，我是這麼想的。」

此時千穗因為聽見一道沉悶的聲音而回頭。

「不好意思，大家安靜一下。」

千穗一引起大家的注意，就將食指豎在嘴巴前面。

這是請大家安靜的暗號。

「……我們好像太吵了。剛才壁櫥裡面傳來聲音……」

「這、這樣啊。」

真奧像是突然想起什麼般，看向二〇二號室的方向。

前居民鈴乃和漆原都以複雜的表情看向那裡。

「她的狀況還是一樣嗎？」

「是啊。我今年夏天曾經和房東太太一起闖進去裝冷氣。不過……我很少看見外面的室外機有在動。」

「即使如此，她還是有吃飯吧。」

「那是當然。」

相較於稍微鬆了口氣的鈴乃，漆原若無其事地說道：

「她對活著這件事這麼執著，怎麼可能軟弱到因為那點程度的事情就徹底喪志。過不久一定又會開始想些壞主意……真奧。」

「啊？」

「你要好好監視她，絕對不能讓她妨礙我現在的工作。」

「……我有好好和加百列、天禰小姐和萊拉輪班啦。你講話別那麼囂張。」

真奧踢了漆原一腳。

「好痛。」

「真要說起來，她是你媽媽吧，你自己去照顧啦。」

「我不記得曾經被她當成孩子照顧過，所以不需要對她負責。光是我有幫她收拾質點的殘局，她就該感謝我了……」

不曉得是不是因為聽見了漆原的抱怨。

在三年前的滅神之戰結束後，鈴乃必須以大神官的身分留在安特・伊蘇拉，接替鈴乃被迫住進隔壁房間的伊古諾拉，在無力地連續敲了幾下牆壁後再次陷入沉寂。

魔王與勇者，做出了斷

雖然嘴巴上說收拾殘局非常麻煩，但真奧等人幾乎沒什麼事好做。

頂多就只有監視伊古諾拉和卡邁爾，不讓他們亂來。

但卡邁爾在被光之聖劍貫穿後，聖法氣就一直沒有恢復，茫然地看著卡邁爾的伊古諾拉，更是幾乎沒有在動。

「……要綁起來嗎？」

「您覺得怎麼做比較好？」

撒旦和艾謝爾看著那兩人，表情嚴肅地討論。

之所以考慮綁人，是因為伊古諾拉並沒有像卡邁爾那樣失去力量。

不過這裡真的有人能夠拘束從頭到尾都沒戰鬥的伊古諾拉嗎？

「已經讓倪克斯跟她分離了。但考慮到卡邁爾、拉貴爾和其他天使之前都乖乖聽從她的命令……」

惠美也在思考該如何處置伊古諾拉等人。

「應該認為她不論是作為領導者還是戰鬥人員，都是最頂級的水準吧。」

「但她之前是認為自己的目的已經達成才會表現得那麼放心吧。無論她再怎麼強，虛原和

艾契斯都能壓制倪克斯和艾蕾歐斯。所以應該不用擔心她亂來吧？」

「呃，雖然是這樣沒錯……但我們還是不曉得該拿她怎麼辦。」

雖然抓住了敵人的首領，但那個首領比全大陸的法術士加起來還要強。

「艾美他們抓住奧爾巴時，一定也是這種心情吧……喂，魔王，果然還是只能限制她的行動吧。就算不打算取她性命，還是能在天界或魔界找個地方把她關起來，讓她連自己都不曉得自己在哪裡……」

惠美察覺自己說了非常殘忍的事情，稍微停頓一下後繼續補充：

「總之暫時先這樣吧。至少能確定她現在還是我們的敵人……」

「呃，嗯……可是……」

「不行！」

提出異議的是一個出乎意料的人。

「倪克斯？」

「我都聽阿拉斯·拉瑪斯說了，媽媽真的對我們做了不好的事。但對我來說，她還是從我出生就一直引導我到現在的人！『王國』質點本來應該只會生出艾蕾歐斯姊姊……所以我的誕生一定有什麼意義。」

「……」

「拜託你們……別讓我的誕生變得沒有意義！我們的質點一定是有什麼想法，才會讓我能夠和媽媽融合！」

「感覺事情變得愈來愈棘手了。虛原，你對剛才那些話有什麼看法。」

「我又不是大家的領導者，既然倪克斯那麼說，應該就是那樣吧。她沒有說謊，原本應該只要艾蕾歐斯一個人就能夠引導阿拉斯．拉瑪斯她們，但是第二個『王國』卻在『慈悲』之前誕生了。」

虛原透過真奧和卡邁爾在阿爾．亞．利捷牆上打穿的洞，看向位於遠方的生命之樹。

「或許讓我獲得路西菲爾長相的樹，是在同情天使們的遭遇也不一定。如果是這樣，我不會請求你們原諒他們在安特．伊蘇拉犯下的罪過……但希望你們別對他們施以過度的懲罰。」

「……你這些話根本沒有參考價值。我們本來就不是來折磨這傢伙，但你也知道我們不能隨便放她走吧。」

「你們的目的是解放生命之樹吧？阿拉斯．拉瑪斯她們也遇見了新的兄弟姊妹。除此之外，你們還想怎樣？」

「想讓孩子們能有光明的未來。而她至今做了許多可能威脅到孩子們未來的事情。」

「咦？」

虛原驚訝地睜大眼睛。

「話先說在前頭，既然你也是質點，當然也有被包含在內。因為這表示你是阿拉斯．拉瑪斯的兄弟。」

真奧轉頭看向惠美。

惠美察覺他的意思，讓阿拉斯．拉瑪斯現身。

「爸爸。」

「嗯。」

阿拉斯．拉瑪斯在重要的戰局當中表現得十分聰慧，所以她應該有正確理解真奧的話與想法吧。

「這場滅神之戰是阿拉斯．拉瑪斯去年的聖誕禮物。雖然拖延了半年以上，但這同時也是送她的生日禮物。所以我絕對不允許偷工減料。」

「你……說的沒錯。嗯……」

能夠讀心的虛原像是被人突襲般啞口無言。

「那我也沒什麼好說的了，就尊重你們的判斷吧。」

「那還真是感謝……喂，伊古諾拉。」

真奧開口後，伊古諾拉意外地將臉轉向真奧。

「……撒旦……」

「拜託妳別像卡邁爾那樣。喂，我們並不想殺妳，但如果妳還想繼續對孩子們出手，那結果可就不一定了。」

「…………」

「妳原本到底有什麼目的。雖然中間出了一些差錯，但如果讓妳活著修正那些差錯，事情一定會變得非常麻煩。」

「……」

「如果妳一直不說話，那我們也只能來硬的了。」

「媽媽……」

「……嘖，喂！」

倪克斯擔心的聲音，讓真奧不耐地加重語氣。

「等等，真奧老弟，先暫時收手吧。」

阻止真奧用力搖晃伊古諾拉的人，是大黑天禰。

「這裡就交給我吧。」

「天禰小姐？」

「我調查了剩下的祠堂殘骸，看來有必要對她進行詳細的詢問。不然艾契斯或伊洛恩可能會再失控。」

天禰表現得殺氣騰騰。

「真奧老弟，遊佐妹妹，就像你們把阿拉斯．拉瑪斯妹妹當成自己女兒那樣，我這邊也不至於沒人情到坐視親戚被人危害。我說妳啊。」

天禰以冰冷的眼神和聲音揪住伊古諾拉的胸口。

「我們都是成年女性，就來敞開心胸好好聊聊吧。『我們這邊』全都已經『獨立』，可不像妳家的倪克斯妹妹那麼溫柔，或像真奧老弟他們那麼天真喔。」

「……啊。」

「最好別以為我們和那些被妳操控的孩子們一樣。」

真奧等人回到生命之樹所在的平原，讓阿拉斯．拉瑪斯和艾契斯在已開花的樹前現身。姊妹手牽著手，抬頭看向巨樹。

「倪克斯、虛原……還有笨蛋『王國』。」

「妳說誰是笨蛋『王國』啊。」

艾契斯無視不滿的艾蕾歐斯，仰望巨樹。

「……大家還要等很久呢。」

「是啊。沒想到我這麼早就出現了，這樣連我也不知道之後會如何發展。一切都要看那顆星球怎麼決定。」

虛原指向月亮的地平線。

安特．伊蘇拉從藍色大地和星空的邊界升起。

「那塊陸地的形狀真怪。」

「聖十字大陸……好像是因為月亮在大魔王撒旦的災厄時被分割，才讓那塊大地受到潮汐力變化的影響裂成那樣。雖然當時地上應該還沒有像現在那樣的文明國家……但對當時的生命來說，應該就像是世界末日吧。」

「喔，那魔界這次的接近會造成什麼影響嗎？」

「應該不至於完全沒影響……只是既然兩顆月亮和安特．伊蘇拉都仍在轉動，應該不會發生像災厄那樣的嚴重影響。」

「姊姊，妳聽見了嗎？」

「嗯。」

「看來還要過很久才能收到真奧他們送的生日禮物呢。」

「不對喔，艾契斯。」

「是嗎？」

「我們已經知道爸爸和媽媽非常愛我們。這樣就夠了。」

「說得也是。」

艾契斯因為小姊姊的話露出微笑。

「這樣姊姊之後也會長大嗎？」

「嗯。」

彷彿在呼應這句話般，阿拉斯．拉瑪斯的全身發出光芒。

真奧住進惠美公寓的那陣子，阿拉斯．拉瑪斯身上也發生過一樣的現象，小女孩的身高在稍微成長後停止。

「媽媽，爸爸。」

阿拉斯．拉瑪斯放開艾契斯的手跑到真奧和惠美身邊，在兩人面前停下立正站好。

「謝謝你們救了大家，最喜歡你們了。」

阿拉斯．拉瑪斯用比之前稍微成熟的表情，紅著臉微笑道。

※

「……這些就是在那場天界的戰事中發生的所有事情。」

「呃……簡單來講，就是幾乎沒發生什麼像樣的戰鬥？」

真奧等人進攻天界後，又過了一個星期。

鈴乃獨自造訪千穗位於笹塚佐佐木家的房間。

這是為了向她報告那場過程實在不算簡單俐落的滅神之戰的始末。

跪坐在矮桌對面的鈴乃身上穿的和服，是千穗也很熟悉的文字模樣的花紋。

這對千穗來說是日常生活的光景，所以這讓鈴乃說出的話題顯得更加異常和特殊。

「傷得最嚴重的是叫艾蕾歐斯的『王國』少女和艾契斯。她們的臉都變得很慘，但沒有會留下疤痕的傷口，艾謝爾也沒有殺害任何天兵。」

如果真的要計算，那中央大陸的各個國家在聖征與高峰會前的那段期間零星發生的衝突，才造就了最多犧牲者。

「伊古諾拉原本的目的是讓生命之樹承認天使們是排名第一的人類，獲得比我們這些原生人類還要高的地位，然後打造一個由完美人類發展出來的完美世界。因此伊古諾拉事先在世界各地引發奇蹟和神祕現象，建立大法神教會的基礎。」

「咦？教會不是萊拉小姐建立的嗎？之前提到『基礎』碎片時，遊佐小姐好像有說過類似的話……」

「萊拉打造的是用來對抗伊古諾拉的『聖劍傳說』。換句話說就是讓『基礎』碎片的存在和用法得以流傳。事先來到人界的萊拉，看準伊古諾拉建立的宗教站穩腳步的時機，巧妙地花了幾百年的時間將聖劍傳說、伊古諾拉和天界，以及天使和人類是不同物種的概念滲透進那個宗教。結果產生了各種教派，我們安特·伊蘇拉人信奉的『天使』概念也變得不統一。這就是天使們直到前陣子都一直無法被質點承認是正統人類的主因……唉，這些話都是虛原說的，所以也無從確認是否正確。」

鈴乃本人在說明時似乎也不太相信，偶爾也會遲疑一下。

「伊古諾拉他們的母星原本就是因為光靠人類的力量無法克服的風土病才瀕臨滅亡。雖然他們在滅亡前就逃了出來，但那顆星球應該已經滅亡了。凱耶爾和舍姬娜在這段期間出現並否定伊古諾拉的不老不死研究，是讓伊古諾拉變成現在這樣的關鍵。到頭來，這種人類無法獲得『超常力量幫助』的想法……就是對『神』的否定。」

「否定神……」

「千穗小姐難道不曾對『大法神教會』這個組織與名稱感到困惑嗎？明明沙利葉大人、加百列、拉貴爾和質點的名字都有透過聖典流傳下來……最關鍵的『神』伊古諾拉的名字卻沒有留下記錄。」

「難道不就是『大法神』嗎？」

「不對。聖典裡從頭到尾都沒有記載那個名字。雖然伊古諾拉的名字在古老的語言中有

『大海』的意思，但聖典裡也找不到那個詞。」

「是這樣嗎？」

千穗驚訝地問道。

「聖典裡記載的傳承，只有提到世界上有許多高次元的存在，並沒有記載統率那些存在的角色。所以神學家和聖職者們自古以來就認為有個偉大的存在創造了包含天使在內的世界法則，並基於這層意義將其假定為『職掌偉大法則的神明』，讓教會持續發展。這對伊古諾拉來說似乎也是失算。」

「神」並非「人類」。

伊古諾拉曾被視為人類正統進化的妨礙者並遭到制裁，這對她造成了心靈創傷。所以她在打造大法神教會的基礎時，應該有設法避免人們創造出「神」的概念。但後來在萊拉，以及過去與伊古諾拉分道揚鑣的撒旦葉派天使們的妨礙之下——

「只能依靠『神』的概念的古代安特·伊蘇拉人出現了。」

這樣下去，在數量方面占壓倒性優勢的安特·伊蘇拉人將被質點認同為正統。到時候天使們就會再次失去能夠依靠的星球，或許還會被質點迫害。

隨著安特·伊蘇拉各地開始出現許多繁榮的文明國家，伊古諾拉開始對這個時代產生危機感，並盯上了想要侵略安特·伊蘇拉的魔王撒旦。

惡魔讓人類嘗到了敗北的滋味。

伊古諾拉想到可以同時利用沒有按照預定發展的大法神教會，以及企圖征服世界的撒旦。

天界的力量，以及靠天使之力誕生的勇者。

這樣就能宣揚天使是守護人類的上位存在的概念。

萊拉當時已經背叛天界很久，這個計策也被認為能夠有效逼出萊拉留下的影響，之後現身的就是名叫艾米莉亞．尤斯提納，身上寄宿著「基礎」碎片的少女。

但伊古諾拉又再次失算了。

艾米莉亞．尤斯提納並非純粹的安特．伊蘇拉人。

她對聖劍，以及從實際上是碎片的進化天銀中誕生的破邪之衣產生反應「變身」了。

變成和天使相同的外表，繼承了天使基因的姿態。

伊古諾拉立刻推測出勇者艾米莉亞身上流著大天使萊拉的血。

從這項事實導出的結論讓伊古諾拉他們戰慄不已。

從伊古諾拉他們的角度來看，艾米莉亞的存在可以說是個證據，證明文明尚未成熟的安特．伊蘇拉人，和擁有發達文明的天使們在遺傳基因層面是同質的存在。

如果艾米莉亞成功拯救世界，那生命之樹還會承認天使們是比較高等的存在嗎？

天界發生了大魔王撒旦的災厄以來最大的糾紛。

伊古諾拉派掌握著天界天使生存的主導權，所以勉強算是多數派，但她對安特・伊蘇拉的生命之樹採取的方針可能是錯的，這樣的意見也開始逐漸抬頭。

而反對派的先鋒，就是長久以來一直支持伊古諾拉的聖德芬。

而另一項對伊古諾拉造成衝擊的事實，就是在侵略安特・伊蘇拉的魔王軍中發現了路西菲爾的身影。

無論經過多麼漫長的時光，伊古諾拉都沒有忘記自己小孩的長相，但最讓她震撼的是自己這個上位存在的正統繼承人，居然正在和比原生人類還要下等的存在一起行動，對世界造成極大的影響。

而且路西菲爾還輸給了不成熟的人類，輸給了還不成熟的少女勇者。

這樣別說是讓安特・伊蘇拉人認為天使是比自己高等的物種了，甚至還會讓人誤解天使是讓世界陷入混亂，只憑個人慾望行動的人種。

伊古諾拉透過艾米莉亞的聖職者同伴奧爾巴，偷偷保護了路西菲爾。

她本來以為這個在信奉天使的教會中位居高位，被稱作六大神官的男人是個好操縱的棋子，但結果又再次適得其反。

「奧爾巴先生並不是那種人呢。」

「是啊，他原本就非常懷疑神的存在，也一直對艾米莉亞的存在和聖劍與破邪之衣抱持疑問，雖然他好像沒有對艾美拉達小姐吐露這些想法，但直接與天界通訊這件事才是促使奧爾巴大人背叛的關鍵吧……之後發生的事情，千穗小姐應該也很清楚。」

勇者艾米莉亞勢如破竹地驅逐魔王軍，但最後和逃跑的魔王一同消失到異世界。安特・伊蘇拉表面上恢復了和平，但展現奇蹟的人也消失了。

與此同時，這對天界來說也是消除礙事存在的好機會，畢竟天使和安特・伊蘇拉人的混血只會妨礙伊古諾拉的殖民計畫。

但所有設法排除艾米莉亞的行動都失敗了。

這都是因為勇者艾米莉亞和魔王撒旦在融入日本社會後，學會在公私分明的情況下聯手。

如果勇者與魔王和解，讓安特・伊蘇拉的人類獲得和平與發展，生命之樹或許會轉為認同他們。

「艾謝爾被綁架到艾夫薩汗的事件，和透過暗殺大神官羅貝迪歐大人發動的聖征，都是為了讓大家認同天使是上位人類的布局。他們想讓天界庇護的教會勢力驅逐魔王軍的威脅，重演一齣拯救人類的戲碼。對直接控制了生命之樹，並成功確保伊洛恩和艾蕾歐斯的伊古諾拉來說，這是最後的機會。」

但加百列的策略讓伊古諾拉腹背受敵，艾米莉亞和撒旦也跨越個人恩怨攜手合作，導致這個行動最後也失敗了。

奧爾巴失去利用價值，大神官中也多了知道神明真相的人，惡魔、天使、勇者和人類攜手合作，最後終於否定了神。

「但『知識』選擇了天使直系血脈的外表吧？這又是怎麼回事？」

鈴乃先對千穗說明接下來的答案只是來自虛原的傳述，而且可能摻雜了推測。

「路西菲爾是離開天界的母星後最早誕生的『第二世代』，雖然他在血統上是舊星球的人類，但他的母星是安特・伊蘇拉，既然艾米莉亞是天使與安特・伊蘇拉人之間的混血，那就算『知識』選擇了路西菲爾，到頭來對生命之樹來說，天使和安特・伊蘇拉人依舊只是同質的存在。所以天使徹底失去了優位性，然後……」

「……卡邁爾先生失去了所有的力量吧。」

千穗想起曾戴在自己右手無名指上的戒指。

她自己也曾透過戒指的力量射中一個天使。

雖然現在已經能夠冷靜地回想，但在千穗射出的箭貫穿拉貴爾這個人，並讓他失去聖法氣的翅膀墜落時，她曾經非常擔心自己是不是殺了人。

安特・伊蘇拉的生命之樹計畫讓人類這個物種隨著發展逐漸失去奇蹟的力量，到頭來天使也一樣會受到相同的影響。

實際上算是打輸真奧的卡邁爾，也在失去力量後，和天兵們一起被帶去魔界馬勒布朗契的

地盤。

他曾因為失去某人而恨撒旦葉恨到失去理智，那個人似乎有在那裡留下痕跡。

「接下來會變怎麼樣呢？」

「按照當初的計畫，惡魔和天使會慢慢移民到安特．伊蘇拉，以高峰會的成員為中心的人們也會開始仔細觀察法術是否正逐漸從世界消失。至於倪克斯和艾蕾歐斯則是暫時交給路西菲爾看管，她們也動搖得很厲害，所以天禰小姐會特例以質點前輩的身分幫忙照顧她們。」

「……接下來才正要開始呢。」

「是啊。世界接下來才要進入保養檢查的階段。這是一個低調、不起眼又需要費心的工作……但這是和阿拉斯．拉瑪斯與艾契斯的未來有關的工作。不能偷工減料呢。」

千穗以複雜的表情閉上眼睛，輕輕向鈴乃行了一禮。

「真的是辛苦大家了……我最後完全幫不上忙……」

「妳在說什麼啊。」

鈴乃強烈的語氣，讓千穗睜開眼睛。

「要不是有千穗小姐幫忙，無論高峰會或滅神之戰都無法成立。現在高峰會的成員們也動不動就抱怨希望千穗小姐能來幫忙。」

「……是大家太高估我了。我只是個高中女生，而且還是考生。」

千穗的話裡摻雜著一絲寂寥。

鈴乃非常清楚原因。

因為現在的狀況已經完全沒有千穗插手的餘地。

無論是天界、魔界還是安特·伊蘇拉，千穗都無法靠自己的力量過去，她已經無法干涉現況，也沒有那個必要。

千穗本來就應該徹底和安特·伊蘇拉的事情斷絕關係。

儘管她本身確實是個稀有的人才，但所有人都早已放棄任用異世界出身的佐佐木千穗。

就連迪恩·德姆·烏魯斯都打算只在千穗期望的情況下，讓她使用曾在支爾格出場的千穗·佐佐木·烏魯斯的身分。

「千穗小姐。我啊……」

鈴乃從矮桌上探出身子，握住千穗的手。

「鈴乃小姐？」

「我無法原諒這個狀況。」

「咦？」

「要不是千穗小姐，我們一定早就各奔東西，世界也會變得亂七八糟，沒有任何人能夠得救。然而等一切結束後，所有人都不打算，也不能再理睬千穗小姐……這樣不是很奇怪嗎？」

「呃，那個……」

不知為何是鈴乃表現得很難過，讓千穗陷入動搖。

「其實還有一件尚未解決的事情。」

「什、什麼事情？」

「那是在千穗小姐和我們變成這麼美好的關係之前……世界就一直在期待的事情。即使現在可能已經變得沒有必要……但如果完成了那件事，或許這個世界又能前進一步。」

「美好的關係……咦？到底是什麼事……」

「……」

鈴乃看起來很迷惘。

她稍微思索了一下，改為開啟其他話題。

「伊古諾拉目前是交給天禰小姐和志波小姐管理，並決定將她安置在Villa・Rosa笹塚。」

「咦？終於連神都來住了？」

千穗忍不住如此大喊，但被鈴乃打斷：

「無論伊古諾拉再怎麼強，都不是地球這些已經成熟的質點的對手。她之前乖乖接受天禰小姐的盤問就是證明。問題在於之後。」

「之後……」

「原本就不存在的『神』已經離開安特・伊蘇拉。不過還有另一個存在必須永遠從安特・伊蘇拉消失。」

鈴乃不知何時變得淚眼汪汪。

千穗感覺透過那些淚水看見了鈴乃，以及隱藏在她心裡的許多人的覺悟。

「流程和方法都已經準備好了，當然也包含了後續的事情。」

千穗回想起直到今天為止的一切過去，然後——

「那件事，什麼時候要執行。」

找到了答案。

※

那是個寧靜的夜晚。

深夜的笹塚能清楚聽見在首都高速公路上行駛的車聲。

一對男女像是想用夜晚的炎熱治癒因工作而疲憊不堪的身軀般，緩緩走在回家的路上。

距離滅神之戰已經過了一個月。

麻煩的決策都已經處理得差不多，真奧和惠美將其他雜事全部交給別人處理，回到日常的工作。

兩人回來後，岩城和川田都沒有多問，只有明子非常好奇。

真奧和惠美在偶爾對他們說明的過程中，深刻體悟到跟麥丹勞的同事講解自己如何打倒異世界的神明讓世界恢復和平是件多麼可笑的事情。

雖然那些都是實話，但非常可笑。

那些故事就是那麼地遙遠。

描述在那個世界發生的戰鬥。

「哎呀，連續三次外送都是要送到相同的公寓真的太誇張了。」

「是啊。你去送第三次的單時，大家都笑了。」

「第三次時，那裡的管理員的眼神根本是把我當成可疑人物。」

這段日常生活的對話，自然地談論起當天發生的事情。

笑著一起回家的兩人，曾經是賭上一個世界的存亡戰鬥過的魔王與勇者。

現在才剛過晚上十二點。

這天不巧是陰天，是個月亮和星星都被厚厚的雲層遮住的陰暗夜晚。

推著自行車的魔王和揹著大大側肩包的勇者，一起看向前方那個沒有人的路口。

路邊義大利餐廳的霓虹燈在這時間已熄滅，只剩下路燈和交通號誌的燈光照在兩人身上。

「魔王，這裡真令人懷念呢。」

「這裡？啊啊。」

真奧立刻明白惠美在說什麼。

「當時好像也是這個時間。妳在我要回去的時候，用百圓商店的刀子恐嚇我。」

前方的斑馬線變成紅燈。

「被人以為我們是情侶，真的是奇恥大辱。」

「那次真的很好笑。一想到雖然只是類似，但我們現在是被當成夫妻就更好笑了。」

「是啊，沒錯。」

惠美輕輕微笑。

「不過……這也要結束了。」

真奧能夠躲開這一擊真的只是碰巧。

兩人一如往常地回家並自然地閒聊。

面對在這段期間揮出的光之聖劍，就連真奧都瞬間感到困惑。

「……惠美，妳這是幹什麼。」

「滅神之戰已經在沒有人知道的地方結束，但安特·伊蘇拉還有一件事情未了。」

惠美臉上依然掛著平穩的笑容，對真奧露出的表情甚至能讓人感覺到親愛之情，所以真奧立刻明白惠美想說什麼。

「『討伐魔王』嗎？」

「沒錯。」

惠美點頭。

「之前是異世界，這次是天空的另一端……你對安特．伊蘇拉人來說，就是個或許還活在某處的恐怖象徵。你有自覺到這一點嗎？」

「唉，姑且是有。」

「不覺得麻煩嗎？讓我來幫你擺脫這個重擔吧。」

真奧展開結界。

這是為了避免惠美揮劍時被路人看見。

「妳是認真的啊。」

「因為如果再不做個了斷，感覺會一直拖拖拉拉下去。」

在彷彿其他存在的時間都被凍結的結界當中，魔王就像是在跳舞般，持續閃躲勇者揮出的聖劍。

勇者手上握有和「基礎」質點融合後，形狀變得和上次戰鬥時不同的聖劍，魔王則是只能依靠自己的身體和魔力，雙方之間的力量差距十分明顯。

勇者以神速的腳步繞到魔王背後，將聖劍的劍尖抵在他的背上。

「吶，魔王。」

「嗯。」

「我啊，在艾夫薩汗被你救的時候有一件事情想不起來。」

「什麼事？」

「第一次和你見面時說了什麼。」

勇者在蒼天蓋將惡魔大元帥艾謝爾逼到絕境時，首次遇見為了拯救部下現身的魔王撒旦。

惠美再次說出當時被憎恨驅使喊出的臺詞。

「「初次見面。」」

隨著話語重疊，兩人都忍不住笑了。

「這樣妳的旅程就結束了。」

「是啊。勇者艾米莉亞討伐魔王的旅程，將在今天劃下句點。」

真奧感受著抵在脖子上的劍尖起身。

真奧將視線從惠美和聖劍上面移開，轉頭看向背後的黑暗。

「蘆屋那邊就由妳告訴他吧，說我要跟他道歉。這樣他應該就懂了。」

「嗯，我會幫你轉達。」

下一個瞬間。

「真奧哥！遊佐小姐！」

在一道慘叫聲劃破夜晚的同時，光之聖劍刺進了真奧的背。

「嗨，小千。」

在驚訝的千穗面前，真奧膝蓋著地，上半身趴在路上。從他全身噴出的大量黑霧一轉眼就在空氣中消散。

相較於癱在地上動彈不得的真奧，他背後的惠美則是讓光之聖劍消失，輕輕吐了口氣。

「晚安，千穗。這麼晚還出來散步啊。」

「遊佐小姐……這是……」

「沒辦法啊。」

即使被千穗目擊自己的暴行，惠美的語氣依然平穩。

「仔細想想，我確實已經不恨魔王……但魔王果然……魔王軍還是對安特・伊蘇拉的人們做了不可原諒的事情。」

惠美代替腳抖到不能動的千穗，跪下來抱起真奧的上半身。

「即使打倒神明拯救世界，還是無法消除死者的悔恨吧？」

「可是……為什麼要等到現在……」

惠美溫柔地撫摸一臉安詳地閉著眼睛的真奧的頭髮。

「正因為是一切都已經結束的現在……因為我和魔王的戰鬥都已經結束了……所以才必須做個了斷。」

在快要被絕望壓垮的千穗面前，惠美將臉湊近被自己抱起來的真奧，在他耳邊低語。

「……初次見面……真奧貞夫。」

結界解除後，過去只在勇者與魔王兩人上方展開的天空不知何時已經變得清朗無雲。

像花一樣美麗的皎潔月光，照亮笹塚的街道。

Character

真奧貞夫

遊佐惠美

佐佐木千穗

蘆屋四郎

漆原半藏

鎌月鈴乃

阿拉斯・拉瑪斯　艾契斯・阿拉

木崎真弓　鈴木梨香

艾美拉達・愛德華　艾伯特・安迪・蘭卡

佐佐木里穗　佐佐木千一　大黑天禰

奧爾巴・梅亞　沙利葉　卡米歐・帕哈洛・戴尼諾
加百列　拉貴爾　利比科古
東海林佳織　江村義彌　清水真季
川田武文　大木明子　岩城琴美

亞多拉瑪雷克　馬納果達　西里亞特
法爾法雷洛　巴巴力提亞　夸卡比娜
德拉基亞索　斯加勒繆內　路比岡德
卡姆伊尼卡　基納納　傅俊彥
迪恩・德姆・烏魯斯　海瑟・盧馬克　羅貝迪歐・伊古諾・瓦倫蒂亞
埃茲拉姆哈・塔架　拉吉德・拉茲・萊昂　賽凡提斯・雷伯力茲
加爾尼・維德　亞威姆・威蘭德　丕平
巴帝古利斯・齊力可　賽札爾・夸蘭塔　摩洛・瓦利

佐佐木一馬　佐佐木陽奈子　佐佐木一志
佐佐木榮　佐佐木萬治　佐佐木由美子
田中姬子　水島由姬　古谷加奈子
湯佐惠子　銀舍利　米屋富隆

前山一子　猿江三月　中山孝太郎
渡邊　田村　廣瀨　九流　恩田
佐藤　安藤　木村　楠田　新田
伊魯修姆　秦剛　貝蘭薩　戴爾格里弗
喬治　哈里亞納克　提姆・古德曼

凱耶爾　舍姬娜　聖德芬
艾蕾歐斯　倪克斯　虛原

諾爾德・尤斯提納　萊拉・尤斯提納　伊洛恩

撒旦葉・諾伊

伊古諾拉

志波美輝

一 二 三 四

寧靜的天空　從哪裡開始是早上？
假裝看不見打勾勾的小拇指前端
被取笑的月亮逐漸朝昨天的方向消失

騙子　膽小鬼
這些都是我
並在夢中綻放

躲進月亮的影子裡　其實我哭了
眼淚已經流不出來　或許淚水早已枯竭？
如果能夠原諒一切　或許還會再流淚
因為都是想守護的事物

從什麼時候開始　聽見我的聲音？
真奇怪　我的聲音有那麼顫抖嗎？
我只是在唱歌　唱我在這裡　唱往明天的方向

散亂著回憶的房間
如果沒有立足之處
那就全部保留　獨自承受

撬開陰暗的門扉　踏上終結的旅程
即使會在繞道時迷路　說聲再見　這裡就好
如果能夠承認一切　或許就會發現
原來都是無法守護的事物

即使變得空虛也想珍惜
卻只用指尖輕輕碰一下就崩壞

一個接一個拿在手上　卻因為握太緊壞掉
堵住愛之歌　害怕地逃離
同樣的過程不斷重複

藏在月亮的影子裡　其實已經綻放
小心別在轉角踩到或使其枯萎
在放棄一切後唯一留下的事物
祈禱能夠好好守護　面對黎明

月花　/　nano.RIPE
Words きみこ　music 佐佐木淳

Special Thanks

柊暁生　三嶋くろね　さだうおじ

參加官方四格短篇集的作家們

Director

荒木人美 小野寺卓

Character Design

029

Author

和ヶ原聡司

打工吧魔王大人

終章　魔王，辛勤工作

在重要商談的前一天晚上。

「喂，伊古諾拉。」

真奧靠在二〇二號室的門上呼喚裡面的人，但沒有回應。

「大家都在向前邁進了，妳遲早也必須走出來。」

「……」

「世界和大家應該都會原諒妳，所以妳也差不多該出來了。看是要回去安特．伊蘇拉，還是在日本生活都好，現在應該有人能夠幫助妳。」

「…………就算是這樣。」

那個聲音並不是因為隔著門才顯得沙啞。

「事到如今要我如何彌補。」

「彌補啊……」

「你真令人羨慕。所有人都愛著你，原諒你，不過我……」

「說什麼蠢話。就是因為沒被原諒才變成現在這樣吧。」

真奧對因為沒能在遙遠的世界成為神而憂鬱地躲在門對面的女子，道出殘酷的事實。

「妳遇到的那些傢伙在遇見妳之前都經歷了許多事，然後才出現在妳面前。妳對我們來說也一樣。」

「……」

「妳也曾經因為發自內心想要達成某個目標而奮鬥吧。如果是這樣……那一定能繼續前進。當時那些堅強的記憶還殘留在妳的身心裡，所以……」

真奧起身，說出不曉得已經重複過幾次的話。

「趁現在無論失敗得多慘都還有人能幫助妳的時候，快點出來吧。這麼一來，妳一定能再次找到開創新世界的道路。」

門的對面沒有回答。

「那麼，我接下來該去見可怕的贊助人了。之後可能還會有點吵，妳忍耐一下吧。」

真奧起身後並未走向二〇一號室，而是站在二〇三號室前面。

Villa・Rosa笹塚二〇三號室的門上面掛著一個小小的門牌——

「真奧組股份有限公司」

上面刻著這幾個字。

※

「那麼，該讓我看一下這個月的報告了。」

在二〇三號室裡擺了四張小電腦桌，惠美在其中一個座位傲然地說道。

真奧坐在惠美對面的座位，像是看準時機般——

「老闆，請喝咖啡。」

千穗熟練地在房間角落的廚房泡了即溶咖啡端給真奧。

「喔，謝謝……呃，妳是要看報告吧？」

真奧打開老舊的筆記型電腦，叫出電子資料表。

透過以公司伺服器來說實在有點不夠格的塔式伺服器，將檔案同步到惠美前面的電腦上後，惠美開始觀看螢幕。

「二樓的親子樓層客人數量好像變少了。」

「啊，最近一個人來的客人變多了。因為基楚的好評傳得太快，店裡總是很多人，所以大家開始傳這裡總是客滿。」

「原來如此，確實每天都會客滿呢。」

「所以我想讓主打麵包的新店也採用和基楚一樣的形式，而且最好是開在從總店走路就能到的地方。只要能立刻引導到二號店，就不用擔心遺漏客人。」

「……但如果太在意這點，就會慢慢變得認同『預約』吧。雖然接受預約會比較好預測客人的數量，但流動性會跟著變低。基楚不是托兒所，必須讓帶著小孩的父母能輕鬆進去消費才有意義。我認為基楚的新店應該至少要開在隔一站的地方。如果想在走路能到的範圍內開新店，就該稍微改變營業型態。例如提供低敏麵包或不含蜂蜜的麵包，讓那些親子在離開基楚後能夠輕鬆繞去買喜歡的麵包回家，或是直接在那裡享用，這樣才能達到互助效果。」

「如果是這樣，那就不太適合賣用諾爾德的小麥做的麵包。」

「……的確，那味道實在不太適合小孩。」

「如果加入蜂蜜，能應用的範圍就會比較廣，但價格也會大幅攀升。雖然可以一開始就走高級路線販賣，但這樣又會產生人手問題。」

千穗漫不經心地聽著兩人的對話，替惠美泡了一杯她喜歡的紅茶，然後在房間角落找了張折疊椅坐下，喝著和惠美一樣的紅茶。

就在千穗心想兩人難得理性討論，準備喝紅茶的時候。

「我平常就說過很多次了吧！因為總店是房東太太的房子，所以店租才能這麼便宜！如果想在永福町開同樣規模的店，預算根本就不夠！」

「我也有說過不管需要多少錢我都會出吧！」

「混帳，必須工作把錢賺回來的人可是我啊！開公司才不能像妳說的那樣有錢就直接花！妳那樣只是單純的散漫經營！這麼做只會不斷增加虧損，無法擴大事業規模！我想在我這一代就將真奧組培育成大企業！所以一開始是關鍵時期！」

「你以為我說這些話時什麼都沒想嗎！我上個月就把總店附近能租的含設備店面都巡視過一輪了！租金的行情和比較表也都做好了！你看這間！裝潢的成本可是比總店還要便宜兩成！」

「我就說我討厭含設備的店面了！之前的人一定是有什麼理由才會放棄經營！妳還是早點捨棄隱藏版名店的幻想吧！應該先增加人手，讓基楚二號店踏出穩健的第二步！只要跟一馬先生和諾爾德進小麥就能壓低成本，這樣也比較好預測一開始的經營狀況吧！」

「能夠預測是有什麼意義嗎！如果只會用店鋪規模來估算獲利率，那就只能開出和總店一樣的店。而且還開在這麼近的地方，要是出了什麼狀況就會一起倒閉吧！」

「但銀行支持我的提案！」

「你該不會打算跟銀行借錢吧？」

「銀行的利率之後只會愈調愈低，既然是股份有限公司，我就有義務將利益返還給股東。妳只要能靠自己的股份賺錢就行了吧！我才是這間公司的經營者！」

「這種主張怎麼看都是失敗的伏筆！我決定徹底跟你槓上了，明天開會時我會把明子小姐也找來！反正真奧組實質上只有你和明子小姐兩個職員。」

「正合我意！」

結果還是變成這樣了。

千穗苦笑地想著。

但這才是真奧和惠美。

是千穗和惠美期望的理想狀態。

「呃，老闆，股東小姐，我這個打雜的就先告退了。如果你們想吃宵夜再聯絡我。」

千穗對正吵得不可開交的真奧和惠美說完後，準備離開二〇三號室。

「……等等，我也一起走。」

「咦？這樣沒關係嗎？」

真奧跟著從座位起身。

「喂，你要去哪裡啊。」

「去車站新開的全友便利商店啦！」

「那我要豬排咖哩飯！」

「豬排咖哩飯？妳又要吃咖哩啊？」

「這種時候最好先把肚子填飽一點。我接下來才要火力全開，拜託你啦！」

「嘖……我知道了。我會要收據當成會議支出喔。」

「沒差啦，快點去就對了。千穗，妳幫我監視他，別讓他亂花錢。」

「好的，那我先走了。」

千穗苦笑著說道，然後被真奧推出二〇三號室。

真奧一關上門，就用力吐了口氣。

「真是的，明明一陣子沒見，結果馬上又變成這樣。」

「雖然意義上有點不同，但我也是這麼想的。」

「啊，抱歉。但我們之後應該還會繼續吵，妳可以再待一下子嗎？」

「嗯～不過你們兩個只要激動起來就不會聽我說話……那我就留下來整理收據吧。可以請我吃全友便利商店新出的甜點當打工費嗎？」

「這有什麼問題。當然打工費會另外算。」

兩人走下公共樓梯來到公寓外面後，就發現以東京的夜晚來說，今天的星星算是相當多。

「伊古諾拉小姐今天果然也不想出來嗎？」

「是啊，但也不能把她逼得太緊。唉，只能慢慢來了。只要我們一直像那樣吵下去，她遲早會受不了跑出來吧。」

「嗯，說得也是。」

千穗點頭，走在真奧旁邊。

「艾美拉達小姐之前才對我生氣呢。」

「啊？為什麼？」

「她說如果我不快點把你牢牢套住，遊佐小姐就會一直被你束縛。」

「那傢伙真的是很纏人。」

「是啊，明明這是我們彼此都接受的事情。」

「唉，一馬先生也有說過，從日本和安特・伊蘇拉人的角度來看，這確實不是什麼值得推崇的狀況。即使如此……」

千穗以真心覺得幸福的表情握住真奧的手。

「我、你……遊佐小姐、鈴乃小姐、漆原先生和蘆屋先生……大家都在為了那孩子拚命努力。」

「按照艾美拉達的說法，這種想法就叫天真吧。」

「真令人困擾。我可是真心對現狀感到滿意呢。」

千穗開心地裝出困擾的表情。

◇◇◇

被光之聖劍貫穿的真奧若無其事地起身。

但他照理說應該不可能沒事。

千穗立刻明白剛才從真奧體內散發的黑霧是魔力。

「遊佐小姐……該不會那就是之前對卡邁爾先生用的聖劍……」

「沒錯。妳都聽貝爾說了嗎？」

「是的……我真的嚇了一跳。沒想到遊佐小姐居然現在還想對真奧哥這麼做。」

「都到了這個地步，我不可能用寄宿著阿拉斯・拉瑪斯的劍殺他吧。」

惠美開玩笑般的說道。

「這是了斷，艾謝爾也接受了這件事，因為高峰會最後剩下的不安要素，就是『魔王』的存在。」

對他們來說，勇者艾米莉亞是人類。

即使她本人有可能成為超出常理的戰爭兵器，但依然是可溝通的人類，所以才被允許待在日本這個異世界生活。

但魔王撒旦就不同了。

他和曾經實際統治過艾夫薩汗的艾謝爾不同，對高峰會的成員來說，魔王撒旦依然是隨時都有可能對世界伸出魔爪的恐怖象徵。

而且至今仍有許多人對這個恐怖象徵抱持憎恨。

「那些感情會化為魔力。為了讓惡魔們能盡快和安特・伊蘇拉的人類和解，現在不需要魔力……所以……也必須讓他好好償還罪孽。」

惠美搖頭說道。

「魔王已經不是惡魔了。」

「……咦？」

接二連三的意外事實，讓千穗倒抽了一口氣。

「根據志波小姐和天禰小姐的調查，透過舍姬娜和凱耶爾創造出來的不老不死技術，已經從卡邁爾身上消失了。而大家也都知道『魔王撒旦』只要完全失去魔力……」

千穗已經驚訝到不能再驚訝。

「就會……變成人類？」

「這就是對企圖征服世界的魔王下達的處罰。他本來應該可以活好幾百年，持續守護惡魔們的未來，但他現在只能和人類一樣活不到一百年，並失去了戰鬥能力。他……」

惠美示意千穗靠近。

「現在只是一個讓妳喜歡到不惜拯救遙遠世界的人。」

「……嗚！」

千穗的眼眶裡充滿喜悅和震撼的淚水。

她反覆看向真奧和惠美。

惠美見狀，便不耐地拍了一下真奧的背，害他用力咳了幾下。

「咳！喂！妳幹什麼，我現在可是失去了力量……」

「吵死了，那種事怎樣都好，你差不多也該把這邊的事情做個了斷了吧。還有，千穗！」

「是、是的！」

「別再拿我和阿拉斯．拉瑪斯當藉口了。為這種事停下腳步，實在太不符合妳的作風了。」

「……遊佐小姐……！」

「而且我可是打算讓這傢伙對阿拉斯．拉瑪斯負責到最後呢……不要管那些藉口，將這件事也考量進去後做出決定吧。再見了。」

惠美說完就轉身離開，消失在夜晚的笹塚街道中。

大概是因為她走出了結界，所以才讓人覺得她好像消失在霧的另一端。

「「……」」

千穗和真奧一起看著惠美離開，然後——

「……吶，小千……啊，不對。」

真奧重新改口——

「……千穗。」

換成鄭重的語氣。

千穗感到心跳加速。

她的心臟從來沒跳得這麼快過。

「雖然發生了很多事，但我終於能回覆妳了……我已經不再是惡魔……現在只能用普通男人的力量保護妳……如果妳不介意……」

「……」

千穗默默點頭。

「……我啊，並不是那麼有勇氣的人。是個從以前開始就只會虛張聲勢和說大話的膽小鬼，所以……」

千穗靜靜等待真奧說下去。

真奧將手放在千穗的肩膀上，此時的千穗已經淚眼汪汪。

「我喜歡的人不是惡魔也不是人類，是同時有撒旦和真奧貞夫這兩個名字，全世界最出色的人。」

「……既然妳都說到這種程度了，那我也得好好完成另一個保留到現在的約定。這次輪到我了……」

千穗的臉上多了一層和真奧的臉形狀相同的陰影。

晚風不知何時已經吹散天空的雲朵，月光照耀著結界中的兩人。

「讓我償還魔王欠妳的『獎勵』吧。」

交疊的嘴唇並未傳遞任何魔力或聖法氣，只有屬於人類的溫暖。

◇◇◇

「我不介意喔。因為你當時眼中只有我，並選擇我當你的伴侶。我是你心裡的第一名。」

「千穗……」

「只有這個第一名我不打算讓給任何人，但我也不想搶走阿拉斯・拉瑪斯妹妹的爸爸。阿拉斯・拉瑪斯妹妹的媽媽是遊佐小姐，爸爸是你。這我也無法讓步。畢竟我們之前那麼拚命地努力過了。你也是經歷了許多辛苦和努力才走到今天這個地步。既然如此……我們應該也可以稍微任性一點吧。」

千穗說完後，轉頭看向後面。

名叫Villa・Rosa笹塚的老舊公寓。

那裡現在真的裝滿了她希望能一直持續下去的夢想。

設在二〇三號室的真奧組股份有限公司。

過去蘆屋在鈴乃的慫恿下，為了幫惠美蒙混梨香所說的虛構公司現在真的成立了。

老闆是真奧貞夫。

最大股東是遊佐惠美。

目前正式的職員就只有親子咖啡廳・基楚永福町總店的店長大木明子，另外還有外部顧問川田武文，以及半是基於好奇心過來打工的東海林佳織和江村義彌，再來就是木崎真弓和沙利葉這些常客。

千穗偶爾會像今天這樣過來協助會議，替真奧和惠美打圓場，幫忙輸入一些簡單的資料，或是去二〇一號室替不注重健康的真奧做飯。

「雖然現在就已經很幸福，但即使人員有所流動，我還是想和你、遊佐小姐和大家一起獲得幸福，繼續任性下去。所以我總有一天一定要讓艾美拉達小姐也認同我們。」

「話說要不是她幫惠美設了『勇者年金』這種多餘的東西，事情也不會變得這麼麻煩。」

「呵呵呵，是啊。但艾美拉達小姐似乎非常無法接受安特・伊蘇拉人沒給遊佐小姐任何回

報這件事。」

魔王城之前剛從中央大陸起飛不久時。

艾美拉達曾為了讓惠美簽一些文件而特地跑到魔界。

她利用各種手段，讓聖·埃雷定期從國家預算中撥出一筆「勇者年金」，當時那份文件就是領取確認書。

艾美拉達那時候就已經預期惠美在滅神之戰結束後不會返回故鄉，而是直接定居日本。所以勇者年金是支付能在日本換錢的貴重金屬，按照艾美拉達的說法，似乎預定會支付能在日本輕鬆過三輩子的金額。

惠美當然不會選擇那樣的生活。

「遊佐小姐是勇者，即使居住的世界改變，這項事實也不會改變呢。」

惠美在發現「基礎」的光之聖劍能夠奪取人類的超常力量後，就決定用這股力量「討伐魔王」，而且為了封住他後續的行動，還提議讓真奧創立真奧組股份有限公司。

雖然真奧原本覺得征服世界失敗又未能當上正式職員的自己根本無法開公司，但惠美狠狠地打醒他。

『你如果繼續過這樣的生活要怎麼存錢，你將來要和千穗結婚吧？雖然這樣講對岩城店長和木崎小姐不好意思，但你就算繼續待在麥丹勞也不會有前途。』

她說的沒錯。

之前之所以能一直放心地待在麥丹勞，是因為真奧擁有強大的魔力與實力，而且另外還有能夠回去的地方。

但他變成人類後，就只剩下人類男子的身體和一間租來的公寓房間。

如果繼續打工，真的能讓千穗幸福嗎？

雖然按照沙利葉的愛情理論不是不可能，但能做到的事應該非常有限吧。

『即使從世間的觀點來看沒問題，但就算對高峰會的成員說我已經打倒你，他們也不會相信。不過如果讓你在我握有經營決定權的公司工作，並讓曾擔任高峰會議長的千穗在一旁監督，就不會有人有怨言了。我已經拜託志波小姐幫忙製作事業計畫的草案，也找好了店面……』

即使居住的世界改變依然自稱勇者的遊佐惠美，露出惡魔的笑容說道：

『我一開始就說過了吧。只要你願意在這個世界終老，我就放你一條生路。』

為了徹底打倒魔王替世界帶來和平，並讓一個朋友獲得幸福，勇者提出了一個像惡魔那樣甜美又毫不留情，讓人能獲得幸福日常生活的誘惑。

「惠美和艾美拉達的個性都很難搞呢。」

「她們應該唯獨不想被你這麼說吧。」

「千穗的性格最近也變得很不簡單呢。」

「這都是託大家的福。而且……雖然她到現在還不肯承認，並且一定是因為顧慮我才沒說出來，但我覺得遊佐小姐喜歡你。」

「啊？」

千穗突然丟出的爆炸性宣言讓真奧大吃一驚，但跟千穗交往了三年後，他現在對男女之間的事情也變得比以前敏感一點。

這讓真奧回想起自己在滅神之戰前，身體不適的那個夜晚的事情。

「……呃，那是……」

「你現在有想到一些徵兆對吧。」

千穗沒有看漏真奧的遲疑。

不如說她像這樣開心地調侃真奧，反而讓真奧變得比較放鬆。

「……真是被妳打敗。」

「那當然。畢竟我現在完全無法想像遊佐小姐和陌生男子一起獲得幸福的樣子。如果你、遊佐小姐和阿拉斯·拉瑪斯能組成一個家庭，一定會變得更幸福。」

「千穗覺得這樣也沒關係嗎？」

「我完全不介意喔……不過蘆原先生以外的人應該不太能相信這句話吧。我是希望她能像鈴乃小姐那樣弄清楚自己的心意，畢竟這根本就沒什麼好奇怪的。因為你……」

千穗用自己的雙手在頭上做出角的形狀。

「是受到大家依賴，辛勤工作的魔王大人啊。」

「妳說這種話好嗎？」

「相對地我絕對不會讓出第一名的位子。不過作為保有第一名的代價，我允許你像異世界的魔王那樣娶很多老婆喔！」

「前魔王的頭銜才沒那麼好用。我也是做好了覺悟才選出自己心中的第一名。」

「嗯，謝謝你。」

「而且現在根本不是想那種事的時候。別說是娶很多老婆了，我現在有時候就連陪妳一個人的時間和金錢都抽不太出來，無法考慮妳以外的對象。」

「我倒是希望你認真考慮。畢竟從現實層面來說，你可是阿拉斯・拉瑪斯妹妹的監護人。她有可能在日本上幼稚園和小學吧？」

「啊，這麼說來也差不多該談談這方面的事情了……唉，真的是必須再工作得勤奮一點。真要說起來，和惠美一起經營公司本來就不可能太順利吧……嗯？」

就在真奧抱怨時，手機突然震動起來。

他從口袋掏出手機確認，發現網路銀行的應用程式跳出了提款通知。

真奧隨手點開來看後，表情突然變得嚴肅起來。

「糟糕……用來應付小額支出的帳戶到月底就快沒錢了。」

銀行的存款沒了。

理由很簡單，因為都花掉了。

那麼錢都花到哪兒了呢？首先是在蕎麥麵店商談時由業主作東的聚餐費。

然後是匯給惠美的阿拉斯．拉瑪斯養育費。

再加上一些日常購物的刷卡費用。

特別是這個月在公私方面都買了不少東西，所以存款一下就見底了。

然後，就像是看準這個時機般，從公共樓梯上傳來一個聲音。

「您花錢能否更有計畫一點呢？」

真奧和千穗分別以不悅和開心的表情看向聲音的方向。

「你的意思是，就算因此妨礙到我的工作也沒關係嘍！要我拖延支付阿拉斯．拉瑪斯的養育費是嗎？」

「我不是這個意思！」

冷靜聲音的主人緩緩走下公共樓梯。

「雖然現在戶頭裡沒剩多少資金，但是您開的公司業績表現一直都不錯，下個月以後的收入也算是有保障。為什麼不分期付款呢？」

一臉得意地說出這些話的，是剛回到日本的惡魔大元帥，同時也是現任魔王的艾謝爾亦即蘆屋四郎。

「你也知道吧。我討厭貸款！」

「我說啊……」

「我的錢不用分期就已經先被分割成好幾份了。惠美最近真的是毫不留情，要是不小心太晚匯款不曉得會有怎樣的下場。她原本就是公司的大股東，我才不想再因為其他和錢有關的事情被她教訓。」

「可是……」

「我討厭借錢，所以能付的錢就要先付。這就是結果。」

這兒是間隨處可見的老舊公寓。

真奧和蘆屋開始針對不曉得已經討論過幾次的金錢問題互相爭吵。

「那麼容我請教一下，魔王大人。」

即使蘆屋已經成為在安特．伊蘇拉生活的眾多惡魔的領袖，他還是稱呼失去魔力的真奧為魔王。

「以您這種理財觀念，到底要怎麼存結婚資金？」

「什麼，你……！」

「佐佐木小姐剛才那麼說，是因為認為魔王大人將來會很有出息。站在我們這些惡魔的立場，只要自以為將魔王大人困在公司的艾米莉亞能一直安分地留在這裡，那我們也能夠鬆一口氣，但魔王大人的未來就讓人感到不安了。」

「你到底是從什麼時候開始聽！還有別在千穗面前說這種話啦！」

「您現在對時間的感覺已經和以前不同。由於人類的壽命遠比惡魔要來得短，想要累積能讓人生變得豐富的財產可不是件容易的事情！佐佐木小姐就快大學畢業了。請您再更有計畫一點！」

蘆屋的氣勢變得比以前還要有魄力。

對現在代替統一蒼帝統治整個艾夫薩汗的蘆屋來說，真奧的經濟狀況確實有待加強。

但這只是偶然，真奧早就安排好了人生計畫，他打算在千穗大學畢業後的五年內闖出一番事業。

「這次只是錢進出的時機不太好！只是碰巧而已！」

「真是太可悲了！」

「喂，太陽都下山了，你們吵什麼吵啊！貞夫，我的咖哩豬排飯還沒買回來嗎？」

「啊！是艾謝爾！」

「別在外面談錢的事情啦，連房間裡都聽得見喔。」

「喂，真奧，刷卡會沒有花錢的感覺對吧。大家都是這樣。」

接著，或許是聽見了真奧和蘆屋的對話。

惠美從二〇三號室，阿拉斯·拉瑪斯從一〇一號室，漆原和鈴乃從二〇一號室，大家都各自探出頭來。

「……呵呵呵。」

千穗見狀，再次露出發自內心的笑容。

這世界上最喜歡的人，以及這世界上最重視的朋友和同伴。

這個充滿千穗心愛事物的景象，讓她覺得無比幸福。

「吶，貞夫哥。」

「放心吧，我也會努力賺錢。」

千穗抓著慌張的真奧的手說道：

「佐佐木小姐！問題不是出在那裡！」

這無疑是在火上加油。

「千穗，別太寵貞夫比較好喔！」

「唔哇，真奧變得愈來愈沒用了。」

「真是個幸福的傢伙。」

「你們這些傢伙別鬧了！喔！」

覺得無地自容的真奧刻意看了一下手機，然後將手機湊到耳邊。

「喂，怎麼了，大木店長！什麼，東海林和義彌？那真是不得了，我馬上過去！」

真奧掛斷這通不曉得是不是真的有接通的電話，迅速將手機收回口袋。

「是工作的電話！」

然後逃也似的衝向停車場。

「請、請等一下，魔王大人！我話還沒有說完……！」

「吵死了，等我回來再聽你說教！」

真奧跨上停在亮黃色機車旁邊那輛沒鎖的自行車。

即使真奧現在主要是騎因為擁有黃色車身而被聯想到麥丹勞，阿拉斯·拉瑪斯取名為「鮪鳩號」的機車，但平常還是會騎自行車。

「出發！我的愛騎杜拉罕二號！」

真奧豪邁地大喊，衝向夜晚的街道。

佐佐木千穗對著那個消失在轉角的背影低喃：

「加油喔。我們大家都會在這裡等你回來。」

杜拉罕二號的鈴聲像是在回應千穗般，劃破夜晚的空氣發出最後的殘響。

「路上小心。為了我們大家的幸福辛勤工作的魔王大人。」

——終——

同行二人

作者，後記 — AND YOU —

和家人、朋友、情侶或同伴最常聊到的話題，就是最近在哪裡做了什麼。

前陣子午餐吃的烏龍麵非常好吃、在新遊戲裡獲得了稀有道具、會做的料理種類增加了、和學校的朋友一起出去玩、買了新的遊戲、在工作上認識了這樣的人、看見了新的世界、和家人或朋友度過了這樣的時光。

每次見面時只要熱烈地聊起這些話題，就能知道其他沒見到面的同伴們的近況。

遺憾的是，即使能間接得知那些家人、朋友、情侶或同伴「最近過得如何」，也無法和他們共度「那段時光」。

但那些家人、朋友、情侶或同伴，一定會在沒見面的期間累積各種經驗和想法，再次出現在我們面前。

只要這麼想，就會覺得自己重要的人展現給自己看的那一面其實只占他們人生的一小部分，不可思議的是，隨著時間的流逝和年齡的增長，與重要的人見面的時間會變得愈來愈少。

即使如此，那些重要的家人、朋友、情侶或同伴，一定會在自己的生活中用自己重要的時光累積各種經驗，讓人生繼續向前邁進。

在《打工吧！魔王大人》這部作品中登場的人物也一樣，他們幸運地能和其他眾多讀者共享人生當中的片刻時光，並持續走到今天。

如果讀者們也很珍惜在《打工吧！魔王大人》中登場的人物，那他們在故事結束後依然會在我們看不見的地方，在各自的日常生活中刻畫自己的人生，現在也一定還活在跟我們相同的時間裡。

承蒙各位讀者撥出少許人生時光，共享作者用生命和惡魔之王定下契約後，所描寫出這些努力度過每一天又快樂地活著的人物的故事。

您所居城鎮裡的某人，說不定也是從異世界來的訪客喔。

如果您有機會再次參與他們的人生，請跟他們打聲招呼。

我想他們一定也會笑著對您揮手。

這是《打工吧！魔王大人》的最後一集。
在本篇故事完結後，首先要對和ヶ原老師說聲辛苦了。
然後是柊老師、三嶋老師、さだ老師、編輯，以及讀者們，
感謝各位至今的協助與支持，也非常感謝各位願意閱讀這部作品。

這段約十年的時間說長不長，說短不短。

每集檢查原稿時，我的心情都會受到本篇故事的文章與臺詞影響，有時感動，有時哭泣。
我非常喜歡這些栩栩如生又充滿個性的角色，也非常喜歡這個世界觀。
為了盡可能將故事裡的場景傳達給讀者，我在繪製插圖時做了許多嘗試。
因為自己的實力不足，有時候也會力有未逮，
但每次都能獲得周圍的協助與支持。我也非常感謝漫畫版的作者們，
他們在保留原作氣氛的情況下畫出了很棒的作品。

因為讀原稿和畫插圖已經成了我日常生活的一部分，
如果頻率減少了，我就會因為和角色接觸的機會變少而感到寂寞，
但我一輩子都會保留這部作品，之後也能夠反覆閱讀，只要到時候再見面就行了！
等注意到時，《打工吧！魔王大人》已經完全變成我人生的一部分……！

以前和ヶ原老師曾說過：「千穗原本是只會登場一次的客串角色，
但在看過029老師設計的角色後，我才決定讓她成為固定班底。」
沒想到我設計的角色後來居然在故事裡變成如此重要的人物……
對設計角色的人來說，再也沒什麼比這更幸福的事情了。
如果我的插畫能對和ヶ原老師創造的故事有一點加分的效果，那我會非常開心。

我透過這部作品認識了很多人。
讀者們直接在簽名會、活動會場和社群網站上發表的感想，
是我最好的回憶和精神食糧。
希望將來還有機會描繪《打工吧！魔王大人》的世界，
在那之前，我會繼續和「真奧組」一起磨練畫技，
以「辛勤工作吧！插畫家」的心態努力！
最後真的非常感謝各位長期以來的支持！

恭喜完結！
辛苦您了！

恭喜《打工吧！魔王大人》完結！
《打工吧！魔王大人》終於完結了！感覺只是一轉眼的事情……！我在畫這張插圖時，回想起了許多在畫《打工吧！魔王大人　前進高中篇》時受到的照顧。我以後依然永遠會是這部作品的書迷。
和ヶ原老師、029老師還有真奧等角色們，這段期間真的是辛苦你們了……！
三嶋くろね

恭喜完結。
這段期間真的是辛苦了！
很高興能有機會
參與這部作品！
我最喜歡魔王城
擠滿人的樣子了。
さびつおじ
打工吧!魔王大人
完結!

狼與辛香料 1~22 待續

Kadokawa Fantastic Novels

作者：支倉凍砂　插畫：文倉 十

赫蘿與羅倫斯的甜蜜生活第五彈！
巧遇故人艾莉莎卻委託他們調查魔山祕密!?

前旅行商人羅倫斯與賢狼赫蘿再度踏上旅途。他們遇見了老友艾莉莎，並受她所託去調查一座魔山，挖掘「鍊金術師與墮天使」的祕密？另外羅倫斯還以商人直覺拯救小鎮脫離還債地獄；而赫蘿的女兒繆里和矢志投身聖職的青年寇爾卻傳出舉辦婚禮？

各 **NT$180~250/HK$50~83**

支倉凍砂
Isuna Hasekura
5
新說 狼與辛香料
狼與羊皮紙
Kadokawa Fantastic Novels

怕痛的我，把防禦力點滿就對了 1~9 待續

Kadokawa Fantastic Novels

作者：夕蜜柑　插畫：狐印

系列累計突破120萬本！
【大楓樹】全員晉級，戰力更上層樓！

【大楓樹】全體突破第八次活動預賽，晉級為期三天的求生式激烈複賽。他們踏平危險的複賽場地，擊破痛宰無數玩家的最高難度魔王怪，甚至建立起堅不可摧的要塞？最後還與【聖劍集結】和【炎帝之國】並肩作戰，展開最高戰力盡出的大決戰！

各 **NT$200~220/HK$60~75**

豬肝記得煮熟再吃 1 待續

Kadokawa Fantastic Novels

作者：逆井卓馬　插畫：遠坂あさぎ

生吃豬肝結果變成豬!!!???
轉生成豬與美少女打情罵俏（!?）的奇幻故事

被純真美少女照顧的生活。嗯～當一隻豬也不壞嘛。但少女似乎背負著隨時會遭人殺害的危險宿命。很好，雖然不會魔法和任何技能，但就由我來拯救潔絲。同生共死的我們即將展開一場噗噗噗的大冒險！

NT$220/HK$73

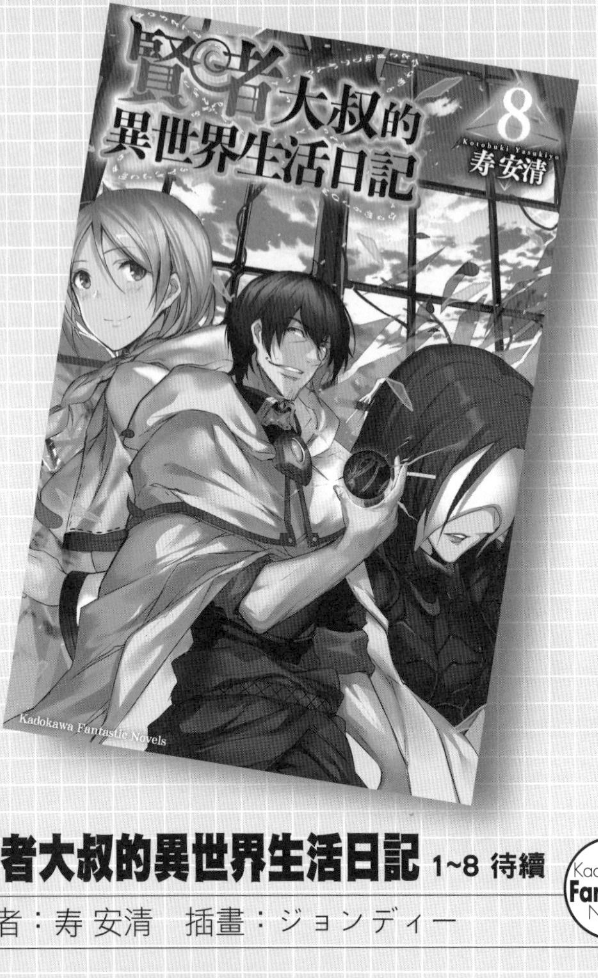

賢者大叔的異世界生活日記 1~8 待續

Kadokawa Fantastic Novels

作者：寿 安清　插畫：ジョンディー

善良的路賽莉絲背負驚人的過去
太過不合理的境遇讓大叔生氣了！

傑羅斯等人帶著擄獲的勇者們朝著阿爾特姆皇國的皇都阿斯拉前進。然而傑羅斯卻在那裡，得知了連路賽莉絲本人也不知道的身世之謎！路賽莉絲的身世之謎、四神的真面目、邪神的目的……面對接連被揭開的真相，傑羅斯會採取的行動是……!?

各 **NT$240/HK$75~80**

以我的能力創造開外掛的老婆們 1~8 待續

Kadokawa Fantastic Novels

作者：千月さかき　插畫：東西

這次凪竟假扮成蕾蒂西亞的未婚夫!?
全系列突破33萬冊的最強後宮系列第八彈！

凪一行人回到伊爾卡法與蕾蒂西亞重逢。但城市卻遭到石像鬼的襲擊，幸好凪等人打倒了石像鬼，但功勞卻被譽為「慈愛的克勞蒂亞公主」的第三公主的士兵搶走，對市民宣稱是他們拯救了城市……!?被捲入王家陰謀的凪等人能否化險為夷!?

各 **NT$200~240/HK$65~80**

涼宮春日的直覺

Kadokawa Fantastic Novels

作者：谷川流　插畫：いとうのいぢ

睽違9年半的涼宮系列最新刊！
輕小說界最強女主角涼宮春日重磅回歸！

都升二年級了，涼宮春日也一樣異想天開。一下帶領SOS團想走遍全市神社作新年參拜，一下想調查根本不存在的北高七大不可思議，此外，鶴屋學姊還從國外寄來了一封神祕信件，向SOS團下戰帖？天下無雙的超人氣系列作第12集震撼登場！

NT$280/HK$93

奇諾の旅 I~XXII 待續

Kadokawa Fantastic Novels

作者：時雨沢惠一　插畫：黑星紅白

空無一人的國家卻有大批白骨在巨蛋裡!?
銷售高達820萬本的輕小說界不朽名作！

奇諾與漢密斯在沒有任何人的市區中行駛，接著他們在國家的南方發現了一座巨蛋。在昏暗的巨蛋中，有一片廣大且平坦的石地板，而在那地板上隨意散落的，則是各式各樣的白骨。陰暗中，骨頭簡直就像是散落且鑲嵌於四處的寶石一般發著光⋯⋯

各 **NT$180~260/HK$50~78**

國家圖書館出版品預行編目資料

打工吧!魔王大人/和ヶ原聡司作；李文軒譯
. -- 初版. -- 臺北市：臺灣角川股份有限公司,
2021.06
冊；　公分. -- (Kadokawa fantastic novels)
譯自：はたらく魔王さま！
ISBN 978-986-524-540-5(第21冊：平裝)

861.57　　110006056

Kadokawa
Fantastic
Novels

打工吧！魔王大人21（完）

（原著名：はたらく魔王さま！21）

2021年6月7日　初版第1刷發行

作　者：和ヶ原聡司
插　畫：029
日版設計：木村デザイン・ラボ
譯　者：李文軒

發行人：岩崎剛人
總編輯：蔡佩芬
編　輯：黎夢萍
美術設計：黃永漢
印　務：李明修（主任）、張加恩（主任）、張凱棋

發行所：台灣角川股份有限公司
地　址：105台北市光復北路11巷44號5樓
電　話：（02）2747-2433
傳　真：（02）2747-2558
網　址：http://www.kadokawa.com.tw
劃撥帳戶：台灣角川股份有限公司
劃撥帳號：19487412
法律顧問：有澤法律事務所
製　版：尚騰印刷事業有限公司
ISBN：978-986-524-540-5

HATARAKU MAOU SAMA! Vol.21
©Satoshi Wagahara 2020
Edited by 電撃文庫
First published in Japan in 2020 by KADOKAWA CORPORATION, Tokyo.
Complex Chinese translation rights arranged with KADOKAWA CORPORATION, Tokyo.